HEATHER WEBBER

Im Auftrag der Liebe

GOLDMANN
Lesen erleben

Buch

Valentine Inc. ist eine sehr erfolgreiche Partnerschaftsvermittlung – und eine ganz besondere dazu. Denn was keiner weiß: Das Geheimnis ihres Erfolges liegt darin, dass die Valentines die Gabe haben, die Auren anderer Menschen lesen zu können. So haben sie bei der Suche nach dem richtigen Partner für ihre Klienten eine einzigartig hohe Trefferquote. Nur Lucy Valentine hat diese Fähigkeit nicht, sie ist ihr als Teenager bei einem Stromschlag abhandengekommen. Alles, was sie kann, ist verlorene Dinge wiederfinden – eine Fähigkeit, die Lucy selbst nicht als besonders nützlich empfindet. Entsprechend geschockt ist sie, als ihr Vater in einen Skandal verwickelt wird und mit ihrer Mutter kurzfristig für ein paar Tage abtaucht, denn nun soll Lucy die Leitung der Firma übernehmen. Lucy schlägt sich wacker, doch dann sieht sie in einer Vision den Verlobungsring eines Klienten am Finger einer Leiche. Sie weiß, sie muss handeln, und wendet sich an den (äußerst attraktiven) Privatdetektiv Sean Donahue. Gemeinsam machen sie sich auf die Suche nach der Wahrheit. Und wer weiß – vielleicht findet Lucy dabei ihr Glück?

Autorin

Heather Webber wuchs in einem Bostoner Vorort auf. Als junge Mutter versuchte sie sich erstmals daran, einen Roman zu schreiben – und ist dabei geblieben. Heute lebt sie mit ihrer Highschool-Liebe und ihren drei Kindern im Südwesten Ohios. »Im Auftrag der Liebe«, der erste Band um Lucy Valentine, war für den Agatha Award 2010 nominiert.

Heather Webber

Im Auftrag der Liebe

Ein Fall
für Lucy Valentine

Deutsch
von Sonja Hagemann

GOLDMANN

Die Originalausgabe erschien 2010 unter dem Titel
»Truly, Madly« bei St. Martin's Press, New York.

MIX
Papier aus verantwortungsvollen Quellen
FSC® C014496
FSC
www.fsc.org

Verlagsgruppe Random House FSC-DEU-0100
Das FSC®-zertifizierte Papier *München Super* für dieses Buch
liefert Arctic Paper Mochenwangen GmbH.

1. Auflage
Deutsche Erstveröffentlichung September 2012

Umschlaggestaltung: UNO Werbeagentur München
Umschlagmotiv: © Getty Images/Eastnine Inc.
Redaktion: Kerstin v. Dobschütz
AG · Herstellung: Str.
Satz: omnisatz GmbH, Berlin
Druck und Bindung: GGP Media GmbH, Pößneck
Printed in Germany
ISBN 978-3-442-47682-4

www.goldmann-verlag.de

1

Im Leben jeder Frau kommt irgendwann der Zeitpunkt, an dem sie begreift, dass ihr Vater nicht perfekt ist.

Ich hatte das schon vor Jahren feststellen müssen, die Erkenntnis holte mich aber mit erschreckender Regelmäßigkeit immer wieder ein.

Zum letzten Mal, als mein Vater beim Horizontaltango mit einer Frau, die nicht meine Mutter war, an einem Strand in Marblehead einen beinahe tödlichen Herzinfarkt erlitten hatte.

Schockierend war daran nicht die andere Frau, sondern vielmehr die Örtlichkeit. Mein Vater hasste Sand.

Glücklicherweise hatte seine neueste Flamme wohl mit dem gelegentlichen Herzstillstand Erfahrung, denn sie hatte einen Krankenwagen gerufen und dafür gesorgt, dass er auf dem Weg ins Mass General Hospital gewesen war, bevor seine Pumpe ernsthaft Schaden genommen hatte.

Das war inzwischen zwei Wochen her.

Jetzt sah ich ihm dabei zu, wie er in seinem geräumigen Designerschlafzimmer zwischen dem begehbaren Kleiderschrank und dem Bett hin- und herschritt, wo zwei Lederkoffer von T. Anthony auf der zerknitterten Zudecke lagen.

Durch die Reihe deckenhoher Fenster mit Blick auf den Hafen von Boston fiel Sonnenlicht ins Zimmer und ließ die Atmosphäre heiter und fröhlich wirken, obwohl sie alles andere als heiter und fröhlich war.

Mein Vater, Oscar Valentine, war ein distinguierter, gut aussehender Mann, der an einen altmodischen Filmstar erinnerte. Im August wurde er fünfundfünfzig, ging aber leicht für Ende vierzig durch. Er war ein Meter achtzig groß und wegen der regelmäßigen Besuche im hauseigenen Fitnessstudio und seines übertrieben gesunden Lebensstils schlank und gestählt. Das mit dem Herzinfarkt war eine ziemliche Überraschung gewesen.

»Hör auf damit, Lucy«, befahl er. Er fuhr sich mit der Hand durchs grau melierte Haar und sah sich im Schlafzimmer um, ob er auch nichts vergessen hatte.

Ich versuchte, nicht darüber nachzudenken, wie blass er vor der schokobraunen Wand aussah. »Womit soll ich aufhören?«

»Hör auf, das Bett so anzustarren.«

Ich hatte tatsächlich auf sein Bett gestarrt. Auch wenn ich mich noch sosehr dagegen wehrte, mir ging die ganze Zeit die Frage durch den Kopf, wie viele Frauen wohl schon mit ihm darin gelegen hatten. Und warum er seinen makellosen Ruf aufs Spiel setzte, indem er sich mit seiner Geliebten am Strand erwischen ließ.

Eigentlich sollte ich an sein Benehmen längst gewöhnt sein, schließlich war er schon seit achtundzwanzig Jahren mein Vater. Aber ich kam damit immer noch nicht klar. Ich hatte nie bezweifelt, dass es da noch andere Frauen gab, aber ich hatte noch nie eine von ihnen zu Gesicht bekommen, ihn noch nie von einer sprechen hören und wünschte mir, ehrlich gesagt, weiter die Ahnungslose spielen zu können.

»Und du, Judith«, sagte er zu meiner Mutter, »du könntest bitte mal mit dem Grinsen aufhören.«

Meine Mutter, Judie, fächelte sich mit einem *Architectural-Digest*-Magazin Luft zu. Sie war fünfzig und gerade mitten in der Menopause, beim Kampf gegen die Hitzewallungen stand sie auf verlorenem Posten. »Am Strand, Oscar? Hättest du dich nicht wenigstens nach einem netten Hotel umsehen können?«

»Genug Kohle dafür hättest du ja«, warf ich ein. Er war einer der reichsten Männer des Landes, Geld spielte also keine Rolle. »Fifteen Beacon ist doch ganz schön. Oder das Charles.«

Die flatternden Seiten der Zeitschrift erzeugten eine frische Brise. »Ich war ja immer für das Ritz-Carlton. Oh, oder das Boston Harbour Hotel. Die sind doch alle äußerst diskret. Viel diskreter als so ein öffentlicher Strand.«

Mein Vater hielt mitten in der Bewegung inne und starrte uns düster an, dann schüttelte er den Kopf wie ein vom Leben Gebeutelter und wandte sich wieder seinen Koffern zu. Er faltete ein Armani-Hemd zu einem akkuraten Rechteck und legte es auf die anderen sechs, die er bereits eingepackt hatte. »Ich finde das überhaupt nicht lustig.«

»Oh, und ob«, widersprach meine Mutter und stupste mich mit dem Ellbogen an. »Sind wir nicht witzig?«

Ich nickte. »Wir sind total witzig.«

Mein Vater murmelte etwas vor sich hin, vermutlich dankte er Gott dafür, dass er bald auf dem Weg in den verdienten Urlaub sein würde.

»Auf der Flucht« hätte es wohl eher getroffen.

Denn in den Augen der Öffentlichkeit hatte Oscar Valentine, Heiratsvermittler Nummer eins im Lande, damit ganz unverfroren die Monogamie verraten. Er war wirklich und wahrhaftig auf frischer Tat ertappt worden. Und wenn *er* schon nicht die ewige Liebe finden konnte, wie sollten es dann *seine Kunden* tun? Und ein Skandal könnte seine bisherige makellose Erfolgsbilanz bei der Zusammenführung von Liebespaaren zunichtemachen.

Die Zeitungen, besonders der *Herald*, schlachteten die Story erbarmungslos aus. Es riefen immer noch Reporter an und versuchten, den König der Liebe höchstpersönlich zu einem Interview zu überreden.

Das entsprechende Bett-, genauer gesagt, Strandhäschen hatte schon ausgepackt. Ihr Interview war letzten Donnerstag erschienen. Danach hatte mein Vater recht schnell den Entschluss gefasst, dass es an der Zeit für ein wenig Ruhe und Erholung wäre.

In St. Lucia.

Was die Öffentlichkeit nicht wusste, war, dass meine Eltern bereits seit etwa fünfundzwanzig Jahren glücklich und zufrieden getrennte Wege gingen. Gut, sie waren immer noch verheiratet, aber nur auf dem Papier, denn sie waren sich darin einig, dass eine Scheidung bei Heiratsvermittlern schlecht fürs Geschäft wäre, also auch für ihr Bankkonto.

Meine Mutter hatte das Herrenhaus in Cohasset bezogen und mein Vater das Penthouse in Bostons exklusivem Waterfront District behalten. Sie waren immer noch enge Freunde, zeitweise Liebhaber und ständige Weggefährten.

Sie waren tolle Eltern, wenn auch manchmal etwas seltsam.

Kein Wunder, dass ich so geworden war.

Es gab da noch etwas, das die Öffentlichkeit nicht wusste: Die Valentines waren seit Generationen bei der Partnervermittlung erfolgreich, hatten aber nichts als Pech, wenn es um ihre eigenen Beziehungen ging. Jede einzelne Valentine-Ehe war gescheitert. Es war das bestgehütete Geheimnis der Familie.

Na ja, zumindest fast.

Mein Vater zog den Reißverschluss des einen Koffers zu und wollte gerade den anderen schließen, als er plötzlich mit den Fingern schnippte. »Die Badehose fehlt noch.«

»Gott, doch hoffentlich nicht der Tanga, oder?«, flüsterte meine Mutter schaudernd. »Kein Mann über fünfzig sollte so ein Ding besitzen, geschweige denn es auch noch tragen. Das sollte ihm wirklich mal jemand sagen.«

»Ich sicher nicht«, winkte ich ab.

Mein Vater steckte den Kopf aus dem begehbaren Kleiderschrank und sah uns an. Fragend zog er eine grau melierte Augenbraue hoch, dann verschwand er wieder. Er war allerdings noch keine fünf Sekunden außer Sichtweite, als er mir zurief: »Jetzt hör mir mal genau zu, Lucy.« Seine Stimme klang grummelnd. »Ich habe Suzannah eine detaillierte Liste dagelassen. Sie wird dich in alles einweisen.«

Ich wurde hellhörig. »Einweisen?«

Sein Kopf tauchte wieder auf. »Ja, einweisen. Im Büro.«

»Büro?«

Er seufzte, tief und ächzend. Dieses Seufzen hatte ich im Leben schon oft vernommen, angefangen von dem Moment, als ich mein blondes Haar pink färben wollte, bis zu dem Tag, als ich ihm verkündete, dass ich es alleine schaffen wollte, ohne den Treuhandfonds, den er für mich eingerichtet hatte. Und besonders, als ich beschlossen hatte, dem Familienunternehmen den Rücken zu kehren und stattdessen ins Hotelmanagement zu gehen.

Die pinkfarbenen Haare hatten einfach fantastisch ausgesehen, bei der Hotelgeschichte hatte er allerdings Recht behalten. Das war nichts für mich gewesen. Genauso wenig wie die anderen Tätigkeiten, an denen ich mich versucht hatte – Zahnhygienikerin, Starbucks-Barista, persönliche Assistentin oder, in jüngster Vergangenheit, Erzieherin.

Und manchmal trauerte ich dem Geld schon hinterher. Wenn meine Miete zum Beispiel überfällig war. Wie jetzt gerade.

»Hörst du mir überhaupt zu, Lucy?«

Mir wurde klar, dass er die ganze Zeit weitergeredet hatte. »Nein.«

Er seufzte erneut. Zweimal am selben Tag. Ein persönlicher Rekord.

Ich zog die Riemchen über die Ferse und schlüpfte aus meinen Schuhen. »Dass ich die Firma übernehmen soll, ist doch albern. Du weißt genau, dass ich nicht …«

Er sah auf seine Cartier-Uhr. »In einer Stunde fängst du an. Suzannah erwartet dich. Du hast den ganzen Nachmittag Kundengespräche.«

Gut, ich war gerade auf der Suche nach einem neuen Job, aber ich wusste, dass der Familienbetrieb ohne mich besser dran war. Und das wusste er auch. »Was willst du damit sagen?«

»Du.« Er verlor offensichtlich langsam die Geduld. »Kundengespräche. Was genau hast du daran nicht verstanden, Lucy?«

»Ich«, imitierte ich ihn gemächlich, »soll *deine* Kundengespräche übernehmen? Das verstehe ich nicht. Hast du *mir* denn nicht zugehört?«

Jetzt griff er zu seiner strengsten Stimme, mit der er gewöhnlich meine schlimmsten Verfehlungen tadelte: »Du, Lucy Valentine, hast deiner Familie gegenüber eine Verpflichtung.«

»Also wirklich, Oscar.« Meine Mutter fächelte sich nach wie vor mit hochroten Wangen wütend Luft zu.

Er hob die Hand. »Judie, du weißt genauso gut wie ich, dass die Firma von einem Familienmitglied geleitet werden muss. Sonst geht alles den Bach runter. Denk doch an all die armen Menschen, die hilflos umherirren werden, wenn wir nicht da sind, um ihrem Liebesleben auf die Sprünge zu helfen. Nach dem Infarkt und dem ganzen Theater hinke ich mit der Arbeit sowieso schon hinterher. Jemand muss sich darum kümmern, während ich weg bin. Und das bist du, Lucy.«

Ich stand auf und ging zum Fenster. Draußen konnte sich die Sonne nicht länger gegen eine dicke Wolkenschicht durchsetzen. Schneeflocken wirbelten in einem hypnotisierenden Muster umher und verschwanden im dunklen Wasser des Hafenbeckens. Thanksgiving stand vor der Tür, und dann war bald auch schon Weihnachten.

Niemand war an den Feiertagen gerne allein. Bei all den einsamen Herzen auf der Suche nach Liebe würde das Geschäft auf Hochtouren laufen.

Sie alle würden *mich* um Hilfe bitten.

Allein bei dem Gedanken drehte sich mir schon der Magen um. »Aber wie denn? Du weißt doch ganz genau, dass ich keine …«

Er unterbrach mich. »Dann tu eben einfach so.«

»Meinst du nicht, dass wir dadurch mehr Kunden verlieren würden, als wenn jemand anderes die Firma leitet?«

»Der Schlüssel zum Erfolg liegt in unseren Genen. Unserer DNA. Die Firma gehört in die Hand eines Familienmitglieds. Und in diesem Fall bist eben du dran, Lucy. Du bist die letzte einer langen Reihe von Valentines – bis du eines Tages selbst Kinder hast.«

Einen Moment lang dachte ich, er würde mir jetzt einen Vortrag übers Kinderkriegen halten, so wie meine Großmutter Dovie es gerne bei jeder sich bietenden Gelegenheit tat.

Es stimmte ja, dass von den Valentines jeder die Fähigkeit hatte, passende Partner zusammenzuführen. Dieses Talent lag schon seit Jahrhunderten in der Familie. Es hieß, dass angeblich Amor selbst einem unserer Vorfahren diese Gabe verliehen hatte.

Mein Dad hatte da aber ein klitzekleines Detail außer Acht gelassen.

In der Familie verfügte jeder Blutsverwandte über diese Fähigkeit – alle außer mir.

Mein Talent war einem elektrischen Schlag zum Opfer gefallen, als ich vierzehn war, nur um durch übersinnliche Fähigkeiten ganz anderer Art ersetzt zu werden.

Meine Mutter ließ die Zeitschrift sinken und sah mich an. »Du musst das nicht machen.«

»Das habe ich gehört!«, rief mein Vater.

»Wie gut, dass dein Hörvermögen vom Infarkt nicht in Mitleidenschaft gezogen wurde«, zog sie ihn auf.

Ich fand solche Sticheleien zwischen ihnen toll. Wenn sie nicht so sehr damit beschäftigt wären, so zu tun, als ob ihre Ehe eine reine Farce wäre, würden sie sich vermutlich ganz gut zusammenraufen.

Nur die Freundinnen meines Vaters störten ein wenig.

»Verdammt, ich finde meine Badehose einfach nicht! Lucy?«

Er tauchte abermals auf und schaute mich fragend an.

Meine Mutter schüttelte den Kopf und bat mich mit Blicken, es nicht zu tun.

Ich sah vom einen zum anderen und erkannte meine eigenen Augen in den ihren. Ich hatte die leicht gebeugte Figur meiner Mutter und war farblich gesehen eine Mischung aus beiden, dominiert von goldenem Braun. In jedem von ihnen konnte ich etwas von mir erkennen, einiges davon mochte ich, anderes weniger. Aber eins war ganz klar. Wenn mich beide um etwas baten, setzte mein Vater immer seinen Willen durch. Es lag an seinen riesigen braunen Augen und diesem Dackelblick, dem ich nicht widerstehen konnte.

»Na gut«, willigte ich ein.

Er streckte die Hand aus, und ich griff mit beiden Händen danach. Ich sah das Bild der Badehose vor mir aufblitzen. »Dritte Schublade rechts, hinter dem Stapel *Playboys*.«

Er wurde rot.

»Verräterin«, murmelte meine Mutter, als er nachschauen ging.

Ich kämpfte gegen das leichte Schwindelgefühl an, das mich immer überkam, wenn ich eine Vision hatte, und ließ mich auf dem Sofa neben ihr nieder. »Tut mir leid. Hast du schon gepackt?«

»Meine Taschen sind unten. Wir nehmen ein Wassertaxi zum Logan Airport.«

»Du musst das nicht machen«, sagte ich und wiederholte damit ihre eigenen Worte.

Sie schob mir eine Strähne hinters Ohr, die sich aus meinem Pferdeschwanz gelöst hatte, eine Geste von ihr, die mir seit meiner Kindheit nur allzu vertraut ist. »Wer könnte denn zu einer Reise nach St. Lucia Nein sagen, und auch noch um diese Jahreszeit? Da wäre ich ja schön dumm. Außerdem gibt es da so herrlich viel Sand. Glaubst du wirklich, ich lasse mir diese Gelegenheit, deinen Vater aufzuziehen, entgehen?«

»Okay, aber tu nichts, was ich nicht auch tun würde. Und vielleicht solltest du Dad einen Bluttest machen lassen, wenn ihr auf der Insel seid.« Ich sah zum Bett hinüber. »Oder vielleicht zwei.«

Sie beäugte mich misstrauisch, die goldenen Flecken in ihren Augen glitzerten. »Gibt es überhaupt irgendetwas, was du auch tun würdest? Du hattest in den letzten drei Jahren kein einziges Date.«

»Ich hatte schon viele Dates.«

»Nur die, die Dovie arrangiert hat. Die zählen doch gar nicht.«

Damit hatte sie allerdings Recht.

»Vielleicht wäre es an der Zeit, mal jemanden für dich zu

suchen, LucyD«, bemerkte sie und sprach dabei meinen Spitznamen voller Liebe aus.

»Wozu?« Nicht eine einzige Valentine-Ehe war dem Schicksal der Scheidung oder Trennung entgangen. Die Unfähigkeit unserer Familie, glücklich verheiratet zu bleiben, war unter der deprimierenden Bezeichnung »Amors Fluch« bekannt. Es war eine wirklich schmerzhafte Ironie – für jeden Liebe finden zu können … außer für sich selbst. Die Nase meiner Mutter zuckte – wie immer, wenn sie wusste, dass ich Recht hatte, es aber nicht zugeben wollte. Sie ließ den Kopf auf meine Schulter sinken und kuschelte sich an mich. Die gegelten blonden Stachelhaare ihres modischen Kurzhaarschnitts piksten mich an der Wange. »Ist es nicht besser, die Liebe kennen zu lernen und wieder zu verlieren, als überhaupt nicht geliebt zu haben?«

»Du gibst wohl nie auf, Mum.«

»Aha!«, sagte mein Vater mit triumphierender Stimme, den Badetanga in der Hand.

Meine Mutter richtete sich auf. »Hattest du etwa Zweifel an deiner Tochter, ausgerechnet du?«

»Nicht im Geringsten. Aber es erstaunt mich doch immer wieder aufs Neue.«

»Es« war meine Fähigkeit, verschwundene Gegenstände wiederzufinden.

Meine Familie spielte die Sache mit Amor gerne hoch, in Wahrheit aber war jeder Valentine mit der Gabe gesegnet, Auren lesen zu können. Ein Talent, aus dem meine Vorfahren seit Generationen Kapital schlugen, indem sie als professionelle Heiratsvermittler Menschen aufgrund der Farbe ihrer Aura zusammenführten.

Diese Fähigkeit war immer geheim gehalten worden. Niemand wollte sich mit der Öffentlichkeit herumschlagen müssen. Wir wussten, dass Menschen, die sich als Medium zu erkennen gaben, häufig als Scharlatane oder Betrüger abgestempelt wurden, das war schon vielen passiert, und deshalb taten wir alles, um den Ruf der Familie nicht zu gefährden. Wenn jemand das Geheimnis unserer Erfolgsrate ergründen wollte, wurden seine Fragen als zu kleinkariert abgeschmettert. Daher hielten die meisten meine Familie für versnobt. Was wir zwar gar nicht waren, die Annahme wurde jedoch gefördert, um Neugierige abzuschrecken.

Als der elektrische Schlag meine Fähigkeit, Auren zu lesen, in eine andere Art übersinnlicher Wahrnehmung verwandelt hatte, nämlich die, verlorene Gegenstände aufzuspüren, war auch dies nicht publik gemacht worden, aus Angst, dass eine Enthüllung zur nächsten führen könnte. Nur ein paar Familienmitglieder kannten mein Geheimnis. Und nur wenige treue Außenstehende wussten das mit den Auren.

Mein Vater streckte erneut die Hand aus und sagte: »Mein Pass?«

Ich griff nach der Hand und hielt sie fest. Schwindel erregende Bilder blitzten auf. »In der Bibliothek. Rechte obere Schreibtischschublade.«

»Danke, Lucy. Bist du sicher, dass es für dich in Ordnung ist, die Firmenleitung zu übernehmen? Ich weiß, dass ich dich manchmal ziemlich dränge ...«

»Manipuliere«, korrigierte ihn meine Mutter.

Er ignorierte sie. »Aber ich zahle gut, und außerdem würdest du deinem alten Vater damit einen riesigen Gefallen tun.«

»Mein Gott, jetzt nicht auch noch die Masche mit den Schuldgefühlen.« Die drei goldenen Reifen an ihrem Arm klimperten, als meine Mutter ihm mit dem Finger drohte.

Er funkelte sie böse an, sein Blick wurde aber sanfter, als er auf meinen traf. »Lucy?«

Meine Miete war fällig. Ich musste Rechnungen bezahlen.

Und außerdem war es sowieso nicht für lange. Wie viel Schaden konnte ich in ein, zwei Wochen schon anrichten? Und vielleicht, ganz vielleicht konnte ich in diesem Zeitraum endlich herausfinden, was ich wirklich mit meinem Leben anfangen wollte.

»Okay.«

Er nahm mich in den Arm und drückte mich ganz fest. »Das ist meine Tochter. Du wirst sehen, es wird schon alles gut gehen. Verlass dich einfach auf deinen Instinkt.«

Mein Instinkt war Mist, aber das behielt ich jetzt mal für mich.

»Du kannst solange auch gerne hier wohnen. Dann hast du es nicht so weit zum Büro.«

Ich zog den Vorschlag für einen Sekundenbruchteil in Erwägung, lehnte ihn dann jedoch ab. Ich liebte mein kleines Häuschen, obwohl Dovie meine Vermieterin war. Und außerdem würde ich Grendel nicht hierher mitbringen können, da mein Vater allergisch gegen Katzen war. »Hast du schon mit Dovie geredet?«

Meine Großmutter war schon seit dreißig Jahren ganz wild darauf, sich auch an der Partnervermittlung zu versuchen, was ihr allerdings stets verwehrt geblieben war, weil sie in die Familie nur eingeheiratet hatte und nicht über das Talent der Valentines verfügte. Sie würde von meinem Vertretungsjob nicht gerade begeistert sein, weil sie genau wusste, dass auch ich dafür überhaupt nicht qualifiziert war.

»Dovie übernehme ich«, versprach meine Mutter und stand auf. Sie war groß und angenehm rundlich und trug an diesem Tag dunkelblaue Jeans und eine Tunika, die ihrer Figur schmeichelte. Sie schlüpfte in ein paar goldene Ballerinas und steckte sich eine goldene Brosche an den zauberhaften cremefarbenen Schal, in den sie sich hüllte.

Mein Vater schloss auch den letzten Koffer. Ich umarmte beide, nahm ihnen das Versprechen ab, mir eine Postkarte zu schreiben, und ließ eine fiese Bemerkung darüber fallen, dass sie sich von Stränden besser fernhalten sollten.

»Jetzt guck nicht so grimmig, Lucy«, sagte Dad und ignorierte meinen Spott ganz einfach. »Du kümmerst dich doch nur um Angelegenheiten des Herzens. Es ist ja nicht so, als ginge es um Leben oder Tod.«

»Wahrscheinlich hast du Recht.« Ich wurde jedoch das Gefühl nicht los, dass er da falschlag.

Und die Sache in Wirklichkeit todernst war.

2

Die Valentine Inc. befand sich an der Kreuzung Beacon Street und Charles Street, am Rande der protzigen Beacon-Hill-Gegend. Herbstlich gefärbte Blätter wurden die Straße entlanggewirbelt und umtanzten die Autos.

»Nichts als rote Rücklichter«, bemerkte ich.

»Mittagszeit eben.«

»Stimmt. Mittag.« Beim Gedanken an etwas zu essen knurrte mein Magen wie ein altes Getriebe. Ich rutschte auf dem Ledersitz herum und rückte den Anschnallgurt auf Bauchhöhe zurecht. Mein Vater hatte mir für die Zeit seiner Abwesenheit den Mercedes und Raphael zur Verfügung gestellt, Fahrer, Kammerdiener, Assistent, na ja, eben Mädchen für alles. Das fand ich zunächst viel zu extravagant, aber dann dachte ich daran, dass Raphael mir das Leben wirklich erleichtern würde, wenn ich jeden Tag von Cohasset in die Stadt fahren musste.

»Nervös?«, fragte er.

Raphael gehörte zu meinem Leben, seit ich drei Jahre alt war. In manchen Dingen kannte er mich wohl besser als meine Eltern. Immerhin war er es gewesen, der mit mir einen Monopoly-Marathon hinlegte, während mein Vater in der Symphonie oder bei zahllosen anderen Veranstaltungen war.

Hochkarätige Monopoly-Partien bringen oft den wahren Charakter eines Menschen zum Vorschein.

»Ja.«

»Es wird schon gut gehen, Uva.«

Uva heißt Weintraube auf Spanisch, und so nannte er mich seit dem Tag, an dem ich als Fünfjährige an Deck der Mayflower II. einen legendären Wutanfall bekommen hatte und wie eine ebensolche Rebenfrucht lila angelaufen war.

Das war schon in Ordnung. Immerhin hatte ich für ihn auch einen Spitznamen.

»Ich wusste, dass du mich nicht anlügen würdest, Pasa.«

Pasa heißt übersetzt Rosine. Wie so eine war er mir nämlich vorgekommen, als er an Deck des Schiffes mit mir geschimpft hatte, das Gesicht ganz zerquetscht, dunkel und faltig. Und bei wem sollte eine Weintraube, die etwas auf sich hält, auch sonst ihr Handwerk lernen?

Aus seinen schwarzen Augen blitzte der Schalk. »Niemals.«

Auf der Straße war viel los. Abgesehen von den Touristen, die nach der Kneipe Cheers Ausschau hielten (wo angeblich jeder deinen Namen kennt) und die Schwanenboote nirgends finden konnten (die man längst für den Winter eingemottet hatte), war sonst jeder auf der Suche nach etwas zu essen.

Das Auto bewegte sich quälend träge voran. Langsam bekam ich feuchte Hände.

Vier plus vier gleich acht.

Hundertzwei mal drei gleich dreihundertsechs.

Wenn ich Stress hatte, halfen mir einfache Kopfrechenaufgaben, mich zu konzentrieren. Das war im Laufe der Zeit zu einer Gewohnheit geworden, die ich mir abzugewöhnen versuchte, aber es war das Einzige, was mich einigermaßen beruhigte.

Raphael suchte im Radio nach einem vernünftigen Song und landete schließlich bei *Rock the Casbah*. Er war der größte Fan von der Musik aus den Achtzigerjahren, den ich kannte.

»Vielleicht nehme ich sogar als Erster deine Dienste in Anspruch«, überlegte er. Ich war schockiert.

Raphaels Frau war kurz nach ihrer Hochzeit gestorben, Jahre vor meiner Geburt. Soweit ich wusste, hatte er seitdem niemals mehr Interesse an der Damenwelt bekundet.

»Im Ernst?«

»Es wäre an der Zeit, meinst du nicht?«

»Schon lange«, stimmte ich zu.

Er war sechzig und ein guter Fang. Er hatte ein gewinnendes Lächeln, leuchtende Augen und war vermutlich der anständigste Mensch, der mir je untergekommen war. Ich wollte aber nun wirklich nicht diejenige sein, die sein mögliches Liebesleben vermurkste. »Ich denke, du solltest lieber warten, bis Dad wieder da ist.«

Er lachte. »Glaub an dich selbst, Uva, dann tun es auch die anderen.«

»Du klingst schon wie Yoda.«

Unbeirrbar fuhr er fort: »Glaub an das, was du sagst, dann werden es auch andere glauben.«

»Im Prinzip rätst du mir also, meine Lügen glaubhaft zu verkaufen.«

»So langsam kommst du dahinter.« Er fuhr rechts ran. »Ich sehe dich dann um fünf.«

Ich lachte, heilfroh, dass er mich nicht weiter bedrängte, ihm eine Partnerin zu suchen, küsste ihn auf die glatt rasierte Wange und verabschiedete mich. Auf dem Bürgersteig schlug mir sofort der heftige Wind entgegen und wirbelte mir die Haare ins Gesicht, trotzdem konnte ich erkennen, dass mich keine Wagen mit Reportern erwarteten. Immerhin eine gute Neuigkeit – die hatten nämlich fast eine ganze Woche vor dem Gebäude ausgeharrt. In der Nähe der nicht beschilderten Eingangstür, die zu den oberen Stockwerken führte, lungerte eine einzige Journalistin herum. Ich hoffte nur, die würde keinen Ärger machen.

Das dreistöckige Gebäude, in dem die Büros der Valentine

Inc. untergebracht waren, gehörte meinem Vater. Das Erdgeschoss beherbergte das Porcupine, ein etwas altmodisches Restaurant, geführt von Magdalena »Maggie« Constantine. Im zweiten Stock befanden sich die Räumlichkeiten der Detektei SD Investigations, deren Inhaber Sam Donahue mit Dad eine Absprache getroffen hatte. Sam holte für ihn Hintergrundinformationen zu den Kunden ein und übernahm generell alle anfallenden Ermittlungsarbeiten, dafür ging mein Vater mit der Miete runter.

Im ersten Stock war die Firma Valentine Inc. ansässig, und man hatte von dort einen fantastischen Blick über den nahe gelegenen Park. Das Gebäude gehörte meiner Familie seit etwa einhundertfünfzig Jahren. Im Moment war, wie gesagt, mein Vater der Eigentümer, aber irgendwann würde es in meinen Besitz übergehen.

Was ich damit anfangen würde, stand in den Sternen.

Ich winkte Maggie zu. Der Laden sah voll aus, das Geschäft schien gut zu laufen.

Als ich nach meiner Schlüsselkarte griff und auf die diskret zwischen Ladenfronten eingebettete Tür zuhielt, kam die Reporterin auf mich zugestürmt. »Sind Sie auf dem Weg zu den Valentines?«, wollte sie wissen.

»Nein.« Ich schob mich an ihr vorbei, erleichtert, dass sie offenbar keine Ahnung hatte, wer ich war. Es würde sich bald herumsprechen, dass ich mich während Dads Abwesenheit um die Belange der Firma kümmerte, das war nur eine Frage der Zeit, aber ich hoffte, dass sich die Wogen bis dahin geglättet hatten.

Als ich die knarrende Treppe aus Kirschholz emporstieg, konnte ich nicht länger gegen die Nervosität ankämpfen. Ich lehnte mich gegen die Ziegelmauer und verharrte dort einen Moment, um mich etwas zu beruhigen.

»Dann tu eben einfach so«, hatte mein Vater gesagt.

Der hatte leicht reden. *Er* würde die möglichen Kunden ja nicht enttäuschen. Oder seine Eltern. Oder seine Großmutter. Oder das Vermächtnis seiner Ahnen.

Ich würde das tun.

Als ich den Treppenabsatz erreichte, bemerkte ich, dass Licht auf den Holzfußboden fiel. Ich sah nach oben und entdeckte, dass Sams Tür offen stand. Eigentlich wäre ich gerne zu ihm gegangen, um ihm Hallo zu sagen und mich nach seiner Frau und den Zwillingen zu erkundigen. Einfach, um ein bisschen abzuhängen.

So etwa eine Woche lang.

Ich atmete tief durch und hielt mir selbst eine stillschweigende Standpauke. Okay, ich war vielleicht keine geborene Heiratsvermittlerin. Aber ich war eine Valentine und fest entschlossen, niemanden zu enttäuschen – egal, in welcher Hinsicht. Ich musste da jetzt durch.

Durch das gemusterte Glasfenster in der dicken Mahagonitür konnte ich nicht erkennen, ob drinnen schon Kunden auf mich warteten oder ob ich noch ein paar Minuten Zeit hatte, mich zu fangen, bevor mein erstes Opfer auftauchte.

Die Klinke ging meistens ein wenig schwer, also versetzte ich der Tür einen ordentlichen Stoß. Sie flog daraufhin so plötzlich auf, dass sie beinahe gegen die Wand schlug. Suzannah sah vom Fernseher in der Ecke des Raumes auf und strahlte mich an. Außer ihr war niemand da.

Gott sei Dank, eine Gnadenfrist.

»Lucy! Wie schön, dich zu sehen!« Suzannah Ruggieri kam auf mich zu und drückte mich fest. Mir wurde plötzlich klar, dass ich genau so eine Umarmung gerade dringend nötig hatte. Suzannah war gut fünf Zentimeter größer als ich und eher übergewichtig als mollig. Sie würde mit Sicherheit keine Probleme haben, irgendwo einen Job als Übergrößenmodel zu finden, wenn mein Vater sie gehen lassen würde.

Aber das würde er nie tun, denn er betete sie an.

Sie betrachtete mich prüfend und versprach: »Du brauchst gar nicht nervös zu werden. Wir schaffen das zusammen. Abgesehen von drei Terminen hast du heute nur Nachgespräche mit Leuten, die schon vor einiger Zeit vermittelt wurden. Oscar brüstet sich eben gerne mit seinen Erfolgen. Ich habe ihm schon oft gesagt, dass das kein schöner Charakterzug ist, vor allem, weil die Kunden schließlich nichts von den Auren und so wissen, aber mir hört er ja nicht zu.« Sie holte Luft. »Du siehst toll aus.«

Ich konnte nicht anders, ihr Überschwang brachte mich zum Lächeln. »Danke, Suz, du auch.«

Suz war eine der wenigen Eingeweihten, die über das mit dem Aurenlesen Bescheid wussten. Im Laufe der Zeit war sie ein Teil der Familie geworden und mein Vater zahlte ihr gutes Geld, nicht nur, damit sie unsere Geheimnisse bewahrte, sondern auch, weil sie für die Firma einfach unersetzlich war.

»Wie geht es Teddy?«, fragte ich.

Ihr zarter Porzellanteint schien plötzlich von innen heraus zu leuchten. »Alles in Ordnung bei ihm.« Ihre blauen Augen strahlten. Sie gab mir einen spielerischen Stoß. »Anders als dein Vater gebe ich mit meinem Glück ja nicht gerne an. Hm, zumindest nicht, wenn er dabei ist, immerhin hat er uns zusammengebracht. Irgendwer muss sein Ego schließlich im Zaum halten.«

»Ist das überhaupt möglich?«

»Ich arbeite daran.«

Der Firmensitz der Valentine Inc. wirkte gar nicht wie ein Büro, sondern eher wie ein gemütliches Zuhause. Im Gaskamin prasselte ein Feuer, seine rustikale Einfassung aus Mahagoni ähnelte der geschnitzten Tür. Zwei kleine rostbraune Sofas waren so arrangiert worden, dass man, saß man auf ihnen, sowohl die Feuerstelle als auch den Park draußen im Blick hatte. Ein zauberhaft gearbeiteter Perserteppich bedeckte den Großteil des Fußbodens. Dahinter ragten Bücherregale auf und stellten einige der liebsten Kunstwerke meines Vaters zur Schau – vor allem Sachen, die ich ihm als Kind geschenkt hatte – jede Menge bunt bemalte Tontöpfe und schiefe Vasen. In einer Ecke hing ein riesiger Plasmafernseher an der Wand, und obgleich der Ton ausgestellt war, wurde ich durch das Logo einer Nachrichtensendung darauf aufmerksam.

»Was ist denn los?«, fragte ich und deutete auf den Bildschirm.

»Eine schreckliche Geschichte. Ein Vierjähriger war mit seinem Vater im Wompatuck State Park fischen. Sie haben am Ufer ein Picknick gemacht, dann hatte der Vater einen Anfall und wurde ohnmächtig – und als er wieder zu sich kam, war der Kleine weg. Jetzt suchen sie überall nach ihm.«

Das war mal wieder so ein Moment, in dem ich meine Gabe vollkommen infrage stellte. Wieso verfügte ich bloß über eine Fähigkeit, die in wahren Notsituationen so wenig weiterhalf?

Im Laufe der Jahre hatte ich zwei grundlegende Regeln gelernt: Zunächst einmal konnte ich die Information über das verlorene Objekt nur direkt vom Besitzer des Gegenstandes erhalten. Die zweite Regel lautete, dass ich weder Menschen noch Tiere finden konnte. Keine entlaufenen Hunde. Keine vermissten Personen.

Nur Dinge. Unnütze, leblose Gegenstände.

Keine kleinen Jungen.

Suzannah fuhr sich mit der Hand über die Augen. »Ganz furchtbar.«

Und das war es wirklich. Gut, die Sonne hatte sich endlich

durchgesetzt und kam hinter den Wolken hervor, aber es war immer noch kalt, um die zwei Grad. Nachts würde die Temperatur unter den Gefrierpunkt sinken. Wie lange konnte ein Junge bei so einem Frost überleben?

In mir brodelte es, ich war so wütend, weil ich nicht helfen konnte, aber ich versuchte, den Gedanken daran zu verdrängen. Meine Wut würde dem Jungen nicht weiterhelfen und mir auch nicht.

Es fiel mir unendlich schwer, mein Schicksal zu akzeptieren, und ich dachte zum millionsten Mal darüber nach, warum mir ausgerechnet *diese* Gabe zuteilgeworden war. Liebende zusammenführen zu können war eine Fähigkeit, die vielen zugutekam, den Badetanga meines Vaters zu finden dagegen nicht.

»Wir haben viel zu tun.« Suzannah eilte zu ihrem Tisch. »Du musst noch ein paar Formulare für die Buchhaltung ausfüllen – den Arbeitsvertrag und so. Und dann solltest du noch diese Mappen durchsehen, bevor die Kunden kommen.« Sie schritt zu den Büroräumen.

Ich folgte ihr.

»Dein Vater meinte, du könntest sein Büro benutzen, aber das habe ich für keine gute Idee gehalten. Da ist alles so männlich, das dunkle Grün und Blau. Ich habe ihm vorgeschlagen, dass wir für dich eins der kleineren Besprechungszimmer umfunktionieren.« Sie blieb vor der Tür stehen. »Du hast einen Schreibtisch, einen Aktenschrank, Computer und Telefon – alles, was du brauchst. Mach es dir bequem. Du weißt ja, wo du die Küche und den Kopierer findest.« Ich konnte beinahe sehen, wie es hinter ihrer Stirn ratterte, als sie sich am Kinn kratzte. »Das müsste eigentlich alles sein. Ich bin vorne, wenn du mich brauchst. Und da klingelt es ja auch schon. Ich hoffe nur, dass diese Reporterin die Kunden nicht belästigt. Ich habe schon versucht, sie loszuwerden, aber sie taucht immer wieder auf. Ich mache mich besser mal auf, Ms Fellows vor ihr zu retten. Du hast ungefähr fünf Minuten, reicht dir das?«

Ich presste die Mappen gegen meine Brust. »Wann atmest du eigentlich?«

Sie lachte, der Laut wurde von den grün-grauen Wänden des Besprechungszimmers – meines neuen Büros – zurückgeworfen und erfüllte den Raum mit Fröhlichkeit. »Von Zeit zu Zeit.«

»Fünf Minuten reichen voll und ganz.«

Da ich sowieso keine Ahnung hatte, was ich da tat, war es eigentlich auch egal, ob ich jetzt dreißig Sekunden zur Vorbereitung hatte oder zwei Stunden.

Ich fragte mich zum ersten Mal, ob ich überhaupt passend angezogen war, aber Suzannah hatte den Raum bereits verlassen, und ich fand es albern, sie zurückzurufen, nur damit sie mein Outfit unter die Lupe nahm. Dunkle Jeans, ein cremefarbenes Trägershirt und ein smaragdgrüner Blazer – das müsste jetzt eben genügen.

Fünf mal fünf gleich fünfundzwanzig.

Achtundachtzig minus elf gleich siebenundsiebzig.

Ich nahm hinter dem Schreibtisch Platz und suchte die Mappe von Lola Fellows heraus. Mein Vater ließ seine Kunden lange Listen mit ihren Vorlieben und Abneigungen ausfüllen, sowie einen Persönlichkeitstest.

Er warf nicht einmal einen Blick darauf.

In Lolas Dossier fand ich ein kleines Stoffquadrat in leuchtendem Blau. Das war das Ordnungssystem meines Vaters. Wenn er Lola anschaute, sah er um sie herum eine leuchtend blaue Aura. Früher hatte mein Vater mit Buntstiften in den Mappen seiner Kunden herumgekritzelt, bis Suz ihn in die Welt der Stoffmuster eingeführt hatte. Er war begeistert gewesen.

Lolas erstes Treffen mit meinem Vater hatte kurz vor seinem Herzinfarkt stattgefunden, also hatte er vermutlich noch keine Zeit gehabt, sein umfassendes Archiv durchzugehen, um einen passenden Partner für sie zu finden.

Ich hörte, wie Suzannah die Kundin begrüßte, huschte in das Büro meines Vaters, fing bei A an und zog eine Mappe nach der anderen aus seinem Aktenschrank. Erstaunlich, was für unterschiedliche Menschen doch auf der Suche nach Liebe waren. Reiche, arme, junge und alte. Dad nahm keine Pauschalgebühr, sondern passte seine Preise an den Verdienst seiner Kunden an. Er fand, dass Geldprobleme der wahren Liebe niemals im Weg stehen sollten, hatte aber gar keine Skrupel, denen, die es sich leisten konnten, horrende Summen zu berechnen.

Zehn Minuten und fast zweihundert Akten später fand ich bei Adam Atkinson eine Übereinstimmung. In seiner Mappe klebte ebenfalls ein leuchtend blaues Stück Stoff.

Ich atmete tief durch und versuchte, mir selbst Mut zuzureden, während ich in mein Büro zurückkehrte und schließlich Lola Fellows zu mir hereinrief.

Sie kam auf mich zu und streckte die Hand aus.

Noch so ein Dilemma, denn ich gab anderen nur ungern die Hand. Umarmungen waren in Ordnung, Küsse ebenfalls. Aber meine besondere Begabung zeigte sich, wenn die Handflächen aufeinandertrafen. Wenn jemand an etwas dachte, was er verloren hatte, und dann meine Hand berührte, konnte ich diesen Gegenstand augenblicklich vor mir sehen.

Ich konnte nur hoffen, dass die liebreizende Lola in letzter Zeit nichts verloren hatte, und schüttelte ihr rasch die Hand.

Nichts.

Gott sei Dank. Es wäre gar nicht so einfach gewesen, ihr zu erklären, woher ich bloß wusste, wohin ihre Lieblingsohrringe verschwunden waren.

Als wir Platz nahmen, warf ich einen Blick in ihre Mappe. Sie war zweiunddreißig Jahre jung, Finanzberaterin, und arbeitete im John-Hancock-Gebäude. Wenn man dem Persönlichkeitstest glauben durfte, war sie erfolgreich, clever und kontaktfreudig.

Auf dem Papier sah es so aus, als hätte sie einfach alles.

Außer der Liebe.

Alle Frösche der Welt zu küssen, um einen Prinzen darunter zu finden, war beinahe unmöglich. Wenn doch nur jeder Auren lesen könnte.

Zum Glück kannte ich den Namen ihres Traumprinzen und würde diese Information jetzt an sie weitergeben.

»Das mit Ihrem Vater tut mir leid«, begann Lola und schlug die Beine übereinander. »Ich glaube nicht eine Sekunde, was die Zeitungen da schreiben. Oscar ist ein anständiger Mensch.«

Die Wahrheit würde hier wohl nur schaden, also verschwieg ich die Tatsache, dass mein Dad genauso unanständig war, wie es der *Boston Herald* behauptete. »Vielen Dank. Es geht ihm jetzt schon viel besser.«

»Kommt er denn bald wieder zurück?«

»Da bin ich mir nicht so sicher.«

»Ich will ganz offen zu Ihnen sein, Ms Valentine. Was befähigt Sie denn dazu, für mich einen Mann zu finden? Darf ich mich nach Ihren akademischen Qualifikationen erkundigen?«

Am liebsten hätte ich sie auf meinen Besuch der Pequot-Grundschule hingewiesen, hätte damit aber wohl keinen guten Eindruck hinterlassen. »Ich habe meinen Abschluss an der Bridgewater State gemacht«, erklärte ich also.

Sie schürzte abfällig die Lippen. Okay, es war nicht gerade Harvard, aber trotzdem eine gute Uni – und ich hatte mir das Studium dort mit zwei Jobs selbst finanziert.

»Einen Abschluss in …?«

»Wirtschaftswissenschaften, mit Englisch im Nebenfach.« Meine Jobs an der Kaffeetheke, als Erzieherin und Hundeausführerin ließ ich einfach mal unter den Tisch fallen. Die würden eher nicht zu meiner Glaubwürdigkeit beitragen. Obwohl ich zugeben musste, dass jemand, der zehn Hunde auf einmal unter Kontrolle hat, vermutlich auch alles andere auf die Reihe kriegt.

Was mich daran erinnerte, dass ich eben nie mit zehn Hunden auf einmal klargekommen war. Meine Zeit als Hundesitterin war recht schnell vorbei gewesen.

Lola Fellows hatte durchaus Grund zur Sorge.

Sie zog die dunklen Augenbrauen zusammen, und um ihre Mundwinkel bildeten sich unattraktive Fältchen. »Und wie hilft mir das weiter?«

Wenn sie nicht so eine Zicke wäre, hätte sie vielleicht schon längst einen Mann gefunden. Ich hatte beinahe ein schlechtes Gewissen, weil ich sie auf den armen Adam hetzen würde.

Ich straffte meine Schultern. »Meine Gene qualifizieren mich für diese Aufgabe. Schlicht und ergreifend. Ich bin eine Valentine. Wir führen Liebende zusammen, das ist unsere Bestimmung.«

Raphael wäre stolz auf mich gewesen. Ich glaubte mir ja fast selbst.

Sie saugte an ihrer blutroten Unterlippe. »Also gut, in Ordnung. Was haben Sie für mich?«

Ich verbrachte die nächsten dreißig Minuten mit Lola und die nächsten zwei Stunden mit verschiedenen anderen Kunden auf der Suche nach der wahren Liebe. Schwierig waren dabei die neuen Kunden, für die ich noch kein Stoffmuster hatte. Ich packte ihre Unterlagen ein, um zu Hause einen Blick darauf zu werfen. Dabei fragte ich mich, ob ich solche Hausaufgaben wohl als Überstunden abrechnen konnte.

Als sich Michael Lafferty schließlich mir gegenüber niederließ, fing ich bereits an zu glauben, dass ich vielleicht doch eine ganz gute Heiratsvermittlerin abgab.

Es gab für ihn sogar schon ein Stück Stoff, in leuchtendem Orange, durchzogen von Rottönen. Ich hatte beim Durchsehen von Dads Aktenschrank nichts in der Art gefunden, was bedeutete, dass ich Michael noch einmal herbestellen musste. Bis dahin hieß es, ihn hinzuhalten.

Ich stellte ihm die erforderlichen Fragen über seinen familiären Hintergrund (seine beiden älteren Schwestern und er waren von einer alleinstehenden Mutter großgezogen worden), Alter (neunundzwanzig), Beruf (Mechaniker), Wohnort (eine Arbeitersiedlung in North Weymouth) und Religion (katholisch). Er war groß, fast eins neunzig, und eher dürr als schlank. Er hatte leuchtend blaue Augen, dunkles Haar und helle Haut.

Der Typ Mann, um den sich die Frauen rissen.

Und trotzdem saß er jetzt vor mir.

»Waren Sie schon einmal verheiratet?«, fragte ich ihn.

»Nein, nur verlobt.«

»Wie lange ist das her?«

»Fast sechs Jahre, und ich will ehrlich zu Ihnen sein, Ms Valentine. Ich liebe sie immer noch – die Frau, mit der ich verlobt war.«

»Ah. Das könnte Ihre Vermittlung erschweren.«

»Allein habe ich es jedenfalls nicht geschafft, über sie hinwegzukommen. Deshalb bin ich ja hier.«

Ich war neugierig geworden und ließ die Mappe auf den Schreibtisch sinken. Sein Tonfall rührte mein schwärmerisches Herz. Jemanden nach so vielen Jahren noch zu lieben … »Was ist denn passiert?« Meine melodramatische Ader spielte im Kopf bereits *Love Story* ab.

»Das ist eine lange und traurige Geschichte.«

Ich sah Ryan O'Neal und Ali MacGraw quasi vor mir.

Ich wusste zwar, dass es mir nicht dabei helfen würde, seine bessere Hälfte zu finden – dafür brauchte ich nur mehr Zeit an Dads Aktenschrank. Aber ich konnte es mir einfach nicht verkneifen. »Ich habe Zeit. Diese Informationen könnten uns vielleicht bei der Vermittlung helfen.«

Er zuckte mit den Achseln. »Sie heißt Jennifer Thompson.«

Als er den Namen aussprach, lag darin seine ganze Sehnsucht, und ich fragte mich, ob gegen so starke Erinnerungen wohl jemand anders ankommen würde. Wäre es überhaupt ethisch vertretbar, ihn mit einer neuen Partnerin zusammenzubringen?

»Jennifer und ich haben uns bereits sehr früh verliebt. Wir waren schon in der Schulzeit zusammen, seit der zehnten Klasse.«

»Wow, das ist wirklich jung.«

»Sie wissen schon, manchmal passt in der Liebe eben alles.«

Nein, das wusste ich nicht. Von diesen Dingen hatte ich, dank Amors Fluch, leider keine Ahnung.

»Wir waren sieben Jahre lang zusammen. Als wir mit der Schule fertig waren, machte ich ihr einen Antrag – meine Mum gab mir den Ring dazu, ein Erbstück, seit Generationen in ihrer Familie. Wir wollten heiraten, sobald Jennifer das College abschloss. Sie wissen ja, wie das so läuft.«

Ich nickte.

»Jenny kam mich übers Wochenende besuchen, und wir haben uns gestritten.« Er sah jetzt aus, als wäre er ganz woanders, in den blauen Augen zog ein Sturm auf. »Das war wirklich ein blöder Streit. Es ging darum, dass sie in der Stadt wohnte, näher an der Uni, und nicht bei mir. Ich bin dann einfach gegangen. War in der Kneipe. Hab ein paar Gläser zu viel getrunken.«

Mich überkam ein ungutes Gefühl, ich ahnte, wie das ausgehen würde.

»Ich bin im Bett mit einer anderen aufgewacht, einer alten Klassenkameradin namens Elena Hart.«

Tiefer Zorn ließ ihn die Stirn runzeln. »Ich muss total betrunken gewesen sein. Ansonsten hätte ich nie mit Elena geschlafen. Nicht nur wegen Jennifer, sondern auch, weil Elena …« Er schüttelte den Kopf.

»Was denn?«

»Na ja, sie war eine ziemliche Klette und hat sich mir zusammen mit ihrer Freundin Rachel Yurio oft an die Fersen geheftet. Das war fast schon unheimlich. Und ich weiß, dass sie auch Jennifer nicht in Ruhe gelassen haben. Obwohl wir es nie beweisen konnten. Aber Elena hatte schon seit Jahren versucht, uns auseinanderzubringen, und sich eingeredet, dass zwischen uns etwas laufen würde, wenn Jennifer nicht mehr im Weg stünde.«

Plötzlich erinnerte mich die Geschichte eher an *Fatal Attraction* als an *Love Story*. »Haben Sie Jennifer erzählt, was in jener Nacht mit Elena passiert ist?«

»Elena hat sie zuerst erwischt und ihr Fotos gezeigt, die sie gemacht hatte. Jennifer hat mich angerufen und mit mir Schluss gemacht, sie hat versprochen, dass sie mir den Ring mit der Post schicken würde. Der ist aber nie wieder aufgetaucht. Mit dem Ring liegt meine Mutter mir immer noch in den Ohren. Und ich kann zu Jennifer auch keinen Kontakt aufnehmen, um sie danach zu fragen. Sie ist nach der Trennung nicht mehr ans Telefon gegangen. Ich habe sie nie mehr wiedergesehen.«

»Das tut mir leid.«

Er faltete die Hände und spielte mit den Daumen herum.

»Das habe ich mir selbst zuzuschreiben.«

»Wie ging es mit Elena weiter?«

»Rachel, Elenas Freundin, war wirklich ein liebes Mädchen – ich habe nie verstanden, warum sie ständig mit Elena zusammenhockte. Wie auch immer, jedenfalls hat sie sich eines Tages aus heiterem Himmel bei mir gemeldet und erklärt, dass sie mir etwas sagen müsste. Sie hatte vermutlich ein schlechtes Gewissen. Sie hat mir erzählt, dass Elena das alles nur gestellt hat. Wir haben nie miteinander geschlafen. Ich habe versucht, Jennifer anzurufen, aber zu diesem Zeitpunkt konnte ich sie schon nicht mehr ausfindig machen. Sie war wie vom Erdboden verschluckt. Ihre Eltern lebten damals in Weymouth Landing und machten mir nicht einmal mehr die Tür auf, wenn ich bei ihnen vorbeischaute. Irgendwann habe ich es dann aufgegeben, und sie sind weggezogen.«

»Haben Sie Elena wiedergesehen?«, fragte ich.

»Elena hat herausgefunden, dass Rachel mir von den Fotos erzählt hat, und es kam zu einem Riesenstreit. Dann ist Elena bei mir aufgekreuzt und war völlig von Sinnen. Ich habe ihr gesagt, sie soll mich ein für alle Mal in Frieden lassen. Dass zwischen uns nie etwas laufen würde. Ich habe die beiden nicht wiedergesehen. Man munkelt, dass sie die Stadt verlassen haben.« Er erschauerte. »Also, es hat lange gedauert, über all das hinwegzukommen, aber jetzt bin ich so weit und will ganz neu anfangen. Ich hätte gerne eine Familie. Eine Frau. Kinder. Sogar ein kleines Häuschen mit Gartenzaun.«

Ja, das klang wirklich gut.

»Glauben Sie, dass Sie mir helfen können, Ms Valentine?«

Ich spielte mit dem Stoffmuster in seiner Mappe herum. »Ich bin sicher, dass ich für Sie eine passende Partnerin finden kann, Michael, aber ich weiß nicht, ob diese Person Jennifer je ersetzen wird.« Ich dachte an all die Dossiers im Büro meines Vaters, auf die wollte meine romantische Ader aber nicht zurückgreifen. Konnte ich Jennifer vielleicht ausfindig machen? Und herausfinden, ob sie Michael eventuell eine zweite Chance geben würde, vor allem, weil er sie ja nie betrogen hatte? War es albern von mir, diese Möglichkeit überhaupt in Erwägung zu ziehen?

Wahrscheinlich. Aber ich konnte nicht einfach ignorieren, dass er noch etwas für diese Frau empfand. Dass er sie nach all dieser Zeit noch liebte … Einen Versuch war es wert. Aber zunächst einmal musste ich sie finden. In Erfahrung bringen, ob sie verheiratet war. Ein Ehering an ihrem Finger würde all meine Pläne jäh zunichtemachen.

»Niemand kann Jenny ersetzen, Ms Valentine. Aber sie will mich nicht, und ich muss endlich nach vorne sehen.«

Vielleicht war es tatsächlich ein bisschen blauäugig von mir, trotzdem schlug ich vor: »Wie wäre es denn, wenn ich mit Jennifer sprechen würde, ihr vielleicht erkläre, was vor all den Jahren passiert ist, und herausfinde, ob sie Interesse daran hätte, sich mit Ihnen zu treffen?«

Er zog die Augenbrauen zusammen. »Ich kann mir nicht vorstellen, dass sie Ja sagen würde.«

»Aber?«

Hoffnungsvoll erklärte er: »Vielleicht wäre es genau das, was ich bräuchte, um mit der Sache endgültig abzuschließen.«

Dem stimmte ich zu. Ob aus der Idee nun etwas wurde oder nicht, ein Treffen konnte vielleicht auf beiden Seiten alte Wunden heilen. Michael gab mir noch einige Informationen, die mir bei der Suche nach Jennifer helfen sollten, und ich versprach, mich bei ihm zu melden, sobald ich etwas in Erfahrung gebracht hatte.

Er erhob sich und streckte die Hand aus. »Danke.«

Ich schüttelte sie und erstarrte.

Bilder schwirrten durch meinen Kopf, so als wäre einer dieser altmodischen Filmprojektoren völlig außer Kontrolle. Mir wurde schwindelig, ich schwankte.

»Ms Valentine? Geht es Ihnen gut?«

Ich zog die Hand weg und griff mir an die Brust. Ein wenig zittrig behauptete ich: »Alles in Ordnung.«

»Sie sind plötzlich kreidebleich geworden.«

Ich hoffte nur, nicht allzu unhöflich zu wirken, als ich ihn hastig zur Tür brachte. Ich war ziemlich mitgenommen, und das musste er bemerkt haben. »Es geht mir gut. Wirklich. Ich melde mich bald bei Ihnen.«

Als ich ihn den Flur entlanggehen sah, war mir so richtig schlecht. Ich hatte das Bild eines Verlobungsringes gesehen, als unsere Hände sich berührten. Es war ein altmodisches Schmuckstück aus Platin, mit zarter Filigranarbeit und einem rechteckigen, zweikarätigen Diamanten. Ein typisches Familienerbstück.

Und es saß auf dem Finger eines Skeletts.

3

Ich stolperte zurück in mein Büro, schloss die Tür, setzte mich auf den Stuhl und ließ den Kopf zwischen die Knie sinken.

Es gab auf der ganzen Welt gar nicht genug Matheaufgaben, um mich jetzt zu beruhigen.

Im Laufe der Zeit hatte ich so viele Sachen aufgespürt. Die Manschettenknöpfe meines Vaters, das Portemonnaie meiner Mutter, den heiß geliebten WWF-Anstecker meiner Großmutter. Gelegentlich hatte ich sogar verlorene Besitztümer meiner besten Freundinnen, Marisol und Em, entdeckt, ohne dass sie je herausbekamen, wie ich das angestellt hatte.

Aber ich hatte noch nie eine Leiche gefunden.

Den Körper eines Menschen, der höchstwahrscheinlich ermordet worden war. Warum hätte man ihn sonst ohne Sarg in einem öffentlichen Park verbuddelt?

Langsam hob ich den Kopf. Alles drehte sich. Ich hatte einen fürchterlichen Schwindelanfall. Ich legte den Kopf in den Nacken und atmete in tiefen Zügen ein und aus, während ich mich auf die apfelgrünen und auberginenfarbenen Streifen des Raffrollos konzentrierte.

Der Raum hörte langsam auf, sich zu drehen.

Ich wühlte in meiner riesigen Schultertasche herum, fand eine Flasche Wasser und schraubte den Deckel ab. Dann gab ich etwas Wasser auf meine Finger und kühlte mir damit das Gesicht.

Jede Regel hat ihre Ausnahme.

Meine übersinnliche Fähigkeit wurde durch Geschenke aus dem Gleichgewicht gebracht. Soweit ich wusste, waren das die einzigen Dinge, die ich durch den Kontakt zu beiden Menschen wiederfinden konnte. So ein Präsent hat nämlich zwei Besitzer – den, der es verschenkt, und den Empfänger dieser Gabe.

Und deshalb erreichte mich die Energie des Schmuckstücks durch Michael, auch wenn es, genau genommen, Jennifer gehörte.

Ich war völlig durcheinander.

Der Ring, den ich gesehen hatte, steckte am Finger einer Leiche, die man in North Weymouth in einem Park vergraben hatte – also in der Stadt, in der Michael lebte. Zufall? Wohl kaum.

Aber was sollte ich jetzt tun?

Die Polizei anrufen? Man brauchte keine hellseherischen Fähigkeiten, um sich auszumalen, wie diese Unterhaltung enden würde.

Versuchen, die Leiche auf eigene Faust zu finden? Es war eine Überlegung wert. Aber was dann?

Eine weitere Möglichkeit bestand darin, einfach gar nichts zu tun.

Die verwarf ich allerdings sofort wieder. Ich gehörte nicht zu den Leuten, die die Dinge aussitzen.

Suzannah hockte hinter ihrem Rezeptionstisch und starrte mit Tränen in den Augen auf den Fernseher, wo weiter über den vermissten Jungen berichtet wurde, wie ein leuchtend gelber Schriftzug auf dem Bildschirm verriet.

»Du siehst schlecht aus«, bemerkte sie.

»Dasselbe habe ich auch gerade gedacht.«

Sie wies mit einer Kopfbewegung in Richtung Fernseher, während sie die unterste Schublade des Tisches aufzog und sich eine Hand voll Flips nahm. »Mein Neffe ist etwa genauso alt. Die Geschichte geht mir einfach an die Nieren.«

Ich überflog den Lauftext am unteren Bildrand und runzelte die Stirn. »Jetzt wird der Vater verhört?«

»Erinnerst du dich noch an den Vorfall, als eine Frau ihre Jungen in einem See ertränkt hat und dann behauptete, sie wären von einem Autodieb entführt worden?«

»Leider ja«, murmelte ich.

»Die Polizei geht der Frage nach, ob der Vater wirklich einen Anfall hatte oder nicht. Es gab keine Zeugen. Taucher suchen den Aaron-River-Stausee ab.«

»Vielleicht solltest du dir das besser nicht angucken.« Mir zumindest ging es dadurch schlechter. Wenn man sich nur vorstellte, ein Vater könnte sein eigenes Kind umgebracht haben …

»Du hast Recht.« Sie stellte den Fernseher ab, erhob sich hastig und ließ sich dann wieder auf den Stuhl fallen. »Ich fühle mich so nutzlos.«

»Warum fährst du nicht hin und hilfst bei der Suche im Wald? Ich bin sicher, dass sie Freiwilligenteams zusammenstellen.«

Sie sprang wieder auf. »Das sollte ich wirklich. Das mache ich!« Sie eilte zum Schrank, griff nach dem Burberry-Mantel und ihrer Handtasche. Draußen brach die Dämmerung herein und warf erste Schatten. Ich ging zum Fenster, zog die Vorhänge zu und schaltete eine Stehlampe an.

Suzannah hielt auf die Tür zu, blieb dann aber abrupt stehen. »Und was ist mit dir?«

»Ich komme schon klar. Ich sehe nach dem Gaskamin, schließe ab und schaue noch kurz bei Sam vorbei, bevor ich nach Hause fahre.« Nach den Geschehnissen des heutigen Tages würde mir ein vertrautes Gesicht guttun.

»Wie geht es Em und Marisol?«

»Die bekomme ich ja kaum noch zu Gesicht. Marisol geht völlig in ihrer Arbeit in der Tierklinik auf, und Em verliert wegen des Praktikums in der Pädiatrie und den Vorbereitungen zu ihrer Hochzeit langsam völlig den Verstand.«

Suz zog den Gürtel ihres Mantels enger und nickte. »So ist das mit Hochzeitsvorbereitungen nun mal.«

»Vor allem dann, wenn die Mutter der Braut alles in die Hand nimmt und schon zweihunderttausend Dollar über dem Zweihundertfünfzigtausenddollarbudget liegt, eins der Blumenmädchen auf einmal beschlossen hat, dass es viel lieber den Ring tragen würde, und Em fünf Kilo zugelegt hat, sodass sie nicht mehr in ihr Kleid passt.«

Suzannah stieß einen Pfiff aus. »Das ist aber mal ein ordentliches Budget.«

»Für eine Baumbach immer nur das Beste«, wiederholte ich Ems Familienmantra.

»Wann ist denn die Hochzeit?«

»Am Valentinstag.«

»Ach, wie romantisch. Ich bin sicher, es wird schon alles gut gehen«, sagte sie. »Du hättest mich mal zwei Monate vor meiner Hochzeit sehen sollen.«

Ich lächelte. »Hab ich doch.«

»Oh, stimmt.« Sie wurde rot, kam einen Schritt auf mich zu und drückte mir einen flüchtigen Kuss auf die Wange. »Gönn dir ein bisschen Ruhe, du siehst wirklich nicht gut aus.«

»Mache ich. Aber erst wollte ich kurz was mit Sam besprechen.«

Suzannah zog an der schweren Tür, hielt aber plötzlich inne. »Moment mal, Sam ist doch mit seiner Familie auf Maui.«

»Echt? Als ich gekommen bin, stand oben die Tür offen.«

»Sean ist da.«

»Sean?«

»Sams Bruder. Der war mal Feuerwehrmann, bis ihn irgendeine Verletzung außer Gefecht gesetzt hat. Sam hat ihn vor neun Monaten zum Teilhaber gemacht.«

Komisch, dass ich bis jetzt noch nie von ihm gehört hatte.

»Wann kommt Sam denn zurück?«

»Am Sonntag.«

Heute war Mittwoch. Konnte ich so lange warten?

Suzannah hatte mein Zaudern wohl bemerkt. »Sean ist in Ordnung. Du kannst ihm vertrauen.«

»Bist du da sicher?«

»Ich hab doch immer Recht, Lucy.« Ihr Blick wanderte in Richtung Treppe, und ein Lächeln erhellte ihr Gesicht.

»Warum strahlst du denn plötzlich so?«

»Ach, aus keinem bestimmten Grund, einfach so«, behauptete sie und ging zur Tür hinaus.

Ich glaubte ihr kein Wort.

Am Fenster warf ich einen Blick durch die Vorhänge und sah zu, wie sie die Journalistin ignorierte, die auf dem Bürgersteig herumlungerte, und in Richtung U-Bahn davoneilte. Zurück in meinem Büro suchte ich die Mappen zusammen, die ich mit nach Hause nehmen wollte, und legte die von Michael Lafferty ganz oben auf den Stapel. Ich schloss hinter mir ab und stieg zögerlich die Treppe zu SD Investigations hinauf. Die Tür stand immer noch offen.

Ich schaute in den Vorraum, konnte aber niemanden entdecken. »Hallo? Sean?« Ich machte einen Schritt ins Innere. »Mr Donahue?« Und dann noch einen. »Sean?«

Das Büro glich in Größe und Aufteilung dem meines Vaters, und sie arbeiteten offensichtlich auch mit demselben Innenausstatter zusammen. Glänzende Hölzer, dicke Teppiche und riesige, einladende Sitzmöbel hießen mich willkommen.

Das Licht der Deckenlampen ließ die Wände in gedecktem Orange erstrahlen und tauchte den ganzen Raum in ein Leuchten. In der Luft lagen der Duft von frischgemahlenem Kaffee und ein intensives Zimtaroma.

»Hallooo!«, rief ich ein wenig lauter, während ich zu den Büroräumen ging. Ein Konsolentischchen im Flur gab über den Ursprung des Zimtgeruchs Aufschluss – eine Duftkerze flackerte im Dämmerlicht. Ich hörte eine gedämpfte Männerstimme – sie kam aus dem Büro direkt über meinem.

Als ich näher herantrat, konnte ich die Worte deutlicher vernehmen. Sean Donahue telefonierte offensichtlich.

»Ja, ich hab es mir aufgeschrieben … Ja, ganz sicher. Himbeerjogurt, Schweizer Käse, Putenbrust und Klopapier.« Er schwieg eine ganze Weile und sagte dann: »Ich werd's nicht vergessen. Im Kopf bin ich noch klar, Cara.«

Man merkte am Tonfall, wie gereizt er war, und ich fragte mich, ob ich vielleicht besser am nächsten Tag wiederkommen sollte. Dann drängten sich mir wieder die Bilder des Rings auf. Das Schwindelgefühl überkam mich erneut, und mir drehte sich der Magen um. Ich atmete tief durch, ich wollte auf keinen Fall ohnmächtig werden, denn das trug bestimmt nicht zu einem guten ersten Eindruck bei.

Ich dachte kurz daran, mich wieder in den Rezeptionsbereich zu begeben und darauf zu warten, dass Sean Donahue sein Telefonat beendete, nach einem raschen Blick auf die Uhr beschloss ich jedoch, seine Unterhaltung zu unterbrechen. Raphael würde in einer Viertelstunde hier sein.

Ich stand jetzt auf der Türschwelle und hob die Hand, um zu klopfen, während Sean gerade erklärte: »Das weiß ich noch nicht. Spät. Hier auf meinem Tisch stapeln sich die Akten, die muss ich noch abarbeiten.«

Genau in dem Moment, in dem meine Fingerknöchel das Holz berührten, wandte er sich mit einer Drehung des Bürostuhls vom Fenster ab. Er spannte jeden Nerv an, als unsere Blicke sich trafen.

Wow!

Ich lehnte mich an den Türrahmen, falls meine Knie nachgeben sollten.

»Cara, ich muss Schluss machen, hier will mich jemand sprechen.« Er presste die Lippen aufeinander. »Ich rufe dich noch mal an, bevor ich mich auf den Weg mache. Ciao.«

Er klappte sein Handy zu und stand auf. Ich hatte nicht den Eindruck, meinen wackeligen Knien trauen zu können, daher rührte ich mich nicht vom Fleck.

Sean war nicht gut aussehend im klassischen Sinne. Seine Gesichtszüge waren zu kantig, die Haare zu kurz, und er hatte sich mindestens einmal die Nase gebrochen, vielleicht sogar öfter. Sein Kiefer schien einem Superheldencomic zu entstammen. Aber irgendetwas an ihm verschlug mir völlig den Atem und ließ meine Knie butterweich werden. Irgendetwas … soll ich es wirklich aussprechen? Sinnliches. Verführerisches.

Jetzt war mir auch klar, warum Suzannah vorhin so gelächelt hatte.

Auf diese Art und Weise hatte ich noch nie auf einen Mann reagiert, und ich war mir nicht ganz sicher, wie ich das interpretieren sollte. In diesem Moment passte es mir so gar nicht – ich war mir ziemlich sicher, dass ich wie ein Idiot dastand.

Er wich meinem Blick nicht aus, sah nicht weg oder blinzelte. In den achtundzwanzig langen Jahren meines Lebens hatte ich noch nie so graue Augen gesehen. Die milchige Iris schimmerte wie Perlen. Ich war wie gebannt und brauchte fast eine halbe Minute, um mich zusammenzureißen.

Schließlich räusperte ich mich und sagte: »Hi.«

»Sie können ja doch sprechen. So langsam hatte ich da meine Zweifel.«

Auf einmal glühten meine Wangen. Ich hatte ihn offensichtlich nicht sehr beeindruckt.

»Ich hab geklopft und gerufen. Sie haben mich wohl nicht gehört.«

Versuchsweise machte ich einen Schritt. Meine Beine trugen mich, also trat ich ins Zimmer. »Ich bin Lucy Valentine. Oscars Tochter.«

Sein Gesichtsausdruck wechselte von misstrauisch zu … erfreut? Ich brauchte einen Moment, um zu begreifen, dass er keine Ahnung gehabt hatte, wer ich war – es hätte genauso gut irgendeine Verrückte von der Straße sein können, die da plötzlich in seinem Büro stand.

»Tut mir leid, ich habe Sie wirklich nicht gehört.« Er streckte die Hand aus. »Sean Donahue.«

Ich starrte sie an.

O nein.

»Ich habe keine Läuse, Ms Valentine.«

Ich klemmte mir das Aktenbündel unter den rechten Arm, nahm all meinen Mut zusammen und antwortete: »Nein, natürlich nicht. Und nennen Sie mich doch bitte Lucy.« Über den Schreibtisch hinweg griff ich nach seiner Hand und schüttelte sie hastig. Um mich herum drehte sich alles, das Zimmer rotierte plötzlich. Aber es war nicht das Gefühl des wild gewordenen Filmprojektors, an das ich gewöhnt war. Es war mehr wie ein Daumenkino in Zeitlupe. Die Bilder tauchten ganz gemächlich auf, Seite um Seite. Und trotzdem ergab das, was ich da sah, keinen Sinn. Es waren Momentaufnahmen, verschwommen und unscharf …

Bis auf die eine. Mit einem Ruck machte ich mich los.

Er fixierte seine Hand so lange, dass ich mich schon fragte, ob er vielleicht auch etwas gespürt oder gesehen hatte. Aber nein, das war unmöglich.

Ich wusste nicht, was ich mit diesem Zeitlupengefühl anfangen sollte. Das war neu. Und ich wusste erst recht nicht, was das eine klare Bild in meiner Vision zu bedeuten hatte. Denn es zeigte eindeutig keinen verlorenen Gegenstand.

Ich beschloss, mir später den Kopf darüber zu zerbrechen, und ließ mich auf dem Stuhl ihm gegenüber nieder. Wir blickten einander etwa zehn Sekunden lang an. Und erstaunlicherweise war das überhaupt nicht komisch. Es war eher so, als würde man einen alten Freund wiedersehen. Was überhaupt keinen Sinn ergab, weil ich ihn noch nie zuvor zu Gesicht bekommen hatte. Solche Augen hätte ich doch niemals vergessen.

Ich versuchte, das Gefühl abzuschütteln. Ich hasste es, Raphael warten zu lassen, und wenn ich weiter Sean Donahue anschmachten würde, dann käme ich hier nie weg.

»Ich, äh, brauche Ihre Hilfe.«

»Okay.«

»Wegen eines Kunden.«

Er lehnte sich in seinem Stuhl zurück. »Dann erzählen Sie mal.«

»Ich muss eine junge Frau finden.« Ich legte die Mappen auf meinen Schoß. Es gab zwei Gründe dafür, dass ich Jennifer Thompson ausfindig machen wollte. Zunächst einmal wollte ich herausfinden, ob sie die begrabene Leiche war, das war eigentlich das Wichtigste. Immerhin trug das Skelett Michaels Verlobungsring. Und sie war die Letzte, die den Ring gehabt hatte.

Und zweitens wollte ich, falls Jennifer nicht auf geheimnisvolle Art und Weise verschwunden war, meinen Plan in die Tat umsetzen, die beiden wieder zusammenzuführen, Skelett hin oder her. Ich hoffte auch, dass sie uns darüber aufklären konnte, bei wem Michaels Familienerbstück gelandet war.

»Wie heißt die Dame?«

»Jennifer Thompson.«

Sean zog einen Block aus seiner Schreibtischschublade und machte sich Notizen. »Ist sie krankenversichert?«

Ich zuckte mit den Achseln.

»Warum suchen Sie sie denn?«

»Das ist für einen Kunden«, erklärte ich ausweichend. »Sie können doch sicher herausfinden, ob sie verheiratet … oder vielleicht tot ist, oder?«

»Tot?«

»Rein theoretisch.«

»Das ist ja eine tolle Theorie.«

Darauf erwiderte ich nichts. Über das Skelett brauchte ich ihm nun wirklich nichts zu erzählen.

»Na gut«, fasste er zusammen, »eine junge Frau namens Jennifer Thompson. Ein Kinderspiel. Es gibt ja auch mit Sicherheit nur etwa ein paar Tausend Jennifer Thompsons in der Gegend.«

Ich rutschte auf meinem Stuhl hin und her. »Ihren Spott können Sie sich sparen.«

Sein Mundwinkel verzog sich zu einem kleinen Grinsen. »Dabei ist der doch meine Spezialität. Haben Sie noch andere Informationen über die Gesuchte?«

»Sie war auf der Boston University und hat vor etwa sechs oder sieben Jahren ihren Abschluss gemacht. Ihre Familie wohnte früher in Weymouth Landing, und sie hat am 11. Mai Geburtstag.«

Er schrieb mit. »Das hilft uns schon weiter.«

Mein Handy ließ eine jazzige *Jingle-Bells*-Version erklingen. Ich fischte das Telefon aus meiner Tasche, schaute auf die Nummer und stöhnte. Es war Dovie. Ich unterdrückte den Anruf und ließ das Handy wieder in den Tiefen versinken, aus denen ich es hervorgeholt hatte.

»Entschuldigung«, murmelte ich.

»*Jingle Bells*? Es ist doch gerade mal November.«

»Für weihnachtliche Stimmung ist es nie zu früh.«

Er lächelte, was bei mir so wildes Herzklopfen auslöste, dass ich eine Sekunde lang schon dachte, ich würde denselben Ausflug ins Krankenhaus unternehmen wie mein Vater.

»Ich kümmere mich darum, mal sehen, was dabei so herauskommt. Ich melde mich schnellstmöglich mit neuen Erkenntnissen.«

»Ich weiß ja, dass Sie viel zu tun haben«, sagte ich und dachte daran, wie er am Telefon über die Akten gesprochen hatte, die sich auf seinem Schreibtisch stapelten.

Allerdings war sein Schreibtisch völlig leer, mal abgesehen von dem Block und einem Stift, dem Telefon und einem Foto von zwei zauberhaften kleinen Mädchen – Sams Töchtern, Seans Nichten.

Offensichtlich wollte Mr Donahue nicht nach Hause und hatte sie angelogen, seine – ich suchte nach einem Ehering – Freundin?

Sein Blick forderte mich auf, doch nachzufragen.

Nein. Das konnte er vergessen.

Aus irgendeinem Grund hatte ich das Gefühl, dass es besser wäre, mich von Sean fernzuhalten. Ich stand auf und griff nach meinen Unterlagen. »Danke für Ihre Hilfe.«

»Danken Sie mir nicht zu früh.«

Ich machte eine Kopfbewegung in Richtung Tür. »Ich finde schon allein raus.«

Ich ging langsam die Treppe hinunter. Mein Herz fühlte sich immer noch komisch an, als hätte es ein paar Schläge ausgesetzt, abgesehen vom Herzklopfen vorhin.

Draußen hatte es die Reporterin endlich aufgegeben. Ich wartete auf Raphael, der vermutlich eine Runde um den Block drehte, da auf der Beacon Street keine Parklücke frei war.

Derweil zog ich mein Handy hervor, sah, dass Dovie eine Nachricht hinterlassen hatte, und hörte die Mailbox ab.

»LucyD, ich habe endlich einen Mann für dich gefunden! Den habe ich heute auf dem Hingham Market kennen gelernt, er arbeitet da als Metzger. Ein Schatz. Ein richtiger Schatz. Oh, und er heißt Butch. Der Typ ist einfach perfekt für dich. Ich muss dann mal los. Ciao!«

»Nein, nein, nein, nein«, murmelte ich.

Raphael hupte.

Ich öffnete die Tür, kletterte ins Innere des Wagens und sank auf dem Sitz zusammen.

Nach einem prüfenden Blick fragte Raphael: »Soll ich dich nach Hause fahren?«

»Nein danke, die Fähre ist schon okay.« Die halbstündige Überfahrt würde mir helfen, einen klaren Kopf zu kriegen.

»Kein guter Tag, Uva?«, hakte er nach.

Mal sehen. Meine Eltern hatten die Stadt verlassen und mir die Verantwortung für eine Firma übertragen, an deren Spitze ich nichts zu suchen hatte; irgendwo in den Wäldern irrte ein kleiner Junge herum, und ich konnte nichts tun, um bei der Suche zu helfen; in einer Vision hatte ich einen Ring am Finger einer Toten gesehen, die vermutlich ermordet worden war; ich hatte mich vor Sean Donahue lächerlich gemacht; und meine Großmutter wollte mich mit einem Metzger namens Butch verkuppeln.

Und das Schlimmste von allem war das gestochen scharfe Bild, das ich beim Händeschütteln mit Sean gesehen hatte … nämlich ein Bild von uns beiden.

Im Bett. Nackt.

»Morgen läuft es bestimmt schon besser.«

Das Gefühl hatte ich eigentlich nicht.

4

Raphael setzte mich vor dem Long Wharf Marriott ab. Von dort aus war es nur ein kurzer Fußmarsch bis zur Anlegestelle der Fähre an der Rowes Wharf, zwischen dem Hotel und dem New England Aquarium. Jetzt, da die Sonne untergegangen war, wurde es ziemlich schnell kalt.

Ich versprach Raphael, ihn anzurufen, sollte ich etwas brauchen.

»Denk mal über meinen Vorschlag nach.«

»Welchen?«

»Na, dass du jemanden für mich suchst. Es ist an der Zeit.«

Die herzerweichende Einsamkeit in seiner Stimme schien mich zu zerreißen und machte jeden Vorsatz zunichte, mich aus seinem Liebesleben herauszuhalten. Auch wenn ich kein Talent für die Partnervermittlung hatte, konnte ich für ihn vielleicht doch ein paar Blind Dates organisieren, damit er sich langsam an das Thema herantastete.

»In Ordnung«, versprach ich und küsste ihn auf die Wange.

Er lächelte. »Los, da kommt schon die Fähre.«

Ich betrat den Kai, machte einen Bogen um Verkäufer und Touristen, die im Weg herumstanden, und ging an Bord. Anstatt mich ins Innere in die warme Kabine zu flüchten, ging ich an Deck und zog meinen Trenchcoat enger.

Zahllose Gedanken schwirrten in meinem Kopf.

Möwen kreisten am Himmel, als das Schiff wendete und auf den Hingham Shipyard zuhielt.

Meine Gedanken drehten sich um Sean Donahue und das, was ich gesehen hatte, als wir uns berührten.

Wir beide. Im Bett. Zusammen. Nackt.

War das wirklich eine Vision gewesen? Oder einfach nur Wunschdenken?

Gut, er war ein attraktiver Mann. Und ich fühlte mich eindeutig zu ihm hingezogen.

Aber die Vision war so klar gewesen. So wirklich.

Obwohl die Kälte an den Fingern schmerzte, umfasste ich die Reling.

Wenn es tatsächlich eine Vision gewesen war, dann konnte ich das nicht erklären, ich verstand es nicht. Ich umklammerte das Geländer noch fester.

Meine übersinnliche Fähigkeit funktionierte eigentlich nur bei verlorenen Gegenständen, aber damit hatte dieses Bild von mir und Sean nun wirklich nichts zu tun. Nicht einmal annähernd.

Ich holte frustriert mein Handy heraus und tat das Einzige, was mir in diesem Moment in den Sinn kam.

Ich rief meine Mutter an.

Über mir spielte ein zunehmender Mond mit flauschigen dunklen Wolken Verstecken. Streifen seines Lichts tanzten auf dem Wasser. Normalerweise erschien mir dieser Anblick so friedlich. Im Moment war ich aber nicht auf Ruhe und Frieden eingestellt, trotz der zauberhaften Aussicht.

Mum ging nach dem dritten Klingeln ran. Sie wartete mit Dad in Miami auf ihren Anschlussflug nach St. Lucia.

»Ist was passiert, LucyD?«

Mein Spitzname brachte mich zum Lächeln. Meine Mutter und Dovie hatten mich LucyD genannt, so lange ich mich erinnern konnte. Es war eine Abkürzung für den Beatles-Song *Lucy in the Sky with Diamonds*, dem ich meinen Namen verdankte.

»In gewisser Weise schon«, sagte ich. »Ich hatte eine Vision.«

»Hat jemand etwas verloren?«

Vor mir tauchten Bilder des Diamantringes und des Skeletts auf. Ich erschauerte – jedoch nicht wegen der Kälte.

Dieses Problem würde aber erst einmal warten müssen.

»Nein«, antwortete ich. »Ich hatte eine Vision … von der Zukunft.«

»Bist du sicher?«

»So ziemlich.«

»Wie schön!«

Typisch meine Mutter, unbeeindruckt wie immer. Das Schiff glitt durchs Wasser. Die Lichter am Ufer glitzerten hübsch. »Ist das wirklich schön? Meinst du, so etwas ist möglich? Oder hatte ich vielleicht eine Halluzination?«

Ihr Lachen munterte mich nicht gerade auf. »Soweit ich weiß, hattest du noch nie Halluzinationen. Du gehörst nicht zu den Menschen, die sich Dinge einbilden. Eigentlich ein Wunder, wenn man sich deine Vorfahren ansieht.«

Ich war mir nicht sicher, ob sie ihre Seite der Familie oder die meines Vaters meinte.

Es hätte in keinem Fall die Falschen getroffen.

Sie redete weiter: »Du kennst dich selbst besser als ich, Lucy.«

Ich wünschte nur, das würde stimmen. Wenn es um meine Fähigkeiten ging, wusste ich in Wirklichkeit äußerst wenig über mich. Nach dem elektrischen Schlag hatte ich zunächst gedacht, dass mir meine übersinnlichen Fähigkeiten abhandengekommen waren. Mit, na ja, mit einem Schlag waren die bunten Auren verschwunden, die ich vorher bei meinen Mitmenschen gesehen hatte. Ich erkannte nur durch Zufall, dass ich verschwundene Gegenstände aufspüren konnte, als Raphael einmal seine Brieftasche verlegt hatte. Meine Familie bestand auf Geheimhaltung, also stand es außer Frage, meine Fähigkeit wissenschaftlich erforschen zu lassen. Ehrlich gesagt hatte ich keine Ahnung, was ich alles konnte.

Ich hätte mich so gerne bei jemandem ausgeheult, aber ich konnte mit niemandem darüber sprechen, wie es mir erging. Nur Mum, Dad, Dovie und Raphael wussten von meiner Begabung. Und was ein Gespräch mit meiner Mutter brachte, wurde ja gerade ziemlich deutlich. Ich kam mir immer noch genauso verloren vor wie in dem Augenblick, als ich das Büro verlassen hatte.

In solchen Momenten wünschte ich mir, dass mehr Menschen etwas über meine Fähigkeiten wüssten. Meine Freundinnen. Suz. Irgendjemand, der mir dabei helfen konnte, mein verwirrendes Leben auf die Reihe zu bekommen.

»Aber hältst du das denn für möglich?« Mir wurde klar, dass ich vor Kälte mit den Zähnen klapperte, und ich hielt auf die Kabinentür zu.

»Lucy, ich halte inzwischen so ziemlich alles für möglich.«

»Aber was soll ich denn jetzt damit anfangen?«

Am anderen Ende der Leitung herrschte lange Schweigen, und ich fürchtete schon, die Verbindung sei unterbrochen worden. »Mum?«

»Ich bin noch dran. Ich glaube, diese Frage kannst nur du selbst beantworten.«

Der Gedanke löste zwar Panik bei mir aus, aber ich befürchtete, dass sie Recht hatte.

»Wir steigen gleich ein, Lucy. Ich weiß nicht so genau, wie auf der Insel der Empfang sein wird, also kann es sein, dass du eine Zeit lang nichts von uns hörst. Ich melde mich, sobald ich kann.«

Ich war nicht gerade zufrieden, als ich das Handy ausschaltete. Wegen dieser seltsamen Vision. Und wegen meiner Eltern.

Gestresst trat ich ins Innere der Fähre und beschloss, dass es im Moment vermutlich das Beste war, über diese Vision nicht weiter nachzudenken. Was aber leichter gesagt war als getan.

Als ich am Hingham Shipyard endlich mein Auto gefunden und die Heizung angestellt hatte, war in mir längst der Entschluss gereift, die Vision von Sean und mir völlig zu verdrängen.

Ich würde einfach so tun, als wäre es nie passiert, und das war's dann. Sonst würde ich mich mit all den Was-wäre-wenns ja doch nur verrückt machen.

Statt nach links auf die 3A abzubiegen und mich auf den Weg nach Hause zu machen, bog ich nach rechts ab. Wenn ich so tun sollte, als ob ich das Bild von Sean und mir nie vor meinem inneren Auge gesehen hätte, dann brauchte ich ein wenig Ablenkung.

Und die konnte mir Michael Lafferty mit seinem verschwundenen Diamantring bieten.

Ein paar Meilen weiter nördlich fuhr ich auf den Parkplatz bei einem Dunkin' Donuts und stellte den Motor ab. Ich kämpfte gegen das Verlangen an, mir einen Spritzkuchen und einen Kürbis-Latte-macchiato zum Mitnehmen zu holen.

Ich machte das Radio aus und stellte den Sitz nach hinten. Die Heizung wärmte mir Hände, Füße und Gesicht.

Dann schloss ich die Augen, atmete tief ein und dann wieder aus. Ich erlaubte mir, mich so weit zu entspannen, dass mich die Vision des Ringes abermals überkam, und versuchte, die Bilder zu verlangsamen. Vom ersten Mal wusste ich schon, dass er sich nicht weit weg von der Stelle befand, an der ich jetzt geparkt hatte. Von diesem Punkt aus brauchte ich allerdings genauere Hinweise.

Ein Schwindelgefühl wirbelte meine Gedanken durcheinander. Alles drehte sich im Kreis, ich kämpfte gegen die Benommenheit an und bemühte mich, Straßennamen oder landschaftliche Auffälligkeiten auszumachen. An der Kreuzung links, dann links in eine Seitenstraße abbiegen, durch ein Eingangstor auf einen Parkplatz, dann einen gepflasterten Fußweg entlang, eine steinerne Treppe hinauf, durch ein dichtes Wäldchen …

An diesem Punkt hielt ich es nicht länger aus und setzte mich auf, nach wie vor benommen. Mein Magen rebellierte, ich schaltete die Heizung aus und öffnete das Fenster. Kalte Luft drang herein, und ich atmete sie tief ein. Die Vision hatte sich beim zweiten Mal nicht verändert.

Mein Handy klingelte und schreckte mich auf. Ich warf einen Blick auf das Display. Schon wieder Dovie.

Für meine Großmutter und ihre Kuppelei hatte ich jetzt keinen Nerv.

Ich startete den Wagen und folgte der Route, die meine Vision mir vorgegeben hatte. Ein paar Minuten später erhellten die Autoscheinwerfer die beiden Metalltore zum dunklen Parkplatz des Great Esker Park.

Ich blieb im Wagen sitzen und starrte auf die Stelle, wo der Fußpfad begann, stieg aber nicht aus. Dazu konnte ich mich nicht überwinden. Es war zu dunkel. Zu kalt. Zu unheimlich.

Mein Handy klingelte schon wieder und erschreckte mich zu Tode. Ich kannte die Nummer auf dem Display nicht und ging nicht ran, weil ich befürchtete, es könnte ein Reporter sein, oder, schlimmer noch – Butch, der Metzger.

Eine Sekunde später piepte das Telefon. Ich checkte die Mailbox. Als ich Sean Donahues Stimme vernahm, überwältigte mich ein sehr ursprüngliches, primitives Verlangen.

So viel also zu meinem Plan, nicht mehr an ihn zu denken.

»Lucy, ich wollte Ihnen nur Bescheid sagen, dass ich inzwischen an Ihrem Auftrag arbeite. Ich muss noch ein paar Dinge überprüfen und rufe Sie dann so in einer Stunde zurück.«

Er hatte grußlos aufgelegt.

So langsam wurde es im Auto empfindlich kalt. Ich fummelte an der Heizung herum, konnte mich jedoch nach wie vor nicht dazu überwinden, auszusteigen und mich ein wenig umzusehen.

Eine Frage schoss mir immer wieder durch den Kopf, während ich dasaß und mir Mut zuredete.

War Jennifer tot?

Ich blickte zu den Bäumen, die an einem steilen Abhang aufragten. Hatte sonst noch jemand Zugang zu dem Ring gehabt? Michael hatte schließlich erklärt, dass er Jennifer schon seit Jahren nicht mehr gesehen hatte … sie quasi von der Bildfläche verschwunden war.

Und aus irgendeinem Grund drängte sich mir der Gedanke auf, dass Michael hier schließlich ganz in der Nähe wohnte.

Wie nahe eigentlich?

Diese Frage brachte mich dazu, zurück zum Dunkin' Donuts zu fahren und mir endlich diesen Latte zu holen. Ich reichte dem müde wirkenden Kassierer das Geld und fragte nach dem Weg zu Michaels Adresse, die ich aus seiner Mappe ablas.

Nach etwa fünf Meilen erreichte ich seine Straße, eine Sackgasse, und rollte auf der Suche nach der richtigen Nummer langsam weiter. Nur zehn Häuser gab es hier, und Michael wohnte in dem an der Ecke. Am Ende der Sackgasse erhoben sich dunkle Bäume, und das trübe Licht der uralten Straßenlaterne reichte nicht aus, um den gesamten Bereich zu erleuchten.

Vor dem kleinen Häuschen mit Mansardendach befand

sich ein bescheidenes, aber sauber und ordentlich gehaltenes Grundstück. Weit und breit kein Gartenzaun zu sehen.

Das beantwortete meine Frage – er wohnte nun wirklich nicht in der Nähe des Parks.

Ich entspannte mich ein wenig und gab mir selbst gegenüber endlich zu, was ich die ganze Zeit nicht zu denken gewagt hatte. Dass Michael womöglich etwas mit dem Skelett in dem Wäldchen zu tun haben konnte.

Jetzt war es an der Zeit, hier zu verschwinden. Ich wollte nun wirklich nicht dabei erwischt werden, wie ich vor seinem Haus herumschnüffelte.

Als ich vorwärtsrollte, um zu wenden, trat plötzlich wie ein Geist eine Gestalt aus dem Wald am Ende der Straße. Ein Hund sprang um die Füße des groß gewachsenen Mannes herum. Die Scheinwerfer meines Wagens erleuchteten sein Gesicht. Es war Michael.

Mist.

Aus der Nummer kam ich nicht mehr raus. Langsam öffnete ich das Fenster.

»Ms Valentine?«, fragte er und kniff die Augen zusammen. »Was machen Sie denn hier?«

Ja, was machte ich eigentlich hier? »Hm, ich, äh, ich schaue mir gerne an, wo meine Kunden so leben. Damit ich mir ein besseres Bild von ihnen machen kann. Und nennen Sie mich doch bitte Lucy.«

Er nickte anerkennend. »Sie sind ja wirklich gründlich.«

Gründlich. Genau. Damit konnte ich leben.

»Lucy, das ist Little Rabbit Foo Foo. Ich nenne sie einfach Foo«, erklärte er und strich dem Golden Retriever über den Kopf.

»War sie denn so ungezogen?«, fragte ich und betrachtete den Hund, der sein Herrchen anhimmelte.

»Sie kennen das Buch?«, entgegnete Michael mit tiefer und seltsam wohltuender Stimme.

»Ich hab mal in einer Kindertagesstätte gearbeitet.«

Er lachte. »Als Welpe war sie ganz schön anstrengend. Und hier wohne ich also.« Er zeigte auf das Haus. »Es ist nichts Besonderes, aber mein Zuhause.« Sein Atem bildete in der kalten Luft weiße Wölkchen. »Soll ich Sie herumführen?«

»Eigentlich muss ich so langsam auch nach Hause. Wie gesagt, wollte ich nur einmal einen Blick darauf werfen. Im Vorbeifahren sozusagen.«

Mondlicht erhellte plötzlich die Szene. Am Ende der Straße konnte ich eine Bresche in den Bäumen und einen Pfad erkennen sowie ein braunes Schild, das ich aus dieser Entfernung nicht lesen konnte.

Mich überkam eine dunkle Vorahnung.

»Es ist ja wirklich nett hier«, bemerkte ich. Ich deutete in Richtung Pfad. »Wo geht's denn da hin?«

»Oh, das?«, fragte Michael. »Das gehört zum Great Esker Park. Der Weg ist mehrere Meilen lang.«

Die Nackenhaare stellten sich mir auf.

Michael kraulte Foo am Kopf. »Wir machen hier jede Menge Spaziergänge, nicht wahr, Foo?« Er blickte mir in die Augen, und es lief mir eiskalt den Rücken hinunter, als er hinzufügte: »Die Gegend kenne ich wie meine Westentasche.«

5

Auf der Heimfahrt nahm ich die 3A in südlicher Richtung nach Cohasset.

Der kleine Küstenort in der South-Shore-Gegend von Massachusetts war ein wohlhabendes Fleckchen. Größtenteils alter Geldadel, denn hier hatte früher Bostons Elite den Sommer verbracht. Im Laufe der Zeit hatte es jedoch auch Neuzugänge gegeben, die sich größere und schönere Häuser hatten bauen lassen, um dort während des ganzen Jahres zu wohnen. Als ich von der Hauptstraße abbog und in Richtung Meer weiterfuhr, schaltete ich einen Gang runter und schlängelte mich langsam durch die kurvenreichen Straßen.

Das Grundstück meiner Großmutter lag an der Atlantic Avenue, einer der schönsten Chausseen in der Gegend. Hier überblickte man von den Villen und Herrenhäusern aus den Ozean, und die Straße wurde am Wochenende oft von Ausflüglern belagert, die langsam an den Anwesen vorbeifuhren, herüberschauten und träumten. Ich rollte vorsichtig in die Einfahrt und holte meine Post aus einem der beiden Briefkästen. Der Kies spritzte, als ich zwischen den beiden Säulen aus Trockenstein durchfuhr, die den Weg begrenzten. An einer der Säulen war ein ziegelrotes Holzschild mit der Aufschrift »AERIE« in geschwungenen weißen Buchstaben befestigt. Ursprünglich hatte das Anwesen »White Cap« geheißen, aber Dovie hatte den Namen sofort geändert, nachdem sie sich von meinem Großvater Henry hatte scheiden lassen.

In der Nähe der Straße umstanden hohe Nadelhölzer die Zufahrt, weiter hinten gab es Ahorne und Buchen, und schließlich kamen dann die teuren Rasenflächen und Gärten, die man bereits winterfest gemacht hatte. Direkt vor mir mündete die Zufahrt in ein Rondell vor Dovies Haus, einem weitläufigen Gebäude im typischen Neuengland-Kolonialstil – ein Meisterwerk mit Schindeln und Schieferdach, das das zauberhafte Häuschen in den Schatten stellte, in dem ich wohnte. Die Zufahrt machte einen Knick nach rechts, dann führte sie noch etwa eine Viertelmeile den Hügel hinab zu meinem Zuhause, das dem ursprünglichen Besitzer des vor über hundert Jahren erbauten Komplexes als Künstlerwerkstatt gedient hatte.

Beide Gebäude standen hoch oben auf einem Felsvorsprung und schauten über den Atlantik hinweg. Es gab keinen Zugang zum Strand – außer man wollte sich aus fünfzehn Meter Höhe in das von Klippen durchzogene Wasser stürzen. Aber die Aussicht war atemberaubend.

Wenn der Winter seinen Höhepunkt erreichte, parkte ich meinen Wagen immer in Dovies Garage, die für drei Autos Platz hatte, bis zum ersten Schneefall hatte ich meinen fahrbaren Untersatz allerdings gerne in der Nähe der Haustür.

Grendel scharwenzelte um meine Beine herum, sobald ich das Haus betrat. Ich war augenblicklich froh, dass ich mir den Donut verkniffen hatte. Ein wundervoller, exotischer Duft lag in der Luft und verhieß ein köstliches Abendessen. Das konnte nur eines bedeuten.

Dovie war hier.

Und tatsächlich, da stand sie in der Küche, mit dem Rücken zu mir, und summte vor sich hin, während sie in einer Kasserolle auf dem Herd herumrührte.

Ich legte mein Zeug auf dem Sofa ab und durchquerte mein winziges Wohnzimmer.

Grendel, mein dreibeiniger Maine-Coon-Kater, kratzte an meinen Jeans, bis ich ihn schließlich hochhob. Er war ein Geschenk von Marisol gewesen, meiner besten Freundin, seit wir fünf Jahre alt waren.

Auf Dovies Grundstück zu wohnen hatte eben den Nachteil, dass sie jederzeit unangemeldet vorbeischauen konnte.

Das war aber auch das einzig Negative daran.

Ich liebte mein kleines Einzimmerhäuschen, eigentlich alles daran. Das Miniaturformat, die offene Aufteilung, die riesigen Fenster, den Blick über den Atlantik, die Abgeschiedenheit und Ruhe. Dovie hatte mir bei der Dekoration freie Hand gelassen, und ich hatte mich für den britischen Landhausstil entschieden, der zur Architektur des Anwesens passte. Pralle Polstermöbel, satte Farben, flauschige Teppiche auf dem ursprünglich belassenen Holzfußboden. Noch konnte ich mir nicht viele hochwertige Stücke leisten, also war bislang alles ein wenig karg, aber ich liebte mein Zuhause.

Meine Großmutter dazu zu bringen, dass sie von mir Miete annahm, war ein harter Kampf gewesen. Aber ich hatte meine Abkehr vom Familienvermögen wirklich ernst gemeint.

Dovie erinnerte mich allerdings oft daran, dass sie die Monatsraten in einen Anlagefonds einzahlte, der ohnehin eines Tages mir gehören würde.

Meine Mutter war genauso schlimm und erwähnte immer mal wieder, dass mein Treuhandfonds ja auf mich warten würde, wenn ich endlich wieder »zur Vernunft kam«.

Sie konnten es einfach nicht begreifen. Und wenn ich ehrlich war, verstand ich selbst auch nicht so ganz, was mich da eigentlich antrieb. Vielleicht fühlte ich mich des Geldes einfach unwürdig, seit ich keine Auren mehr lesen konnte. Für die Erforschung meiner wahren Beweggründe hätte ich wohl einen Therapeuten in Anspruch nehmen müssen.

Und obwohl ich den nun wirklich gebraucht hätte, kam das leider überhaupt nicht infrage. Niemand dufte etwas von meiner Gabe wissen, und wenn ich nicht über meine Familie und unsere Verschrobenheit sprechen durfte, dann würde ich vermutlich die ganze Sitzung lang nur übers Wetter plaudern. Und das würde an meiner psychischen Verfassung ja so gar nichts ändern.

Dovie drehte sich um und ließ vor Schreck beinahe den Löffel fallen. »LucyD! Du bist da.«

»Indisch?«, fragte ich schnuppernd.

»Gutes Näschen! Masala Bhindi.«

Ich reckte mich und küsste sie auf die erröteten Wangen. Sie war groß, schlank und rank. Das lag zum Teil daran, dass sie mal Tänzerin gewesen war, zum Teil aber auch an der Fettabsaugung.

Ihr weißes Haar fiel ihr bis über die Schultern und leuchtete auf dem schwarzen Rollkragenpullover noch eindrucksvoller. Vervollständigt wurde ihr Outfit durch enge Jeans, die sie in kniehohe Lederstiefel gesteckt hatte. Wenn Dovie gestikulierte, klimperten an jedem Handgelenk sechs Armreifen (die Vorliebe für dieses Schmuckstück teilte sie mit meiner Mutter). Zwei lange Ketten aus Jade hingen um ihren graziösen Hals.

Seit ihrer Kindheit in den Slums von New York hatte sie es weit gebracht. Mein Großvater hatte sie entdeckt, als sie in einem kleinen Club in Manhattan als Burlesque-Tänzerin auftrat.

Er hatte immer behauptet, es sei Liebe auf den ersten Blick gewesen.

Er war ein Valentine, er hätte es besser wissen müssen.

Dovies beneidenswerter Pfirsichteint glühte gesund. Sie hatte im Laufe ihres Lebens auf verschiedene Kosmetika und

Behandlungen zurückgegriffen und erntete jetzt, was sie gesät hatte – sie sah wesentlich jünger aus als fünfundsiebzig. Ihr Alter verriet nur das schneeweiße Haar, ansonsten konnte sie locker als die Schwester meines Vaters durchgehen.

»Ich habe versucht, dich anzurufen«, sagte sie und kratzte Grendel am Kinn. Er schnurrte zufrieden.

»Echt?«

Sie zog eine Augenbraue hoch. Ganz offensichtlich kaufte sie mir mein gespieltes Erstaunen nicht ab. »Ich hoffe, du hast fürs Abendessen noch nichts vor.«

»Hab ich nicht.« Die Düfte aus der Kasserolle auf meinem Herd hatten mir wieder Appetit gemacht. Der war mir nach dem Besuch im Park und bei Michael eigentlich vergangen.

Ich fühlte mich ein bisschen verloren und wusste nicht, was ich als Nächstes tun sollte, worin der nächste Schritt bestand. So, wie es im Moment aussah, brauchte ich einen Beweis dafür, dass im Great Esker wirklich eine Leiche begraben lag, bevor ich die Polizei anrufen konnte, damit sie der Sache nachging. Das lief auf eines hinaus: Ich würde ein wenig stochern und bohren müssen – und zwar im wahrsten Sinne des Wortes.

Und bis dahin würde ich versuchen, nicht vorschnell anzunehmen, dass Michael etwas mit dieser Tat zu tun hatte, auch wenn mein Verstand schon längst zu diesem Schluss gekommen war.

Im Wohnzimmer lief der Fernseher, der Ton war leise gestellt. Aufnahmen aus dem Wompatuck State Park flimmerten über den Bildschirm. Dutzende von Freiwilligen durchsuchten Felsspalten, dichten Wald und Sumpf. Ob Suzannah inzwischen wohl auch dabei war?

»Schrecklich«, bemerkte Dovie und machte eine Bewegung in Richtung Fernseher.

»Glauben sie immer noch, dass es der Vater war?«

»Bis jetzt haben sie noch nichts gesagt.«

»Suzannah hilft bei der Suche.«

»Oh, hast du sie heute gesehen?«

Ich setzte Grendel ab und ließ mich auf einem schmiedeeisernen Hocker nieder. Dabei hielt ich das Kissen mit Blumenmuster fest, damit es nicht von der Sitzfläche rutschte. »Hat Mum denn nicht mit dir gesprochen?«

Dovie ließ den hölzernen Löffel sinken. »Sollte sie?«

Ich würde meine Mutter umbringen.

»Sie ist heute weggefahren«, erklärte ich möglichst beiläufig.

Unter dem Pony, der ihr Gesicht so jugendlich wirken ließ, zog Dovie die schneeweißen Augenbrauen zusammen. »Komisch, dass sie mir das nicht erzählt hat.«

Dovie und meine Mutter waren beste Freundinnen, was meinen Vater wahnsinnig machte.

»Wohin ging es denn so plötzlich?«, fragte meine Großmutter. Ich konzentrierte mich auf das Muster der Arbeitsplatte aus Granit.

Fünfzig mal drei gleich einhundertfünfzig.

Die Quadratwurzel aus vierhundert ist zwanzig.

»St. Lucia«, murmelte ich.

»Wie nett«, bemerkte sie misstrauisch.

»Mit Dad.« Ich erschauderte.

»Wie bitte?«

»Sie ist mit Dad auf St. Lucia, um dem Ansturm der Medien zu entkommen.«

Dovie rollte mit den Augen. »So eine feige Aktion sieht Oscar gar nicht ähnlich.«

»Ich glaube, er folgt damit den Anweisungen seines Arztes.«

»So ein Quatsch. Seinem Herzen geht es wieder gut. Was jetzt noch leidet, ist sein Stolz.«

Ich war mir zwar nicht so sicher, ob Dads Kardiologe derselben Meinung wäre, musste aber zugeben, dass Dovie in gewisser Hinsicht Recht hatte. Dads Stolz war verletzt. Und sein guter Ruf angeschlagen.

Dovie klopfte mit dem Löffel an die Kasserolle. »Wie lange wird er denn weg sein?«

»Zwei Wochen.«

»Nach seinem Herzinfarkt ist er doch gerade erst in die Firma zurückgekehrt. Er hinkt mit allem hinterher. Das ist jetzt kein guter Zeitpunkt, schon wieder zuzumachen.«

Ich konnte ihr nicht in die Augen sehen. »Er hat das Büro ja auch nicht zugemacht.«

»Kannst du mir das mal bitte erklären, LucyD?«

»Hm, na ja, Dad hat mir für zwei Wochen die Verantwortung übertragen.«

Eiskalte grüne Augen verengten sich zu Schlitzen. »Dir?«

Ich fummelte an den Rüschen des Sitzkissens herum.

Dovie griff nach ihrem Weinglas und leerte es in einem Zug.

»Er hat irgendwas von Blutsverwandtschaft gefaselt«, murmelte ich, weil ich das Gefühl hatte, mich rechtfertigen zu müssen. Wein klang jetzt gut. Sogar ausgezeichnet. Ich goss mir ein Glas ein, während Dovie vor sich hin brodelte und dabei abwesend die paradiesische Verheißung im Topf umrührte.

»Von wegen Blutsverwandtschaft, dass ich nicht lache! Ist ihm eigentlich klar, dass ich ihn mit deiner Mutter zusammengebracht habe?«

Mum war an der Küste von Kalifornien aufgewachsen, als Tochter von Vollblut-Hippies, und dann gen Osten gezogen, um in Berkley Musik zu studieren. Dort hatte sie meinen Vater bei einem Protest gegen Desegregations-Bustransporte kennen gelernt. Sie hatte zu den Demonstranten gehört, er war nur dort gewesen, um einzugreifen, falls Dovie sich irgendwo anketten wollte. Wenn die sich nämlich für ein Thema erwärmte, konnte niemand sie davon abhalten, sich den entsprechenden Organisationen anzuschließen und auf jeder Demo aufzukreuzen. Es störte sie überhaupt nicht, wenn sie die Familie damit in Verlegenheit brachte, dass sie bei der einen oder anderen Protestaktion verhaftet wurde.

Meine Mutter und Dovie waren sich in dieser Hinsicht sehr ähnlich und hatten sich auf Anhieb gut verstanden. Und es war tatsächlich Dovies Kuppelei gewesen, die meine Eltern zusammenbrachte.

Und aus genau diesem Grund würde mein Vater ihr niemals die Valentine Inc. überlassen.

»Warum hat er sich denn für dich und nicht für mich entschieden?«, maulte sie jetzt.

Ich nahm mal an, dass es sich um eine rhetorische Frage handelte, und sparte mir die Antwort. Grendel berührte mich mit der Tatze am Bein, und ich hob ihn auf meinen Schoß.

Während ihres dritten Studienjahres in Tufts hatte Marisol ihn nach einem Autounfall davor bewahrt, eingeschläfert zu werden. Ihm fehlte das rechte Hinterbein, ansonsten war er aber ein ganz normaler, gesunder Kater – wenn man einmal von seiner Trennungsangst absah.

»Ich verstehe was von Partnervermittlung«, behauptete Dovie. »Immerhin habe ich einen neuen Mann für Elizabeth Petersby gefunden!«

»Aber auch nur, weil du ihr letztes Jahr auf deiner Weihnachtsparty einen deinen Verehrer untergejubelt hast und der angebissen hat.«

»Na und? Haben sie sich dann etwa nicht verliebt?«

Ich kraulte Grendel hinter den Ohren. Er schnurrte so laut, dass der Wein in meinem Glas zu vibrieren begann.

Es war sinnlos, mit Dovie über ihre Verdienste als Heiratsvermittlerin zu diskutieren. Und zwar ganz einfach deshalb, weil es bei mir ja auch nicht besser aussah. Aber mein Vater hatte eine Entscheidung getroffen, und eines wusste ich aus langer Erfahrung: Er änderte seine Meinung selten.

»Du solltest mit Dad reden.«

»Heißt das, du willst den Job nicht?«

»Das hab ich nicht gesagt.« Warum ging ich bloß sofort in die Defensive? Eigentlich wollte ich das doch gar nicht machen.

Oder etwa doch?

Vermutlich hatte mein Zögern etwas mit Michael Lafferty, dem verschwundenen Diamantring und dem Skelett im Wald zu tun.

Ich weigerte mich anzunehmen, dass es mir vielmehr um Sean Donahue und meine plötzlichen Hitzewallungen ging. Dem Telefonat zufolge war er mit jemandem zusammen. Und damit für mich absolut tabu. Diese Lektion hatte ich vor ein paar Jahren auf die harte Tour lernen müssen.

»Ich rede mit ihm«, versprach Dovie und trank ein weiteres Glas Pinot Grigio. Sie sah mich viel sagend an und fügte dann hinzu: »Und wusstest du eigentlich, dass Elizabeth gerade *Ur*großmutter geworden ist?«

»Junge oder Mädchen?«, fragte ich.

»Ein Mädchen. Ist es nicht toll, in so jungen Jahren schon eine Urenkelin zu haben?« Sie stieß ein falsches Kichern aus. »Ich wünschte, ich wäre noch dazu in der Lage, meine Urenkel kennen zu lernen, bevor ich zu alt oder zu klapprig bin, um es zu genießen.«

»Du wirst nie zu alt sein. Oder zu klapprig.«

Dovie holte Teller aus dem Hängeschrank. »Aber man weiß ja nie, was das Leben so mit uns vorhat.«

Auf dieses Spielchen hatte ich keine Lust, also wandte ich mich dem Fernseher und der Berichterstattung über den verschwundenen Jungen zu. Salzige Böen rüttelten an den Fenstern des Häuschens. Wie lange würde der Junge da draußen überleben?

Wenn er überhaupt noch am Leben war.

Dovie stellte die Teller auf dem Esstisch ab, einem wackeligen Klappding aus Plastik, das zu den billigen Metallstühlen passte. Ich sparte für meinen Traumtisch, hatte das nötige Geld aber noch lange nicht beisammen. Bis dahin mussten ein Schonbezug und ein hübsches Tischtuch herhalten, um den momentanen Zustand zu verschleiern.

Jetzt sah ich genauer hin.

»Vier Teller? Wieso denn vier?«

Selbst wenn sie Grendel mit einrechnete, was öfter vorkam, als ich gerne zugeben wollte, wären das trotzdem nur drei Teller. »Wer kommt denn noch?«

Dovie spielte die Sache mit einer lässigen Geste herunter. »Marisol hat vorhin angerufen. Sie sagte, sie hat da was für dich.«

O nein. Wenn Marisol mir etwas vorbeibrachte, dann war es meistens pelzig und brauchte viele Streicheleinheiten.

»Und wer noch?«, fragte ich.

»Darüber solltest du dir nicht den Kopf zerbrechen.«

Grendel schien zu spüren, wie aufgebracht ich war, und hopste mit einem lauten Miauen von meinem Schoß.

»Wer?«, wiederholte ich und glitt vom Hocker.

Sie ignorierte mich und begann, fröhlich *Lucy in the Sky with Diamonds* vor sich hin zu trällern.

So langsam setzte Panik ein.

Sie würde doch nicht etwa …

Ich betrachtete sie aus dem Augenwinkel.

Und ob sie würde – sie hatte mit Sicherheit den Metzger eingeladen.

Mein Handy klingelte. Ich sah nicht einmal nach der Nummer, sondern stürzte mich quasi darauf.

»Hallo?« Dieser Anruf musste einfach meine Rettung sein.

»Lucy? Hier ist Sean.«

Versuchung statt Rettung. Na ja, das war ja so etwas Ähnliches.

Jetzt hieß es Kampf oder Flucht, und ich hatte nur noch eines im Kopf, nämlich so schnell wie möglich das Weite zu suchen.

»Oh, hi, Suz«, sagte ich lässig. »Gibt es schon was Neues über den kleinen Jungen?«

»Hier ist Sean«, korrigierte er.

»Oh, das ist einfach so traurig«, seufzte ich. »Es werden noch Helfer gebraucht? Ich glaube nicht, dass ich hier wegkann. Meine Großmutter hat Abend …« Um der Dramatik willen hielt ich inne. »Ich weiß, das Leben eines Kindes steht auf dem Spiel … Okay, okay, ich bin mir sicher, dass sie Verständnis dafür haben wird.«

»Wird sie nicht«, warf Dovie ein und klopfte missbilligend mit dem Fuß auf den Boden. Der abgehackte Takt ihres Absatzes hallte in meiner Küche wider.

»Ich rufe dich an«, versprach ich, »sobald ich da bin.«

Sean räusperte sich. »Soll ich gleich zurückrufen?«

»Das wäre toll.« Ich schnappte mir meine Jacke und wühlte im Schrank herum, auf der Suche nach passenden Schuhen, Strümpfen und meiner Red-Sox-Mütze.

Dovie stemmte die Hände in die Hüften und starrte mich an. »Du kannst jetzt nicht einfach verschwinden.«

»Tut mir leid, Dovie, aber die brauchen Hilfe bei der Suche nach dem kleinen Jungen. Ich muss los.«

»Du würdest deine alte Großmutter doch nicht belügen, oder?«

»Sag Marisol schöne Grüße.« Ich flitzte durch die Haustür nach draußen in die Kälte, das Handy noch immer umklammert.

Eigentlich hätte ich mich ja schlecht fühlen sollen, weil sich jetzt Marisol mit Butch herumschlagen musste. Meine Gedanken hätten sich um den kleinen Jungen drehen sollen, der im Wald umherirrte – immerhin wollte ich mich wirklich auf den Weg machen, um bei der Suche nach ihm zu helfen. Oder sogar um Michael Lafferty und darum, wie die Suche nach einer Partnerin für ihn mein Leben plötzlich auf den Kopf gestellt hatte.

Aber stattdessen konnte ich nur an eines denken, nämlich an Sean Donahue und daran, dass ich seine Stimme so gerne noch einmal hören wollte.

Ich hätte es wirklich besser wissen sollen.

6

Mein Handy klingelte zehn Minuten später, als ich die Route 228 entlangfuhr auf dem Weg zum Haupteingang des Wompatuck State Park. Der Mond am Nachthimmel spendete nur wenig Licht. Auch die spärlichen Straßenlaternen kamen gegen die Dunkelheit kaum an. Mein Fernlicht durchschnitt die Finsternis. Alte Häuser im Kolonialstil säumten die Hingham Road. Die meisten davon hatten endlose Zufahrten, perfekt gepflegten Rasen und entsprachen einer eher gehobenen Preislage.

Vorsichtig langte ich mit einer Hand nach dem Handy.

»Will ich wissen, was das alles sollte?«, fragte Sean.

Mich überrollten verwirrende Wellen des Verlangens, als ich seine Stimme hörte. Aber ich war schließlich keine Dreizehnjährige, die sich zum ersten Mal verguckt hatte, obwohl ich mich gerade genauso fühlte. Ich musste mich jetzt wirklich am Riemen reißen. Immerhin kannte ich diesen Mann ja kaum. Wie lange hatten wir miteinander gesprochen, höchstens zehn Minuten?

Aber die Vision …

Ich schüttelte den Kopf. Dieser Vision konnte ich einfach nicht trauen. Und der Anziehungskraft, die Sean auf mich ausübte, auch nicht. Ich durfte Amors Fluch nicht vergessen.

Aber ein kleines Techtelmechtel wäre doch nett …

Ich nahm mich zusammen. Ein Techtelmechtel kam überhaupt nicht infrage. Er hatte eine Freundin. Schluss, aus, Ende der Durchsage. Lucy, jetzt hör auf, dich wie ein liebestoller Idiot aufzuführen.

»Lucy, sind Sie noch dran?«, wollte er wissen.

»Ja, bin ich«, versicherte ich. »Entschuldigung. Hier ist es dunkel und es gibt ziemlich viele Kurven.«

»Wo sind Sie denn?«

»Auf dem Weg nach Wompatuck.«

»Der kleine Junge?«, fragte er.

»Ich werde mithelfen und mein Bestes geben, damit er bald gefunden wird.«

»Wie nobel.«

»Wohl kaum. Ich wollte den Kuppelversuchen meiner Großmutter entkommen.«

»Klingt nach einer interessanten Story.«

»Mehr als nur einer«, grunzte ich und dachte an die unzähligen Male, bei denen Dovie sich bemüht hatte, mich unter die Haube zu bringen. Aber mit Sean über Liebesdinge zu sprechen verhieß nichts Gutes über meinen Geisteszustand. Ich musste das Thema wechseln. Und zwar schnell. »Haben Sie Neuigkeiten für mich?«

Ich hörte Papier rascheln. Vor mir konnte ich jetzt die Lichter weiterer Wagen erkennen und blendete ab. Nachts war ich nicht so gerne mit dem Auto unterwegs und fuhr deshalb viel zu langsam, sozusagen im Schneckentempo.

»Ich habe ihre Eltern ausfindig gemacht, Martin und Regina, die wohnen jetzt in Lynn. Jennifer hat auch noch eine ältere Schwester namens Melissa Antonelli, die ebenfalls dort lebt. Merkwürdigerweise konnte ich zu Jennifer selbst keine Informationen mehr finden, seit sie das College abgeschlossen hat«, erklärte er. »Und leider gibt es da draußen viele Jennifers.«

»Dann wird sie also nicht … vermisst?«

»Ich habe jedenfalls keine Hinweise darauf gefunden, und

über so etwas wäre ich bestimmt gestolpert. Gibt es da irgendetwas, was Sie mir nicht verraten haben?«

Viel zu viel, um jetzt damit anzufangen. »Eigentlich nicht.«

Er schwieg kurz, bevor er dann hinzufügte: »Möchten Sie, dass ich Jennifers Eltern anrufe? Und sehe, ob sie mir vielleicht ihre Adresse geben?«

»Sie können es ja mal versuchen. Erklären Sie ihnen, dass es um Michael Lafferty geht.«

»Ich rufe Sie zurück.«

Wenn in diesem Grab dort Jennifer liegen würde, dann hätte sie irgendjemand als vermisst gemeldet. Ihre Familie oder Freunde …

Was nur einen Schluss zuließ.

Es war nicht Jennifer, die man dort verscharrt hatte.

Aber wer war es dann? Und warum trug die Tote Michaels Ring?

Das Handy klingelte erneut. Abermals Sean.

»Seltsam«, begann er.

»Was denn?«

»Ich habe mit ihrer Mutter gesprochen. Sie wollte mir überhaupt keine Informationen geben, mich auch nicht anhören oder eine Nachricht weitergeben. Sie hat nur gesagt, dass es Jennifer gut geht und dass wir sie doch in Ruhe lassen sollen.«

»Sie will sie schützen«, bemerkte ich und überlegte, warum wohl. Wollte sie verhindern, dass Michael ihrer Tochter abermals wehtat, weil sie nach wie vor glaubte, dass er sie betrogen hatte? Oder ging es um etwas anderes oder jemand anderen? Zum Beispiel die böse Elena und ihre treue Kumpanin Rachel?

»Ich hab's auch bei der Schwester probiert, aber da geht niemand ran. Ich versuche morgen noch mal, sie zu erreichen.«

Der Mond versteckte sich hinter Wolken. Ich starrte konzentriert auf die gestrichelte weiße Linie, die die beiden Fahrspuren voneinander trennte.

»Was ist da los, Lucy? Ist das für einen Kunden aus der Partnervermittlung? Das ist aber nicht der übliche Hintergrundcheck, um den Ihr Vater uns sonst bittet.«

»Ja, es geht um einen Kunden«, antwortete ich wahrheitsgemäß. »Ich mache die Dinge eben ein wenig anders.«

»Möchten Sie, dass ich da dranbleibe?«

»Das wäre toll.«

Vielleicht hatte Jennifer Michaels Ring versetzt? Genau. Und die Person, die ihn gekauft hatte, war ausgerechnet ermordet und in Michaels Heimatstadt vergraben worden, praktisch hinter seinem Haus?

Ich näherte mich dem Eingang zum Park und fuhr hinein. Auf der Zufahrt zum Pförtnerhäuschen parkten an beiden Seiten Autos. Überall wuselten Kamerateams herum. Ich fand ein leeres Plätzchen und stellte den Wagen ab.

Dann traf ich eine Entscheidung. »Haben Sie morgen schon was vor? Es gibt da etwas, wofür ich Sie gut gebrauchen könnte.«

»Das klingt ja spannend.«

Mein Magen zog sich angesichts seines koketten Tonfalls zusammen.

»Ich werde in aller Frühe hier sein«, versprach er.

Mir war nicht entgangen, dass er abends lange arbeitete und überhaupt keine Lust zu haben schien, nach Hause zu seiner Freundin zu kommen. War das überhaupt seine Freundin? Wenn ich so recht darüber nachdachte, hatte er bei ihrem Telefonat gar nicht turteltaubenmäßig geklungen. Und trotzdem ging er für sie einkaufen … »Ich schaue dann bei Ihnen vorbei. Danke, dass Sie meinetwegen noch so lange geblieben sind.«

»Keine Ursache.«

Ich verabschiedete mich rasch, bevor ich noch irgendetwas Dummes machen und ihn womöglich fragen würde, ob er an Liebe auf den ersten Blick glaubte.

Ich setzte die Mütze auf und schob meine Handschuhe in die Manteltasche. Der Geruch von verbranntem Kiefernholz und welken Blättern lag in der Luft, außerdem das durchdringende Aroma starken Kaffees.

Man hatte die Kommandozentrale im Besucherzentrum des Parks eingerichtet. Hunderte von Menschen liefen vor dem Gebäude herum. Auf der einen Seite des Gebäudes hatte, einem handgemachten Schild zufolge, der Freundeskreis Wompatuck ein kleines Zelt aufgestellt, in dem Kaffee und Snacks gereicht wurden. Auf der anderen Seite parkten eine Reihe offizieller Fahrzeuge – Wagen der lokalen und staatlichen Polizei sowie der Umweltbehörde – und auch zwei verwaiste Krankenwagen. Es gab mehrere Beamte zu Pferd und auf Rädern. Zahlreiche Quads, Geländewagen mit Allradantrieb, fuhren auf dem Gelände hin und her, weitere standen auf einem vollen Parkplatz gegenüber vom Besucherzentrum.

Man hatte Flutlichtscheinwerfer und tragbare Heizgeräte aufgestellt. Mitten in der Menge brannte in einem Steinring ein Lagerfeuer, Menschen standen um die Flammen herum und wärmten sich die Hände.

Ich blinzelte in das grelle Licht und wusste nicht so recht, wo ich jetzt anfangen sollte. Suzannah konnte ich nirgendwo entdecken, hatte aber das Gefühl, dass sie nicht weit war. So, wie ich sie kannte, war sie wohl nicht so verloren, wie ich mich gerade fühlte. Sie war vermutlich hier hereinmarschiert und hatte direkt das Kommando übernommen.

Blätter knirschten unter meinen Füßen, als ich in der Nähe

eines Baumes stehen blieb, um erst einmal zu verdauen, was hier alles vor sich ging.

Es wirkte zunächst chaotisch, als ich so dastand, rief ein Mann mit Megafon jedoch Freiwillige zu sich, damit sie mit einem Schulbus zu anderen Stellen tief im Inneren des gut fünfzehn Quadratkilometer großen Parks fahren und dort die Suche fortsetzen konnten.

Alle paar Minuten wurde ein Reporter in Scheinwerferlicht getaucht und hielt die Fernsehzuschauer über die Fortschritte der Suche auf dem Laufenden. Ich stand in der Nähe einer Journalistin, während sie dem Nachrichtensprecher ihre Neuigkeiten überbrachte.

»Maxwell O'Brien wird jetzt bereits seit etwa zehn Stunden vermisst. Freiwillige haben bis zur Erschöpfung den Park nach Spuren des Vierjährigen abgesucht, der Max genannt wird. Erschwert wird die Suche durch die Größe des Parks, die vielen Trampelpfade, Tümpel und Sumpfgebiete. Hoffnung gibt uns die Tatsache, dass Max viele Möglichkeiten hatte, irgendwo Schutz zu suchen. Das Gelände gehörte während des Zweiten Weltkriegs dem Militär, und es stehen noch viele Gebäude, die früher als Munitionslager dienten.«

Im Anschluss erläuterte sie die landschaftliche Struktur des Parks näher und wies auf die sinkenden Temperaturen und die wilden Tiere in der Gegend hin, darunter Füchse, Rotluchse und Kojoten, bevor sie endlich zu der wirklich interessanten Frage kam: ob der Vater nun schuldig war oder nicht.

»John O'Brien, der Vater des Jungen, beantwortet zurzeit immer noch die Fragen der Polizei. Er wurde nicht angeklagt oder offiziell als Verdächtiger behandelt. Taucher suchen weiterhin den Stausee und verschiedene Gewässer ab. Die State Police setzt Such- und Rettungshunde ein. Die Mutter des Kindes, Katherine O'Brien, wartet verzweifelt auf ein Lebenszeichen ihres Sohnes.«

In diesem Moment schwenkte die Kamera auf eine Gruppe direkt vor dem Eingang des Besucherzentrums um. Unter ihnen stand eine zarte Frau Anfang dreißig, deren leerer Blick in weite Ferne gerichtet zu sein schien.

»Mrs O'Brien ist fest davon überzeugt, dass ihr Junge lebt und es ihm gut geht. Wir zeigen hier noch einmal ein Foto von ihm. Er ist vier Jahre alt, wiegt etwa zwanzig Kilo, hat blondes Haar und blaue Augen. Er trägt Jeans, ein dunkelblaues, langärmeliges T-Shirt und Nike-Turnschuhe. Sachdienliche Hinweise werden unter der eingeblendeten Nummer entgegengenommen. Die Polizei schließt eine Entführung nicht aus, halten Sie also die Augen auf!«

Ich hörte nicht länger zu und konzentrierte mich stattdessen auf die Mutter des Jungen. Sie sah aus, als durchlebte sie gerade ihren schlimmsten Alptraum.

Ich stand eine volle Minute da und beobachtete sie. Sie wirkte wie betäubt und verzog keine Miene, wenn sie sprach. Jeder Atemzug zeugte von ihrer Angst.

Ich konnte mir einfach nicht vorstellen, wie es war, sein Kind zu verlieren. Und dann auch noch unter solchen Umständen. Nicht zu wissen, ob der Mann, den man liebte, dafür verantwortlich war, oder ob der Junge sich in der Gewalt von Fremden befand oder ob er sich einfach verirrt hatte.

Aber vor allem, nicht zu wissen, ob man ihn wiedersehen würde.

Es brach mir das Herz.

Ich dachte an Max' Vater, der von den Behörden befragt wurde. War er unschuldig? Und wenn dem so war, welche Höllenqualen durchlitt er dann wohl gerade? Da doch jeder in Neuengland ihn für einen Kindermörder hielt? Was würde er sehen, wenn er seiner Frau in die Augen blickte? Würde sie zweifeln? Oder ihm vertrauen? Darauf vertrauen, dass er ihrem gemeinsamen Kind niemals wehtun würde?

Wenn er jedoch schuldig war …

Ich erschauderte. Schließlich zog ich mir die Handschuhe an und sah mich unter den Freiwilligen um. Frustration und Niedergeschlagenheit umfingen mich wie dichter Nebel. Mit meiner Fähigkeit sollte ich doch etwas mehr tun können, als im Gebüsch herumzuwühlen oder Styroporbecher mit Kaffee zu verteilen. Ich sollte dazu in der Lage sein, Katherine O'Briens Hand zu berühren und ihren Sohn zu finden. Ihn ihr wiederzubringen, in welcher Verfassung auch immer.

Was war denn sonst der Sinn einer Gabe wie meiner? Ich konnte es einfach nicht begreifen.

Meine Finger taten weh, weil ich sie zur Faust geballt hatte, und ich bewegte sie in den Handschuhen. Es brachte ja nichts, über das nachzugrübeln, was ich nicht konnte.

Anstatt hier herumzustehen und damit genauso nutzlos zu sein, wie ich mich fühlte, machte ich mich auf den Weg zu der Gruppe, die auf den nächsten Bus ins Innere des Parks wartete. Ich stieg ein und setzte mich ans Fenster.

Gerade als der Bus losfuhr, schaute Katherine O'Brien hoch. Sie konnte mich in der Dunkelheit nicht sehen, dennoch hatte ich das Gefühl, dass sie mir direkt in die Seele blickte. Und ich gab ihr stillschweigend das Versprechen, dass ich mein Bestes geben würde, um ihr ihren kleinen Jungen zurückzubringen.

Aber ich wurde das Gefühl nicht los, dass mein Bestes nicht gut genug war.

In meinem Häuschen schien kein Licht, als ich nach Hause kam. Es war schon weit nach drei Uhr morgens.

Sobald ich zur Tür hereintrat, fiel ich vor körperlicher und emotionaler Erschöpfung aufs Sofa.

Ich saß kaum auf der Couch, da sprang Grendel auch schon auf meinen Schoß und spielte mit der Pfote an meinem Reißverschluss herum. Ich machte Licht und war erleichtert, als ich sah, dass Dovie nach ihrer kleinen Dinnerparty bei mir aufgeräumt hatte.

Und ich war wirklich froh, dass sie Butch nicht eingeladen hatte, doch bei mir zu übernachten. Das würde ich meiner Großmutter durchaus zutrauen.

Ich versuchte, Grendel nicht beim Treteln zu stören, während ich mich aus dem Mantel schälte und mir die Schuhe auszog. Ich winkelte die Beine an, rollte mich zusammen und kraulte meinen Kater an den Ohren. Er schnurrte wohlig.

Die Suche nach dem kleinen Max O'Brien hatte keine Fortschritte gemacht. Es gab keine Hinweise, keine Spur. Nichts. Noch hatte man das FBI nicht eingeschaltet, weil es keine Beweise dafür gab, dass er entführt worden war. Es kam mir so vor, als hätten die Ermittlungen einen toten Punkt erreicht.

Die meisten Freiwilligen aus der Umgebung waren um ein Uhr nachts gegangen. Ich war noch länger geblieben, hatte mich mit einer geliehenen Taschenlampe durch den Wald gekämpft und nach Max gerufen, bis ich heiser war.

Als ich mich dann schließlich auf den Heimweg gemacht hatte, war mir aufgefallen, dass in Katherine O'Briens Blick immer noch dieser abwesende Ausdruck lag.

Ich lehnte den Kopf gegen das Sofakissen. In einer perfekten Welt würde ich morgens aufwachen und aus dem Fernsehen erfahren, dass Max gesund und munter aufgefunden worden und inzwischen wieder in der Obhut seiner liebenden Eltern war.

Aber wir wissen ja alle nur zu gut, dass die Welt eben nicht perfekt ist. Es war wesentlich wahrscheinlicher, dass am nächsten Morgen abermals Suchtrupps in den Wald aufbrechen würden, um nach dem verschwundenen Jungen Ausschau zu halten.

Ein Geräusch aus dem Schlafzimmer ließ mich zusammenfahren. Grendel protestierte fauchend, hielt sich aber an mir fest. Er war so ein Angsthase.

Ich hörte das Quietschen wieder und fragte mich, was wohl so einen Laut von sich geben würde. Es klang überhaupt nicht bedrohlich – eher irgendwie mechanisch.

Ich stand auf und wollte Grendel absetzen, aber er fuhr die Krallen aus und klammerte sich an meinen Blazer. Die kurze Panik, dass Butch vielleicht doch über Nacht geblieben war, verpuffte, als ich einen Blick in mein Schlafzimmer warf. Das Bett war leer.

Ich schaltete das Licht an, sah mich um und blinzelte erstaunt, als ich etwas auf meiner Kommode entdeckte – einen Käfig aus Plastik.

Grendel zog die Krallen zurück und sprang auf den Fußboden, den Schwanz in die Luft gereckt. Er war offensichtlich kein großer Fan von Marisols neuestem Geschenk.

Der bunte Käfig stand ohne Nachricht oder Gebrauchsanweisung da. Nur zwei Tüten lehnten daran – Futter und Snacks. Hamsterfutter und Hamstersnacks. In einem Laufrad aus Metall hockte ein winziger schwarz-weißer Hamster, die Pfötchen in der Luft. Ein Auge starrte mich intensiv an. Das andere war zugenäht worden.

Grendel strich mir um die Beine, als ich die Käfigtür öffnete und das Tierchen an meinen Fingern schnüffeln ließ. In einer Ecke entdeckte ich ein Schälchen mit Futter, und ein Tunnel führte zu einer Wasserflasche. Unter Sägespänen verbarg sich ein Häuschen aus Plastik. Nach einer Sekunde fing der Hamster an, sich wieder seinem Lauftraining zu widmen, die kleinen Beinchen sausten.

Ich schloss die Käfigtür und setzte mich aufs Bett. Augenblicklich hopste Grendel wieder auf meinen Schoß.

»Was sollen wir denn mit einem einäugigen Hamster?«, fragte ich ihn.

Er sah mich an, als wollte er sagen, dass er ganz genau wusste, was er mit einem so aufdringlichen Nager anfangen würde – wenn er nicht solche Angst vor ihm hätte.

Morgen würde ich Marisol anrufen und mir die ganze Geschichte anhören. Bis dahin sollte ich mir wohl besser etwas Schlaf gönnen.

Ich ging ins Wohnzimmer, schloss die Haustür ab und wollte gerade das Licht ausschalten, als mein Blick auf die Mappen fiel, die ich von der Arbeit mit nach Hause gebracht hatte.

Sie sahen aus, als ob jemand darin geblättert hätte.

Ohne Zweifel Dovie.

Ich sah ein paar davon durch und unterdrückte ein Gähnen. Es gab da nichts, was nicht bis zum nächsten Morgen warten konnte. Ich legte die Unterlagen zurück auf den Tisch, als mir ein Stück Stoff in leuchtendem Orange auffiel.

Es gehörte zu Michael Laffertys Dossier.

Das zog ich aus dem Stapel heraus und schaute hinein. Seine Antworten wirkten alle so normal. Er war einfach der durchschnittliche, nette Junge von nebenan.

Aber leider kann der Eindruck manchmal täuschen.

7

Die Züge der Greenbush Line pendelten zwischen South Shore und Boston hin und her. Ich nahm lieber die Fähre, obwohl das länger dauerte. Nur wenn ich es eilig hatte, nahm ich den Zug.

So wie an diesem Tag.

Ich hatte verschlafen und war drauf und dran, zu meinem ersten Termin heute zu spät zu kommen, einer Nachbesprechung mit einer Dame namens Mary Keegan. Ich musste so schnell wie möglich in die Stadt. Also rief ich Raphael an und bat ihn, mich statt an der Anlegestelle an der South Station abzuholen.

Suzannah war problemlos dazu in der Lage, im Büro allein die Stellung zu halten, das machte sie schon seit Jahren, seit sie damals auf der Suche nach Liebe in die Firma gekommen war und sie mit einem Job in der Tasche wieder verlassen hatte. Zwei Jahre später war sie in das Familiengeheimnis eingeweiht worden, nachdem sie meinen Vater mit der Frage gelöchert hatte, warum er seinen Kunden eigentlich Farben zuteilte. Inzwischen arbeitete sie schon seit fünf Jahren für ihn und gehörte praktisch zur Familie. Was ist schon einer mehr in so einem verrückten Haufen? Soweit ich das beurteilen konnte, war Suzannah von uns allen jedoch diejenige, bei der die wenigsten Schrauben locker waren.

Und sie würde mich mit Sicherheit nicht bei meinem Vater verpfeifen, wenn ich zu spät kam. Aber trotzdem …

Dad vertraute mir – und meiner großen Erfahrung als Kaffeeverkäuferin, Hundesitterin und Erzieherin – seine Firma an. Was mich zu der Vermutung brachte, dass er in mir ein Potenzial sah, welches ich selbst nicht erkennen konnte.

Ich durfte auf keinen Fall scheitern. Das Unternehmen musste unter meiner Leitung florieren, selbst wenn wir hier nur von zwei Wochen sprachen. Ich wollte meinen Vater nicht enttäuschen. Nicht schon wieder. Das hatte ich bereits zur Genüge getan, als mir die Fähigkeit abhandengekommen war, Auren zu lesen.

Ich lehnte den Kopf gegen den Sitz und wünschte, der Zug würde schneller fahren. Ich war zu durcheinander, um Kopfrechenaufgaben zu lösen, selbst einfache. Stattdessen legte ich in Gedanken eine To-do-Liste an. Zunächst einmal musste ich pünktlich zur Arbeit erscheinen (was an ein Wunder grenzen würde). Wenn meine Kundin noch nicht da war, würde ich Marisol anrufen müssen, um sicherzugehen, dass sie mir nicht noch mehr verletzte Kreaturen aufs Auge drückte.

Der Hamster, der gestern bei mir eingezogen war, hatte geschlafen, als ich aufgewacht war, zusammengerollt in seinem Häuschen in der Ecke des Käfigs. Ich hatte beschlossen, ihn Odysseus zu nennen.

Und da ich ihm schon einen Namen gegeben hatte, würde ich ihn wohl behalten. Ich hoffte nur, dass er nicht so anhänglich sein würde wie Grendel und dass der Kater nicht beleidigt sein würde, weil er meine Zuneigung mit einem Nager teilen musste.

Beim hastigen Frühstück hatte ich auch drei leere Weinflaschen entdeckt. Die Dinnerparty war anscheinend ein ziemlicher Erfolg gewesen.

Bevor ich aus dem Haus gegangen war, hatte ich noch kurz Nachrichten angeschaut, während ich meinen Kaffee runtergeschüttet, mir die Haare geföhnt und ein wenig Mascara auf die Wimpern geklatscht hatte (und auch auf meine Lider, aber daran war Grendel schuld).

Max war noch nicht gefunden worden, die Suche ging weiter, und Katherine O'Briens Gesicht verfolgte mich, selbst jetzt, als der Zug endlich Gnade zeigte und in den Bahnhof einfuhr.

Ich wusste nicht, ob ich noch einmal in den Park zurückkehren und bei der Suche helfen konnte. Mich quälte das schlechte Gewissen, weil ich meine hellseherischen Fähigkeiten nicht einsetzen konnte, um Max zu finden.

Raphael wartete mit laufendem Motor auf mich. Weiße Bartstoppeln kratzten mich am Mund, als ich ihn mit einem raschen Kuss begrüßte – wenn mein Vater nicht in der Stadt war, rasierte sich sein Chauffeur nicht.

Als wir endlich im Wagen saßen, fragte Raphael: »Warum hast du es denn so eilig, zur Arbeit zu kommen?« Er zog sich den Sicherheitsgurt über die Brust.

Auch ich schnallte mich an und stellte meine Tasche auf den Boden. Ich hatte die Mappen eingepackt, die ich gestern mit nach Hause genommen hatte, und Klamotten für meine Verabredung am Abend. »Ich will nicht zu spät zu meinem ersten Termin kommen.«

»Hm-hm.«

Eine strahlende Morgensonne vertrieb die Wolken am Himmel. Die Temperaturen stiegen langsam an, und warmes Wetter war gut für den kleinen Max – wenn er sich denn wirklich in dem riesigen Park verirrt hatte. »Okay, spuck es aus«, knurrte ich.

»Was denn?«

»Wenn du mir mit ›hm-hm‹ kommst, heißt das normalerweise, dass du mir damit irgendetwas sagen willst und ich einfach zu blöd bin, um das selbst zu sehen.«

Er lächelte, und seine dunklen Augen strahlten warm. »›Blöd‹ ist jetzt nicht gerade ein Wort, das ich benutzen würde, um dich zu beschreiben.«

»Du weichst mir aus.«

»Hattest du schon Gelegenheit, nach jemandem für mich zu suchen?«, fragte er.

»Jetzt weichst du mir erst recht aus.«

»Ich bin eben einsam, Uva.«

Ich hatte ganz stark das Gefühl, dass er mich gerade aufs Glatteis führte, aber in seinen Worten schwang auch Wahrheit mit. Und darüber konnte ich mich nun wirklich nicht lustig machen. »Ich kümmere mich heute noch darum.«

Der Verkehr kroch voran. Die Sonne stand tief am Horizont und stieg langsam auf, Stückchen für Stückchen, über die Wolkenkratzer, hinauf in den tiefblauen Himmel. Ich klappte die Sonnenblende herunter, um meine Augen vor den Strahlen zu schützen. Der Wagen roch immer noch angenehm neu, und dieser Duft vermischte sich mit dem des luxuriösen Leders. Meinem Vater war es wichtig, sich alle neun Monate ein neues Auto zuzulegen.

»Was ist denn so dein Typ?« Die Vorstellung, für Raphael eine Partnerin finden zu müssen, versetzte mich in Angst und Schrecken, obwohl ich mich seltsamerweise auch darauf freute.

»Sag du es mir.« Er stellte gleichzeitig Radio und Heizung neu ein. Dann legten sich seine langen Finger um das Lenkrad und klopften den Takt der Musik mit – ein uralter Song von Men at Work.

Ich kannte Raphael bereits mein ganzes Leben, hatte ihn aber noch nie zusammen mit einer Frau gesehen. Ihn noch nicht einmal dabei erwischt, dass er auf der Straße einer hinterherschaute. Falls ihm ein bestimmter Typ zusagte – groß, klein, schlank, mit Kurven, blond, brünett oder rothaarig –, dann hatte er mir das nie verraten.

Und das sagte ich ihm auch.

»Hm-hm.«

»Nicht schon wieder!«

Er lachte, ein warmes, tiefes Lachen, das seine Brust erbeben ließ. »Du kennst mich doch besser als jeder andere, Uva. Du hast alle Informationen, die du brauchst.«

Mir dämmerte langsam, dass das Zusammenführen von Paaren wesentlich schwieriger war, als es aussah.

Ich schaute aus dem Fenster, betrachtete das Gedränge auf den Bürgersteigen und dachte über Raphael nach, über seine Ticks, seinen Charakter, über das, was ihm gut gefiel und was er nicht mochte.

Wir hielten an einer roten Ampel, und er trommelte mit den Fingern auf dem Lenkrad weiterhin den Takt, während er geduldig darauf wartete, dass *ich ihm* erzählte, auf welchen Typ er stand.

Das war wirklich typisch.

»Okay.« Ich zählte meine Punkte an den Fingern ab: »Sie muss Humor haben, loyal und treu sein und hart arbeiten. Sie muss so selbstständig sein, dass es ihr nichts ausmacht, wenn du Überstunden machst … allerdings«, ich sah ihn an, »muss sie dazu bereit sein, sich von Zeit zu Zeit von dir verwöhnen zu lassen. Und so wie du sollte sie sich auch für gutes Essen erwärmen können sowie ein gutes Buch, Musik aus den Achtzigern und das Meer mögen. Sie muss auf jeden Fall ein Fan der Red Sox sein. Sie sollte gerne reisen und kein Problem damit haben, dass du dir gelegentlich eine Zigarre ansteckst. Und ich würde mich für jemanden entscheiden, der gerne redet, weil du viel zu ruhig bist. In einer Beziehung sollte keine Stille herrschen.«

Das brachte ihn zum Lächeln.

»Außerdem sollte sie dir eine wahre Freundin sein.« Ich lehnte mich im Sitz zurück, als wir vor Valentine Inc. hielten. »Wie hört sich das an?«

Er nickte. »Ein guter Anfang.«

Ich lachte. »Jetzt muss ich diese Frau nur noch finden.«

»Ich vertraue dir da völlig.«

»Wenigstens einer von uns«, murmelte ich, obwohl ich wirklich mein Bestes geben würde, um ihn glücklich zu machen. Er hatte es verdient. Das Problem würde eher darin bestehen, eine Frau zu finden, die ihn verdient hatte.

Ich stieg aus dem Auto und hielt die Tür fest. Die Bemerkung, dass er sich einsam fühlte, ging mir immer noch im Kopf herum. »Sehen wir uns heute zum Mittagessen?« Ich hätte mich lieber abends mit ihm getroffen, aber da hatte ich ja schon ein Blind Date mit Butch, dem Metzger.

»Das klingt perfekt«, antwortete Raphael mit einem zauberhaft schiefen Lächeln. »Komm ins Penthouse, dann mache ich uns was zurecht.«

»O nein! Du hast es verdient, dass dich ausnahmsweise jemand bekocht.«

Er wurde blass. »Aber nicht du, oder?«

»Das nehme ich jetzt mal nicht persönlich, Pasa.« Ein Windstoß löste meinen Haarknoten. »Wir gehen aus. Wonach ist dir denn? Sollen wir ins Oyster House?«

»Nicht so etwas Schickes. Du weißt, dass ich das nicht mag.«

Ich sah mich um. Die perfekte Lösung lag doch direkt vor mir. »Dann hier im Porcupine? Um zwölf?«

»Ich werde da sein.«

Ich schloss die Tür und winkte zum Abschied. Als ich mich umdrehte, stand vor mir die hartnäckige Reporterin.

»Sie sind Lucy Valentine, nicht wahr?«

Sie hatte ihre Hausaufgaben gemacht.

»Und wer sind Sie?«, fragte ich.

»Preston Bailey, ich arbeite für die *South Shore Beacon.*«

Das war eine kleinere Lokalzeitung aus der Gegend, in der ich wohnte. Eine, die sich normalerweise auf Regionalnachrichten beschränkte und keine Klatschberichte über berühmte Heiratsvermittler brachte, die ihrer Frau untreu waren. Ich hatte zwei Möglichkeiten. Ich konnte sie anblaffen und hoffen, dass sie verschwand, oder mich vernünftig benehmen und hoffen, dass sie verschwand.

»Freut mich, Sie kennen zu lernen.«

Sie war verblüfft, dass ich so höflich blieb. Die wirren, schulterlangen blonden Haare hatte sie sich hinters Ohr geschoben. Unter den Ponyfransen blickten mich ernsthafte blaue Augen an.

Sie folgte mir zur Tür und erklärte: »Ich will ehrlich zu Ihnen sein. Ich bin auf einen Job bei einer größeren Zeitung aus, beim *Globe* oder *Herald*. Wenn ich hier von Ihnen eine Story bekomme, dann ist das vielleicht ein erster Schritt, um von denen genommen zu werden. Darf ich Ihnen ein paar Fragen stellen?«

»Es tut mir leid, aber ich habe wirklich nichts zu sagen.« Ich eilte auf den Eingang zu. Ich war etwa zehn Zentimeter größer als die rasende Reporterin und hatte daher die längeren Beine. Sie verfiel in einen Laufschritt, um an mir dranzubleiben.

»Das kann ich mir kaum vorstellen.« Sie wartete keine Antwort ab und fuhr gleich mit der nächsten Frage fort: »Stimmt es, dass Ihr Vater die Stadt verlassen und Ihnen die Leitung der Firma übertragen hat?«

Sie war gut. Ich wusste nicht, woher ihre Informationen stammten, aber sie hatte den Nagel auf den Kopf getroffen.

»Mein Vater hat sich aus gesundheitlichen Gründen eine Auszeit genommen.«

»Auf St. Lucia?«

Ich lächelte, als ich meine Schlüsselkarte durch die Tür zog. »Kennen Sie dafür einen besseren Ort?«

Sie antwortete mit einer Gegenfrage: »Mit Ihrer Mutter, richtig? Heißt das, dass sie ihm seinen kleinen Ausrutscher vergeben hat?«

»Schicke Schuhe«, bemerkte ich mit einem Blick auf ihre Stiefel.

Sie sah nach unten. »Danke.«

Während sie abgelenkt war, öffnete ich die Tür und huschte ins Innere, sodass sie mir nicht folgen konnte.

»Hey, warten Sie«, rief sie. »Ich hätte da noch mehr Fragen.«

»Tut mir leid, die Kunden warten auf mich.«

Ich zog die Tür rasch hinter mir zu, konnte aber schwören, dass ich sie sagen hörte: »Man sollte doch meinen, dass er sich von Stränden eher fernhalten würde.«

Ich konnte nicht anders, ich musste lächeln. Ich hatte genau das Gleiche gedacht.

Als ich den Absatz vor unserem Büro erreichte, sah ich die Treppe hinauf. Die Tür zu SD Investigations stand weit offen. Leider hatte ich keine Zeit, jetzt nach oben zu gehen und ein Schwätzchen mit Sean zu halten. Und zu sehen, ob er auf mich wirklich diese Wirkung hatte, an die ich mich zu erinnern glaubte.

Ich öffnete die Tür und erstarrte.

»Du kommst zu spät«, schimpfte Dovie und warf einen Blick auf die antike Standuhr aus Mahagoni, die königlich in einer Ecke des Raumes thronte.

»Was machst du denn hier?«

Ich konnte nicht fassen, dass meine Großmutter an diesem Morgen schon fit war, immerhin hatte sie gestern Abend vermutlich ihren Anteil an drei Flaschen Wein getrunken.

»Suzannah hat mich angerufen. Sie hat sich heute frei genommen, um weiter nach dem kleinen Jungen zu suchen.«

»Und warum hat sie sich nicht bei mir gemeldet?«

»Sie hat es ja versucht, aber bei dir zu Hause war besetzt und dein Handy war aus.«

Besetzt? Auf einmal fiel der Groschen – Grendel. Es war eines seiner Lieblingsspiele, den Hörer vom Telefon herunterzuwerfen. Ich sah auf mein Handy. Tatsächlich, ich hatte es noch nicht eingeschaltet. Abgesehen von Suzannahs Anruf war mir ebenfalls einer meiner Mutter entgangen. Sie hatte mir eine kurze Nachricht hinterlassen, in der sie erklärte, dass sie das Hotel wechselten, nicht aber, warum.

»Suz hat mich danach angerufen.« Dovie suchte in einem Stapel Papiere herum. »Und darüber bin ich wirklich froh. So eine Gelegenheit lasse ich mir doch nicht entgehen.«

Ich hatte überhaupt keine Zweifel, dass Dovie mich bei meinem Vater anschwärzen würde, weil ich spät dran war. Immerhin war sie hinter meinem Job her. Einen Moment lang fragte ich mich, warum sie mich denn nicht geweckt hatte, um mich in die Stadt mitzunehmen. Aber die Antwort darauf kannte ich bereits – ich hätte etwas dagegen gehabt, dass sie einfach so Suzannahs Aufgaben übernahm. Und auf diese Art und Weise hatte sie eben ihren Willen durchgesetzt.

Sie grinste mich an und pickte eine Fluse von ihrer dunkelblauen Bundfaltenhose, die sie vom Schneider an ihre zarte Figur hatte anpassen lassen. Sie hatte die Ärmel ihres weißen Hemdes hochgekrempelt, es fiel locker über die Hose. Die obersten vier Knöpfe waren offen und ließen ein weißes Spitzenunterhemd hervorblitzen. An den Handgelenken tummelten sich die üblichen Armreifen. Sie hatte ihre Haare mit zwei Essstäbchen hochgesteckt, ihre grünen Augen leuchteten vor Aufregung, und ich wollte ihr nun wirklich nicht den Spaß verderben.

»Ist Dad darüber informiert, dass du hier einspringst?«

Bei dem Wort »einspringen« zuckte sie zusammen, schob meine Bedenken jedoch mit einer Handbewegung beiseite. »So ein Unsinn. Ich habe deinen Vater zur Welt gebracht. Ich habe in dieser Familie das Sagen.«

Ich lächelte. Ich fand es toll, wenn Dovie sich behauptete. Obwohl mein Vater womöglich den nächsten Herzinfarkt erleiden würde, wenn er herausfand, dass sie sich im Büro eingeschlichen hatte. Dovie neigte dazu, die Dinge ... zu verkomplizieren.

»Und du brauchst schließlich Hilfe. Gib es zu, ohne Suz bist du hier doch völlig aufgeschmissen.«

Ich befürchtete, dass ich mich mit Dovie an der Rezeption noch viel aufgeschmissener fühlen würde.

Das sagte ich ihr aber nicht, manches bleibt besser unausgesprochen. Vor allem, wenn die Person, gegen die es sich richtet, die eigene Vermieterin ist.

»Jetzt schau nicht so besorgt drein«, bat sie. »Ich werde doch nur hier am Empfangstisch sitzen, ans Telefon gehen, mit den Kunden sprechen, toll aussehen – ist das Hemd nicht fantastisch? – und mich um meinen eigenen Kram kümmern.«

Ich würde wirklich Ärger bekommen, wenn mein Vater das herausfand.

»Das Hemd ist super. Chanel?«

»Dior.«

Ich hatte leider wenig Geld für Designerklamotten, obwohl ich gerne in klassische Stücke investierte. Die waren zwar teurer, man brauchte aber nicht jedes Jahr etwas Neues. Heute trug ich eine cremefarbene Hose, einen braunen Kaschmirpullover und braune Schuhe mit Pfennigabsatz, die ich bei Macy's im Schlussverkauf ergattert hatte. Nicht schlecht, allerdings nicht auf Augenhöhe mit Dior oder Chanel. Aber für dieses Leben hatte ich mich eben entschieden, als ich mich von meinem Treuhandfonds losgesagt hatte.

Ich schloss die Tür und bemerkte, dass Dovie bereits das Feuer im Kamin entzündet hatte. Die Flammen züngelten an den falschen Scheiten aus Keramik empor. Die Kissen auf der Couch waren aufgeschüttelt worden und erwarteten die ersten Kunden des Tages.

Panik überkam mich. Konnte ich das wirklich durchziehen? Man musste sich doch nur einmal ansehen, wie mein erster Tag ausgesehen hatte. Klar, ein paar meiner Treffen waren ganz gut verlaufen. Aber dann hatte es da noch die Sache mit Michael Lafferty und dem Skelett gegeben.

Früher oder später würde ich mich um die Tote kümmern müssen, und ich wollte mir gar nicht ausmalen, was das für unser Geschäft und den Ruf der Familie bedeuten konnte. Ich musste die Polizei dazu kriegen, den Leichnam zu »entdecken«, ohne dass ich da mit hineingezogen wurde. Ich musste mir einen Plan zurechtlegen, um die Firma und mich selbst zu schützen.

Ich war völlig versunken in meine Vorstellung davon, wie die Valentine Inc. unter meiner Führung zu Grunde ging, als die beißende Stimme meiner Großmutter mich aus dem üblen Tagtraum riss.

»LucyD, du solltest nicht vergessen, dass ich dieses Büro geleitet habe, lange bevor du geboren wurdest. Lange bevor dein Vater geboren wurde. Also guck mich nicht so an.«

Ehrlich gesagt, hatte ich gerade überhaupt nicht an sie gedacht, aber das mit dem Skelett im Wald musste sie wirklich nicht wissen. »Tut mir leid. Aber ich bin noch ganz durch den Wind, weil ich mich so abgehetzt habe, um pünktlich hier zu sein.«

»Ich hätte den ersten Termin gerne für dich übernommen.«

»Ich dachte, du wolltest dich darauf beschränken, ans Telefon zu gehen?«

Sie grinste wie ein Honigkuchenpferd. »Ich meine ja auch nur theoretisch.«

»Ach so.«

Es klingelte, und Dovie eilte zum Lautsprecher der Gegensprechanlage auf Suzannahs Tisch.

»Hier ist Mary Keegan.« Der Verkehrslärm übertönte das dünne Stimmchen beinahe.

»Kommen Sie bitte herauf.« Dovie ließ den Knopf los.

»Mein erster Termin«, sagte ich und versuchte, mir meine Nervosität nicht anmerken zu lassen.

»Nicht ganz.« Dovie rückte ihre Armreifen zurecht. »Lola Fellows wartet in deinem Büro. Und sie wirkt nicht sehr glücklich.« Sie lehnte sich vor und flüsterte: »Diese Frau macht mir Angst.«

Lola? Was wollte die denn so schnell wieder hier?

»Los, los«, scheuchte mich Dovie. »Ich kümmere mich schon um alles.«

Das war eines der Dinge, die *mir* Angst machten.

Ich atmete tief durch und ging in mein Büro. Lola stand am Fenster und sah hinaus auf die enge Gasse hinter dem Gebäude. Als ich den Raum betrat, drehte sie sich um, die Arme vor der Brust verschränkt. Ihrem knallharten Blick zufolge war sie bereit für die Schlacht.

»Guten Morgen«, grüßte ich und versuchte, unbeschwert zu klingen.

Ich legte meine Tragetasche auf den Tisch und zog die Mappen heraus. »Möchten Sie sich nicht setzen?«

Lola starrte mich an. »Nein, ich möchte mich nicht setzen. Ich will mein Geld zurück. Sie sind gefeuert, Ms Valentine.«

8

Ich sank auf den Stuhl. Meine schlimmsten Befürchtungen wurden Wirklichkeit – ich ruinierte hier gerade das Familienunternehmen. Ich leitete die Firma erst seit einem Tag, und schon ging alles den Bach runter.

Das war doch bestimmt ein Rekord.

»Darf ich mich nach dem Grund erkundigen?«, fragte ich.

Lola trommelte wütend mit dem Fuß auf dem Boden. »Der Grund ist Adam Atkinson.«

Ich erinnerte mich sofort an den Namen. Das war der Mann, in dessen Mappe ich ein Stoffmuster wie das von Lola gefunden hatte, in leuchtendem Blau. »Warum nehmen Sie nicht für einen Moment Platz?«

Sie presste die roten Lippen aufeinander, ließ sich nach kurzem Zögern jedoch auf dem Stuhl nieder. Mit verschränkten Armen und überkreuzten Beinen saß sie da und verkündete: »Ich wusste, dass ich besser auf die Rückkehr Ihres Vaters gewartet hätte. Aber jetzt will ich eigentlich gar nichts mehr mit Ihrer Firma zu tun haben. Das ist doch einfach lächerlich.«

Die Kunden meines Vaters zu verlieren machte mir wirklich Sorgen, also fragte ich: »Was stimmt denn nicht mit Adam? Wir nehmen all unsere Kunden gründlich unter die Lupe und ...«

»Ja, es stimmt tatsächlich etwas nicht mit ihm! Er ist, er ist ...« Sie spannte den Kiefer an. »Er arbeitet in der Abfallwirtschaft«, presste sie schließlich zwischen zusammengebissenen Zähnen hervor.

»In der Abfallwirtschaft?« Ich blinzelte. »Sie meinen, er ist Müllmann?«

Sie knurrte: »Ja, Müllmann. Wie sind Sie bloß auf die Idee gekommen, mich mit einem *Müllmann* zusammenzubringen?«

Ich atmete geräuschvoll aus und lehnte mich in meinem Stuhl zurück, während ich versuchte, den Ärger herunterzuschlucken, der langsam in mir aufstieg. »Kann ich davon ausgehen, dass Sie wenigstens mit ihm gesprochen haben?«

»Er ist *Müllmann*, Ms Valentine. Sobald ich von seinem Beruf erfahren hatte, war das Gespräch beendet. Wir leben in verschiedenen Welten.« Sie fuchtelte mit ihrem manikürten Finger herum, der rote Nagel sauste durch die Luft. »Und das sollte einer Heiratsvermittlerin doch wirklich klar sein, bevor sie mich in eine so peinliche Situation bringt. Können Sie ihn sich beim Symphoniekonzert vorstellen? Oder vielleicht bei einem Geschäftsessen? Im Armani-Anzug?« Sie erschauderte.

Ich biss mir auf die Zunge.

Sie stand auf und bebte vor Selbstgerechtigkeit. »Ich fordere eine Entschuldigung, ich will mein Geld zurück, und ich werde mal ein Wörtchen mit Ihrem Vater reden, wenn er wieder zurück ist.«

Ich zwang mich, meine zusammengepressten Hände voneinander zu lösen, die Schultern zu entspannen und mich gerade hinzusetzen, während ich überlegte, wie ich mit der Sache am besten umgehen sollte. Als Lola in Richtung Tür davonrauschte, warf ich lässig in den Raum: »Wissen Sie eigentlich, warum mein Vater, einer der reichsten Menschen dieses Landes, ein schneidiger, eleganter und anspruchsvoller Gentleman, einen *Müllmann* unter seinen Kunden hat?«

Sie drehte sich langsam um. »Ich bin mir ziemlich sicher, dass mich das nicht interessiert.«

Ich erhob mich und war erstaunt, dass meine Beine mich trugen. »Adam ist ein Kunde wie Sie, weil Liebe, die wahre Liebe, keine Grenzen kennt. Weder Geld noch soziale Schicht, Rasse oder Religion.«

Woher kam das denn auf einmal? Hatte ich etwa doch nicht alles vergessen, was mein Vater mir immer predigte?

»Seinen wahren Wert trägt ein Mensch im Herzen«, fuhr ich fort und klang wie eine kitschige Postkarte. »Der hat nichts mit seinem Beruf oder seinem Bankkonto zu tun. Der Liebe ist es egal, ob er Müllmann oder Hirnchirurg ist.«

Mit hochroten Wangen fauchte sie: »Mir aber nicht.«

»Genau.«

»Was wollen Sie damit sagen, Ms Valentine?«

»Dass Sie ein Snob sind, Ms Fellows.«

Sie straffte die Schultern und machte einen Schritt auf mich zu. »Ich bin doch kein Snob, nur weil ich meinen Partner unter meinesgleichen suchen will.«

»Ach, tatsächlich? Und was hat Ihnen das bis jetzt gebracht?«

Sie wurde weiß wie die Wand. »Sie Miststück!«

Unverblümt erwiderte ich: »So etwas Ähnliches habe ich auch gerade gedacht.« Und ich hatte gar keine Aura gebraucht, um zu diesem Urteil zu gelangen.

Sie riss den blutroten Mund auf. »Wie können Sie es wagen?«

»Jetzt hören Sie mir mal zu, Sie sind zweiunddreißig Jahre alt und hatten noch nie eine echte Beziehung. Sie haben es auf Ihre Art und Weise versucht, und es hat nicht funktioniert. Dann sind Sie hierhergekommen, um es auf unsere Art und Weise zu probieren, lehnen das aber plötzlich ab. Ich denke, nun bleiben Ihnen zwei Möglichkeiten. Die erste wäre, dass Sie dieses Büro jetzt unglücklich und allein verlassen.«

Obwohl ich in meine eigenen Fähigkeiten zur Partnervermittlung so gar kein Vertrauen hatte, konnte ich mich auf die Gabe meines Vaters umso mehr verlassen. Wenn Adam von einer leuchtend blauen Aura umgeben war, dann war er der Richtige für Lola. Der arme, arme, nichts ahnende Kerl.

»Die zweite Möglichkeit wäre, uns zu vertrauen. Wir wissen, was wir tun. Adam Atkinson ist der perfekte Mann für Sie. Lassen Sie einmal das Herz sprechen, nicht den Verstand. Geben Sie ihm eine Chance. Geben Sie sich selbst eine Chance«, fügte ich sanft hinzu und fragte mich, ob ich diesen melodramatischen Zug immer schon gehabt hatte oder ob das eine ganz neue Seite an mir war.

Ich war mir nicht sicher, aber ich hatte das Gefühl, dass ich da gerade jede Menge Unsinn von mir gegeben hatte. Natürlich wusste ich, dass wahre Liebe existierte. Das konnte man nach einem einzigen Blick auf die Erfolgsbilanz meines Vaters schwerlich leugnen. Andererseits hatte in meiner unmittelbaren Umgebung noch nie jemand eine glückliche Beziehung geführt.

Es war also nur verständlich, dass ich ein wenig skeptisch war, aber während ich mir dabei zuhörte, wie ich Lola eine Standpauke hielt, glaubte ich mir beinahe selbst und dachte, dass ich vielleicht eines Tages auch die wahre Liebe finden konnte.

Und dann kam mir wieder Amors Fluch in den Sinn.

Für mich gab es wenig Hoffnung.

Lola runzelte die Stirn. Ich konnte sehen, dass sie langsam weich wurde, und legte noch eins drauf: »Im letzten Jahr lag unsere Erfolgsrate bei achtundneunzig Prozent.«

»Was ist denn mit den anderen zwei Prozent passiert?«

Das sah ihr ähnlich, sich nur auf das Negative zu konzentrieren. »Das waren Menschen, die uns, genau wie Sie, nicht vertrauen wollten, die einfach alles kontrollieren mussten und deshalb nicht das wahre Glück finden konnten.« Den Kunden, der von einem Auto überfahren wurde, und den, der den Hintergrundcheck nicht bestanden hatte, erwähnte ich nicht. »Jetzt liegt es an Ihnen. Und es ist ganz einfach, Sie müssen sich nur eine Frage stellen: Will ich mich verlieben?«

Sie verzog das Gesicht. »Warum muss er denn ausgerechnet Müllmann sein? Glauben Sie, dass er stinkt?«

Dieses Mal musste ich mir auf die Lippe beißen, um nicht loszulachen. »Es gibt nur einen Weg, das herauszufinden.«

Sie zog die perfekt gezupften Augenbrauen hoch. »Ich werde mich bei Ihnen nicht entschuldigen.«

»Darum habe ich Sie auch gar nicht gebeten.«

Sie hob das zarte Kinn. »Ich werde ihn anrufen.«

»Seien Sie nett zu ihm.«

»Ich bin doch immer nett.« Sie musste lachen, und die kurzen Stakkatolaute taten mir in den Ohren weh.

Armer Adam.

»Okay, vielleicht nicht immer«, gab sie zu. »Aber wenn er für mich perfekt ist, dann wird ihm das nichts ausmachen, oder?«

So hatte ich das noch gar nicht gesehen. War er vielleicht genauso schlimm wie Lola? »Vermutlich nicht.«

»Einen schönen Tag noch, Ms Valentine.« Sie stolzierte aus meinem Büro, und ich hatte kaum Gelegenheit, Luft zu holen, als Dovie sich auch schon über die Gegensprechanlage meldete. »Mary Keegan kommt jetzt zu dir rein. Oh, und dann ist hier auch noch ein Sean Donahue, der dich sehen will. So ein richtig heißer Typ. Ein ehemaliger Feuerwehrmann, und du weißt ja, was sie über Feuerwehrleute sagen. Die sind zu heiß …«

Ich war mir bewusst, dass natürlich jeder im Empfangsbereich mithören konnte, allen voran Sean, also drückte ich auf den Knopf der Anlage und unterbrach sie scharf: »Danke, Dovie.«

Sean. Bei dem Gedanken, ihn wiederzusehen, schlug mir das Herz bis zum Hals.

Noch bevor ich Zeit hatte, mich wieder zu fangen, stand Mary Keegan in der Tür und blinzelte mich aus großen braunen Augen an. Sie war mittleren Alters, weich und rundlich. Ihr durchscheinender Porzellanteint glühte vor Gesundheit und Glück.

Ich ging zur Tür, um sie zu begrüßen. Widerwillig streckte ich die Hand aus. Das gefürchtete Händeschütteln. Ich betete innerlich, dass sie in letzter Zeit nichts verloren hatte. »Lucy Valentine«, stellte ich mich vor und hoffte, mein Gesichtsausdruck würde meine innere Anspannung nicht verraten.

Sie griff nach meiner Hand und strahlte mich an.

Nichts. Keine Bilder. Puh.

»Setzen Sie sich doch«, bat ich.

»Nein, nein.«

Ihre Ablehnung verwirrte mich jetzt doch, und ich fasste mir an den Kopf.

»Ich bin hergekommen«, erklärte sie, »weil ich mir Sorgen gemacht habe.«

»Worüber?« Noch eine Kundin, die uns den Laufpass geben wollte?

»Na ja, über meine Beziehung zu Barry. Das ist der neue Mann in meinem Leben – Ihr Vater hat uns zusammengebracht. Aber nachdem Sie mit dieser anderen Frau gesprochen haben, ist mir klar geworden, dass ich mich von meinen Ängsten lösen und auf mein Herz hören muss.«

»Welche andere Frau?«

»Die, die gerade gegangen ist. Rote Lippen, Riesenego, ziemlich einschüchternd.«

Eine gute Beschreibung von Lola Fellows. »Das haben Sie mitbekommen?« Wir waren nicht laut geworden … jedenfalls nicht sehr.

Sie errötete. »Mir kam es ja schon wie Lauschen vor, aber die nette Dame am Empfang meinte, es sei völlig normal, über die Gegensprechanlage mitzuhören.«

»Verstehe.« Dovie war erledigt.

»Dieser Frau haben Sie wirklich einen guten Rat gegeben – einen Rat, den auch ich beherzigen werde. Ich wollte nur kurz hereinschauen, um Ihnen das zu sagen, und jetzt nehme ich Ihre wertvolle Zeit nicht länger in Anspruch. Richten Sie Ihrem Vater aus, dass er bald eine Einladung zu meiner Hochzeit im Briefkasten hat.«

Sie schüttelte mir erneut die Hand (wieder nichts) und verschwand.

Ich lauschte ihren Schritten und zählte im Kopf mit, bis sie die Tür an der Treppe hinter sich schloss. »Dovie!«, brüllte ich dann.

Eine Sekunde später erschien mit einem trägen Grinsen Sean in meiner Tür. »Sie hat sich aus dem Staub gemacht, sobald Ms Keegan Sie über die Lauscherei aufgeklärt hatte.«

Bei seinem Anblick klopfte mein Herz wild. Diese Reaktion hatte ich mir also nicht nur eingebildet. »Ich bringe sie um.«

»Das hieße lebenslang ohne Bewährung.«

Er ging an mir vorbei, und sein Arm streifte dabei den meinen. Sein Atem wärmte meinen Nacken.

Ich war verdammt. Schlicht und einfach verdammt.

»Das wäre es mir wert«, knurrte ich und versuchte, mich ein wenig zusammenzureißen. Das konnte doch nicht so weitergehen.

Er sah sich im Zimmer um und fand ein zweites Gerät der Gegensprechanlage unter meinem Tisch und schaltete es aus.

»Vor der nächsten vertraulichen Unterhaltung sollten Sie besser die Umgebung checken.«

»Meinen Sie, ich würde in so einem orangefarbenen Sträflingsanzug gut aussehen?«

Er betrachtete mich von oben bis unten. »Ich kann mir vorstellen, dass Sie eigentlich in allem gut aussehen würden, Ms Valentine.«

Konnte man nur durch Blicke in Flammen aufgehen?

Offensichtlich.

»Sagen Sie doch bitte Lucy zu mir.«

»Nur, wenn Sie mich Mr Donahue nennen.«

Ich starrte ihn an. Und wieder umspielte dieses lässige Grinsen seine Lippen. Lippen, die bei jedem anderen Mann einfach nur langweilige, alltägliche Lippen wären. Bei ihm jedoch verhießen sie böse, böse, köstliche Dinge.

Als ich nicht reagierte, meinte er: »Ich mache ja nur Spaß.«

»Ich weiß.« Ich lachte. »Ich bin einfach nur« – ich gestikulierte über meinem Kopf –, »ein bisschen durch den Wind. Es war jetzt schon ein langer Tag, und es ist noch nicht einmal zehn Uhr. Ich wollte eigentlich bei Ihnen vorbeischauen, sobald ich einen Moment Zeit habe.«

»Bevor oder nachdem Sie Kundinnen als Miststück bezeichnen?«

Ich wurde rot. »So habe ich sie ja nicht genannt, ich habe das nur angedeutet.«

»Das ist Wortklauberei, Lucy.«

Mein Magen machte einen Satz, als seine sexy Lippen meinen Namen aussprachen. Reiß dich zusammen, ermahnte ich mich selbst. Es war ja nicht das erste Mal, ich hatte meinen Namen vorher durchaus schon mal gehört. Ungefähr hunderttausendmal.

»Lucy?«

O nein, nicht schon wieder! Es lag etwas ganz Besonderes in der Art und Weise, wie er meinen Namen aussprach. Etwas … Verheißungsvolles.

»Ist alles in Ordnung mit Ihnen?«, fragte er. »Vielleicht sollten Sie sich lieber hinsetzen.«

»Es geht mir gut.« Ich reckte das Kinn vor.

»Das sehe ich.«

Oh. Gott.

Ich atmete tief durch und bemerkte: »Es tut mir leid, wenn Dovie Sie, na ja, irgendwie beleidigt haben sollte.«

»Wie denn? Indem sie mich als heißen Typen bezeichnet hat? Und meinte, ich wäre zu heiß für … irgendwas?« Er feixte und sah aus, als wüsste er ganz genau, wie heiß er war. »Das war wirklich eine Riesenbeleidigung.«

Während ich eigentlich nur noch immer tiefer im Erdboden versinken wollte, schlüpfte ich hinter meinen Schreibtisch und setzte mich. Ich ordnete meine Papiere und versuchte, mir zu überlegen, was ich sagen konnte, ohne weitere Anspielungen herauszufordern. Denn die würde mein Herz nicht aushalten.

»Bringe ich gerade Ihre ganze Planung durcheinander?«, fragte er, und seine rauchig grauen Augen blickten jetzt ernsthafter drein.

Ich sah kurz auf das Blatt mit meinen heutigen Terminen, die Dovie für mich ausgedruckt hatte. »Nein, ehrlich gesagt nicht.«

»Gut.« Er ließ sich auf dem Stuhl vor meinem Schreibtisch nieder und fuhr mit dem Finger über die Wirbel im Stoffbezug. »Darf ich Sie mal etwas fragen?«

Falls seine Frage sich darauf beziehen sollte, ob ich gerne mit ihm ins Bett steigen wollte, lautete die Antwort ja. Was furchtbar war, denn ich vermutete schließlich, dass er eine Freundin hatte. Ich sollte doch eigentlich Paare zusammenführen, stattdessen war ich hier drauf und dran, eins auseinanderzubringen.

Offensichtlich hatte ich wirklich Probleme.

Ich antwortete mit nicht sonderlich fester Stimme: »Natürlich.«

»Worum geht es bei der Sache mit Jennifer Thompson?«

Michael Laffertys Mappe lag neben meiner Tragetasche. »Das ist eine komplizierte Geschichte.«

Er beäugte mich. »Kompliziert finde ich gut.«

»Äh, ja.« Er hat eine Freundin, sagte ich mir lautlos immer und immer wieder vor. »Die Sache ist die, ich bin mir noch nicht sicher, ob ich Ihnen da vertrauen kann. Wir kennen uns ja kaum.«

»Jetzt interessiert mich das Ganze noch viel mehr.«

Er redet über den Fall, nur über den Fall …

Tief durchatmen.

Ich kannte mich gut genug, um nicht alleine der Frage auf den Grund zu gehen, was mit der vergrabenen Leiche im Wald passiert war. Ich brauchte Hilfe, und Sean hatte dafür die besten Voraussetzungen. Aber wenn ich ihn einweihte, würde er Fragen stellen.

Und ich war mir nicht sicher, ob ich die beantworten konnte.

»In was für eine Geschichte sind Sie da bloß hineingeraten, Lucy?«, fragte er.

»In eine, die nicht gut ausgehen wird.«

»Und Sie haben sich Hals über Kopf hineingestürzt?«

»Es ist eine verzwickte Angelegenheit«, bekräftigte ich. »Aber ich will das nicht alleine durchstehen müssen.«

»Sie können mir vertrauen«, versprach er mit einer Stimme voller Wahrhaftigkeit.

Ich sah ihm tief in die Augen, widersetzte mich dem Verlangen, mit dem Finger über den Buckel auf seiner Nase zu fahren, und sagte: »Wenn das wahr ist, können Sie dann auch mir vertrauen?«

Er zog die Augenbrauen zusammen. »Ihnen vertrauen?«

Damit hatte er nicht gerechnet. »Ja, vertrauen Sie mir?«

Er sah mich lange an, wandte seine Augen nicht einen Moment lang von mir ab und erforschte meinen Blick. »Ja, ich denke, das kann ich.«

»Gut. Dann ist es an der Zeit für einen kleinen Ausflug. Heute Abend? So gegen Einbruch der Dunkelheit?«

»Um was für eine Art Ausflug handelt es sich denn?«

»Das werden Sie dann schon sehen. Oh, es wäre gut, wenn Sie eine Schaufel dabeihätten, und könnten Sie vielleicht auch noch einen Hund mitbringen?«

»Einen Hund? Wozu das denn?«

»Als Tarnung natürlich.«

»Eine Schaufel und einen Hund.«

»Das wäre dann alles. Ach, und Taschenlampen.«

»Sie sind eine geheimnisvolle Frau, Lucy Valentine.«

»Wenn Sie wüssten, Mr Donahue.«

9

Kurz nachdem Sean das Büro verlassen hatte, klingelte das Telefon. Da Dovie noch nicht wieder aufgetaucht war, musste ich mich darum kümmern.

Mit den Worten »Valentine Incorporated, guten Morgen« nahm ich den Anruf entgegen, während ich vor dem Aktenschrank meines Vaters hockte und ihn durchwühlte. Ein wenig halbherzig suchte ich nach möglichen Partnern für meine Kunden.

Sean und ich hatten für den Notfall unsere Handynummern, und wir hatten verabredet, uns um halb fünf am Hingham Shipyard zu treffen. Ich redete mir ein, dass ich mich überhaupt nicht darauf freute, ihn wiederzusehen, aber wer wollte das schon glauben?

»Hier ist Preston Bailey von der *South Shore Beacon*. Könnte ich bitte mit Ms Valentine sprechen?«

»Tut mir leid, aber die ist gerade beim Mittagessen«, log ich und versuchte, durch einen näselnden Tonfall meine Stimme zu verstellen.

Sie grunzte und legte auf.

Ich lächelte und setzte mich hin, streckte die Beine aus und wackelte mit den Zehen. Meine Stiefel mit den Pfennigabsätzen lagen neben der Tür.

Während ich die Mappen durchforstete, musste ich andauernd an Michael denken.

Ich vermutete, dass er für die Leiche verantwortlich sein

könnte. Und obwohl ich mich bemühte, dieser Theorie keine Beachtung zu schenken, ging sie mir einfach nicht aus dem Kopf.

Die Leiche war dort begraben, wo er wohnte. An ihrem Finger steckte sein Ring …

Aber Moment mal.

Der Ring!

Wenn Michael für den Tod dieser Person verantwortlich wäre, dann wüsste er natürlich, wo sich das Familienerbstück befand. Und dann hätte er beim Händeschütteln nicht daran gedacht, dass er den Ring verloren hatte. Und ich hätte die Bilder des Schmuckstücks nie vor mir gesehen.

Er hatte keine Ahnung, wo der Ring steckte.

Er wusste nichts von der Leiche.

Er hatte sie nicht getötet.

Dessen war ich mir jetzt sicher.

Ich lächelte und war mit einem Mal unglaublich erleichtert, dass unter unseren Kunden kein kaltblütiger Mörder war. Es gab mit Sicherheit kein Ferienziel, keine Insel, die weit weg genug wäre, um so einer Schlagzeile zu entkommen.

Meine Erleichterung hielt aber nicht lange an.

Jemand war getötet worden. Und so, wie es im Moment aussah, wussten nur zwei Menschen von dem Mord. Der Killer. Und ich.

Wie war ich bloß in diese Situation hineingeraten? Im Moment war doch (wenn ich mich auch ein wenig sträubte) Liebe mein Geschäft, nicht Mord.

Ich schloss den Aktenschrank und seufzte. Für heute war ich fertig. Ich konnte nur eine gewisse Anzahl von Mappen durchsehen, bevor vor meinen Augen alles zu verschwimmen begann.

Dennoch hatte ich an Raphael gedacht und ein paar Kandidatinnen für ihn herausgesucht. Ich fand drei Frauen, die ihren persönlichen Angaben zufolge vielleicht – vielleicht! – zu ihm passen würden. Seltsamerweise freute ich mich plötzlich darauf, ihn zu verkuppeln. Ich hoffte nur, ihn nicht zu enttäuschen.

Mein Handy klingelte. Es war Marisol.

»Hast du Em gesehen?«, fragte sie.

Ich hatte Marisol Valerius und Emerson Baumbach bei einer Mutter-Kind-Yogastunde kennen gelernt, als wir drei Jahre alt waren. Wie unsere Mütter uns gerne unter die Nase rieben, war es Abneigung auf den ersten Blick gewesen.

Erst im Kindergarten, als der Teufelsbraten Johnny Campanto Marisol die Zöpfe abgeschnitten hatte, hatten wir Mädchen uns zusammengerauft. Entscheidend war dabei gewesen, dass Em und ich ihn im Gegenzug an seinem Stuhl festgeklebt hatten, von dem er eine Stunde lang nicht mehr losgekommen war. Die guten alten Zeiten.

Seitdem waren wir drei die besten Freundinnen.

»Ob ich sie gesehen habe? Was ist denn los?«, fragte ich. Plötzlich machte ich mir Sorgen.

»Ich habe gestern Abend noch mit ihr gesprochen, aber ER macht sich Sorgen. ER hat mich gerade angerufen, weil ER nach ihr sucht. Und eins ist klar, wenn ER schon *bei mir* anruft, dann muss ER wirklich verzweifelt sein.«

Mit »ER« war nicht etwa der liebe Herrgott gemeint, sondern Ems Verlobter, obwohl auch der sich für ein Geschenk Gottes hielt. Eigentlich hieß er Joseph Betancourt, obgleich Marisol ihn nur selten so nannte, hauptsächlich, weil sie ihn nicht besonders mochte. Durch ihren stets abwesenden Vater hatte sie tief verwurzelte Probleme mit leistungsorientierten Karrieretypen wie Joseph, einem Banker aus der Chefetage. Ich hingegen brachte ihm mehr Sympathie entgegen, denn wenn Em ihn liebte, dann musste ja irgendwas an ihm dran sein.

»Es ist wohl so«, erklärte Marisol, »dass sie ihn heute Morgen um neun anrufen sollte und sich nicht gemeldet hat.«

»Vielleicht war sie einfach so in die Arbeit vertieft, dass sie es vergessen hat?«

»Zweifellos. Ist dem eigentlich klar, dass sie Ärztin ist? Dass sie auch viel zu tun hat? Das sollte er mal langsam kapieren.«

Em arbeitete im Rahmen des zweiten Praxisjahrs ihres Pädiatriestudiums im Children's Hospital, sie wohnte quasi dort. Und das bisschen Freizeit, das ihr noch blieb, verbrachte sie weitestgehend damit, ihrer Mutter bei der Hochzeitsplanung auf die Finger zu sehen. Ich selbst bekam Em kaum noch zu Gesicht, sie hielt mich nur durch hastige Telefonate und kurze E-Mails auf dem Laufenden.

Wenn ich daran dachte, dass Em und Marisol Ärzte waren, kam ich mir immer wie ein richtiger Nichtsnutz vor, aber das verdrängte ich dann lieber schnell. All meine beruflichen Rückschläge Revue passieren zu lassen führte ja doch nur zu Komplexen. »Hast du sie angerufen?«

»Ihr Handy ist aus.«

»Wie wäre es damit: Wir machen uns jetzt erst mal keine Sorgen und warten bis zum Abendessen ab?«, schlug ich vor und hoffte, dass Em in der Zwischenzeit ein Lebenszeichen von sich geben würde.

»Abgemacht. Und da wir gerade beim Thema sind … gestern Abend.«

Ich zog mir die Stiefel an. Bis zu meiner Verabredung mit Raphael blieb mir noch etwa eine Stunde. In der Zwischenzeit wollte ich mit Jennifer Thompsons Eltern sprechen. Jetzt, da ich sicher war, dass Michael mit der Leiche nichts zu tun hatte, stand meiner Idee einer Wiedervereinigung der beiden schließlich nichts mehr im Wege. »Ja, das mit gestern tut mir leid.«

»Muss es aber gar nicht. Es war sehr nett. Dovie kocht wirklich gut. Sie hat mir erzählt, dass du nach dem kleinen Jungen suchen wolltest. Echt traurig.«

Im verwaisten Rezeptionsbereich knisterte das Feuer. Der Fernseher war auf stumm geschaltet, aber die Nachrichten zeigten ständig Bilder von der Suche. Es gab nichts Neues.

»Absolut.« Vor allem, weil ich mich so hilflos fühlte, da ich ihn nicht ausfindig machen konnte. Aber das durfte ich Marisol nicht erzählen. Weder sie noch Em wussten von den übersinnlichen Fähigkeiten meiner Familie. Es war nicht leicht, das vor ihnen geheim zu halten. »Erzähl mal, wie sieht Butch denn aus? Mit dem soll ich nämlich heute Abend essen gehen.«

»Er ist absolut hinreißend und sieht aus wie Matt Damon.«

»Du stehst doch auf Matt Damon«, bemerkte ich und hoffte, sie würde mir mein Date abnehmen.

»Ehrlich gesagt haben Butch und ich uns ziemlich gut verstanden, und unter anderen Umständen würde ich es wohl mal mit ihm versuchen.«

Optimistisch fragte ich: »Was denn für Umstände? Doch sicher nichts, was sich nicht aus der Welt schaffen ließe.«

»Er ist Metzger, Lucy. Ich kann mich doch nicht mit einem Metzger verabreden.«

Marisol war Vegetarierin, seit sie in der ersten Klasse begriffen hatte, woher Schnitzel stammen. Ich dachte daran, ihr dieselbe Standpauke zu halten wie Lola Fellows, aber ich kannte Marisol zu gut. Ein Metzger würde bei ihr keinen guten Schnitt machen. Ich lachte lautlos über das Wortspiel und kam zu dem Schluss, dass ich viel zu lange in diesem Büro gehockt hatte, wenn ich schon meine eigenen schlechten Witze klasse fand.

»Na ja, ich fürchte, dann steht meine Verabredung für heute Abend wohl noch.«

»Er ist wirklich nett«, bekräftigte Marisol.

»Daran zweifle ich ja auch nicht. Dovie möchte Urenkel – sie würde nicht einfach jeden x-beliebigen Typen für mich aufgabeln.«

»Da wäre ich mir nicht so sicher.«

»Das hilft mir jetzt nicht gerade weiter.«

»Aber zumindest für Butch kann ich mich verbürgen.«

»Heißt der eigentlich wirklich so?«, erkundigte ich mich.

»Keine Ahnung. Das musst du schon selbst rausfinden. Gib ihm eine Chance. Vielleicht findest du ja auch endlich den einen ganz besonderen Typen.«

Amors Fluch hielt ich vor ihr ebenfalls geheim.

»Vielleicht«, murmelte ich.

»Wie geht es Fluffy?« Im Hintergrund war Hundebellen zu hören. Ich stellte sie mir im Laborkittel vor, malte mir aus, wie ihr dunkler Bob herumwirbelte, während sie zig Sachen auf einmal machte. Tagsüber arbeitete sie in einem Veterinärkrankenhaus in Quincy. Abends war sie dann noch als Freiwillige in einer Tierklinik in der Innenstadt tätig, in der die Patienten kostenlos behandelt wurden.

»Fluffy?«

»Der Hamster.«

»Ich glaube, er wäre empört, wenn er wüsste, dass du ihm einen derart peinlichen Namen verpasst hast. Jetzt heißt er Odysseus.«

Sie lachte mich aus. »Du hast ihm einen Namen gegeben – gut.«

»Ja, ja, ich behalte ihn. Aber das wusstest du ja schon vorher.« Ich warf noch einen Blick auf den Fernseher und schaltete ihn dann aus. »Aber bitte keine weiteren Haustiere mehr!«

»Da musst du dir vermutlich gar keine Sorgen machen.«

»Wieso?«

»Es kann sein, dass wir die Praxis schließen müssen. Uns geht das Geld aus.«

Ich fragte mich, was dann wohl mit all den Tieren passieren würde, die eine Behandlung brauchten. »Das ist ja schrecklich.«

»Wir wollen nächsten Monat eine Benefizveranstaltung organisieren, aber es kann durchaus sein, dass wir nicht genug Spenden zusammenkriegen ...« Sie verstummte, als ob sie es nicht ertragen könnte, den Konsequenzen ins Auge zu sehen. »Aber genug von mir. Melde dich bitte, wenn du was von Em hörst.«

»Du auch.«

Wir verabschiedeten uns und legten auf.

Ich rief umgehend auf Ems Handy an. Es war noch immer nicht eingeschaltet. Dann dachte ich darüber nach, es beim Krankenhaus zu versuchen, aber es sprach so viel dagegen, dass ich mir die Idee augenblicklich wieder aus dem Kopf schlug. Ich hatte Marisol versprochen, mir bis zum Abendessen keine Gedanken zu machen, aber ich war bereits in Sorge. Em war der pünktlichste und bestorganisierte Mensch, den ich kannte. Es war absolut untypisch für sie, *ihn* nicht anzurufen. Und selbst wenn sie um neun Uhr beschäftigt gewesen sein sollte – jetzt war schon fast Mittag.

Mir schwante nichts Gutes.

Die Eltern von Jennifer Thompson wohnten inzwischen in Lynn, nördlich der Stadt. Ich konnte nicht daran denken, ohne dass mir »Lynn, Lynn, city of sin – Lynn, Stadt der Sünden« in den Sinn kam, eine Zeile aus einem Reim, der entstanden war, als in dieser Gegend vor vielen, vielen Jahren Verbrechen und Korruption an der Tagesordnung gewesen waren.

Sean hatte mir die Adresse gegeben und mir einen der Wagen von SD Investigations geliehen, die in einem Parkhaus standen. Er hatte eigentlich mitkommen wollen, musste sich aber mit einem Kunden treffen und konnte das nicht absagen.

Jennifers Eltern wohnten in einem hübschen zweistöckigen Haus, das nicht protzig war, aber zeigte, dass sie eindeutig zur oberen Mittelschicht gehörten. Der Rasen war noch nicht so braun, wie er den Winter über wohl werden würde, und die Büsche waren frisch beschnitten. An der Tür hing ein Kranz in Herbstfarben. Das Geräusch des Messingklopfers hallte durch das Stadtviertel.

Ich hatte die Hoffnung, dass ein direktes Gespräch mit Jennifers Eltern sie dazu bringen konnte, ihrer Tochter eine Nachricht von mir zu übermitteln, da Sean am Telefon ja kein Glück gehabt hatte.

Die Tür wurde einen Spalt weit geöffnet. »Wir kaufen nichts«, verkündete ein Mann. Ende fünfzig, leicht ergraut, mit einem kleinen Bäuchlein und hartem Blick.

»Ich verkaufe auch nichts«, erwiderte ich mit hoffentlich entwaffnendem Lächeln und reichte ihm die Karte von Valentine Inc.

»Worum geht es?«

»Sind Sie Martin Thompson?«

Die Tür ging etwas weiter auf. Er sah aus wie ein Hafenarbeiter. Vom Wetter gegerbte Züge, muskulöser Körper, schneeweißer Bart.

»Ja.«

»Ich suche nach Jennifer. Lebt sie immer noch hier? Ich habe da einen Kunden, Michael Lafferty, der sie gerne …«

Er fuchtelte mit einem Finger vor mir herum. »Nein, sie lebt nicht hier, aber lassen Sie unsere Jenny bloß in Ruhe. Sie hat mit Michael und diesen Mädchen schon genug durchgemacht.«

»Aber es gab da ein Missver…«

Er schlug mir die Tür vor der Nase zu.

Während ich die Stufen hinunterschritt, schoss mir durch den Kopf, dass der Plan, Michael und Jennifer wieder zusammenzubringen, wohl die blödeste Idee war, auf die ich je gekommen war.

»Sieh mal einer an, wer da hereingeschneit kommt«, bemerkte Maggie Constantine mit einem breiten Lächeln, als ich mich in eine der Zweipersonennischen des Porcupine schob. Den Platz hatte ich so gewählt, dass ich die Tür zur Küche im Blick hatte, weil ich das geschäftige Treiben so gerne beobachtete.

Ich legte die Mappen mit Raphaels möglichen Kandidatinnen auf den Tisch, ließ meine Handtasche von der Schulter gleiten und lächelte zurück. »Schön, dich zu sehen, Maggie. Das Geschäft scheint ja gut zu laufen.«

Die Schlange der Kunden, die etwas zum Mitnehmen bestellen wollten, ging bis zur Tür. Im ein wenig altmodisch dekorierten Essbereich saßen diejenigen, die ihr Mahl lieber in Ruhe genießen wollten – und fast alle Tische waren besetzt. Es roch so gut, dass mein Magen zu knurren begann.

»Es könnte kaum besser sein«, antwortete Maggie. Ihre intelligenten braunen Augen leuchteten fröhlich. Trotz der Kälte trug sie unter der schwarzen Schürze nur knielange braune Shorts und ein weißes T-Shirt. Ihr dunkles Haar hatte sie zu einem Zopf geflochten, der ihr auf den Rücken fiel. Der Bequemlichkeit halber trug sie witzige, jugendliche Wildleder-Turnschuhe. Ein Goldkettchen schmückte ihren zarten Knöchel. Sie war nur wenig größer als eins fünfzig, dennoch hinterließ ihre Persönlichkeit riesigen Eindruck. »Wenn noch mehr Leute kämen, müsste ich mich, ehrlich gesagt, vergrößern.« Scherzhaft fügte sie hinzu: »Glaubst du, dein Dad würde mir sein Büro überlassen?«

»Nie im Leben.«

Sie schnippte mit den Fingern. »Dann muss das hier wohl fürs Erste reichen.«

Ich war froh, das zu hören. Es wäre für Maggie überhaupt kein Problem, ihren Vertrag nicht zu verlängern und mit dem Restaurant in größere Räumlichkeiten umzuziehen. Aber ich hatte mich während meiner verschiedenen Jobs oft hier mit meinem Vater zum Mittagessen verabredet. Es war zu einer richtigen Tradition geworden – einer, die ich nur ungern aufgegeben hätte.

Über unseren Köpfen ertönte aus Lautsprechern in den vier Ecken des Raumes klassische Musik. Vielleicht Bach. Oder Mozart. Mein Vater hätte das sofort gewusst. Ich hingegen verbrachte zu viel Zeit mit Raphael – ich hätte jeden Achtzigerjahre-Song sofort benennen können, aber alles andere? Keine Ahnung.

Maggie war vor etwas über drei Jahren von New York nach Boston gezogen, weil ihr Ehemann, ein gewiefter Börsenmakler, hier einen Job angenommen hatte. Sie hatte das Porcupine eröffnet, um eine Beschäftigung zu haben, wenn ihr Mann lange arbeitete.

Ein Jahr später hatte die Sache eine tragische Wendung genommen, als er an einem Herzinfarkt gestorben war und eine Witwe mit gebrochenem Herzen zurückgelassen hatte. Mit vierundvierzig war Maggie frei gewesen, dahin zu gehen, wohin auch immer sie wollte. Aber irgendwann hatte sie sich in die Stadt und ihr Restaurant verliebt und beschlossen zu bleiben. Sie arbeitete viel, war oft schon vor Sonnenaufgang im Lokal und kam nie vor Sonnenuntergang nach Hause.

Ich vergötterte sie, auch wenn sie ein Fan der Yankees war. Über manches muss man eben hinwegsehen.

»Isst du heute alleine?«, fragte sie jetzt und reichte mir die Karte.

»Nein, ich bin mit Raphael verabredet.«

»Ach, Raphael, nie kriegt man ihn zu fassen. Angeblich soll er ja übermenschliche Kräfte haben.«

Ich lachte. »Mein Vater neigt zu Übertreibungen, wenn es um Raphael geht.«

Ihr Blick verdüsterte sich kurz. »Wann kommt dein Dad denn wieder zurück?«

Im Laufe des letzten Jahres hatte ich mich manchmal gefragt, ob sich mein Vater wohl heimlich mit Maggie traf, aber nie den Mut aufgebracht, das Thema bei einem von beiden anzusprechen.

Ich persönlich hoffte ja, dass es nicht der Fall war. Maggie war ein ganz besonderer Mensch, und mein Vater neigte dazu, Herzen zu brechen, ohne lange zu fackeln. »Soweit ich weiß, in zwei Wochen.«

»Ist das hier ein Arbeitsessen? Betreibt ihr Partnervermittlung überm Kartoffelpüree?«, sie deutete auf die mitgebrachten Mappen, während sie Wasser in mein Glas einschenkte.

»Gewissermaßen.« Hey, Moment mal! »Du wusstest also, dass mein Vater mir die Verantwortung für die Firma übertragen wollte, solange er weg ist?«

»Er hat es gestern erwähnt, als er reingeschaut hat, um sich zu verabschieden. Das hat mich gewundert – ich wusste gar nicht, dass du dich für seine Arbeit interessierst.«

Kellner sausten durch den Raum, der in luxuriösen, satten Farben gestaltet war. Die Schlange am Take-away-Schalter wurde immer länger. Raphael war spät dran.

Ich rutschte unbehaglich hin und her. Ganz ehrlich? Ich wünschte mir nichts sehnlicher, als ein Teil des Familienunternehmens zu sein. Menschen zusammenzuführen, wahre Liebe zu finden, die Gabe sinnvoll zu nutzen, die in unserer Familie seit Generationen vererbt wurde.

Aber das konnte ich nicht. Nicht seit jenem Abend, als ich mit vierzehn während eines Gewitters mit Marisol telefoniert hatte.

Seitdem war das Leben nicht mehr so gewesen wie zuvor.

Und vierzehn Jahre später war mir immer noch nicht ganz klar, was ich eigentlich mit mir selbst anfangen sollte.

»Lass es uns mal so sagen, man hat mich überzeugt«, entgegnete ich ausweichend und hoffte, dass Maggie nicht nachbohren würde.

»Störe ich?«, fragte Raphael aus diskreter Entfernung.

»Überhaupt nicht«, winkte ich ab. »Du erinnerst dich sicher noch an Maggie?«

»Wir haben uns schon ein paarmal gesehen.« Er nickte ihr auf altmodische Gentleman-Art zu, die ich zauberhaft fand. »Ich freue mich, Sie wiederzusehen, Ms Constantine.«

Maggie verbat sich mit einer Handbewegung sämtliche Förmlichkeiten und forderte ihn auf, sich zu setzen. »Nennen Sie mich doch bitte Maggie.«

Raphael nickte abermals.

Sie füllte auch sein Glas, während er sich die Serviette auf den Schoß legte. »Dann lasse ich euch beide mal in Ruhe essen. Bestell deinem Vater schöne Grüße, wenn du mit ihm sprichst.«

»Das mache ich.«

Sobald sie außer Sichtweite war, rieb Raphael mit seiner Serviette über das Glas, um einen Fleck zu entfernen. »Was denn?«, fragte er, als ich die Augenbrauen hochzog.

»Du kannst nicht anders, oder?«

»Meinst du, sie würde mich mal mit Meister Proper in ihre Küche lassen?«

»Nein.«

Er lehnte sich auf der gepolsterten Bank zurück und fuhr

sich mit der Hand über die Bartstoppeln. »Das ist ja wirklich ein zauberhaftes Lokal.«

»Das klingt so, als hättest du echte Probleme.«

»Zieh keine voreiligen Schlüsse, Uva.«

»Hm-hm«, machte ich.

Er lachte. »Jetzt fang du nicht auch mit den Hm-hms an. Ja, ich gebe zu, ich würde hier einiges anders machen.«

»Zum Beispiel?«

»Diese Farben. Die sind so feminin. Ich würde neutraler dekorieren.«

»Langweiliger, meinst du.« Ich liebte Raphael von ganzem Herzen, aber von Innenausstattung hatte er keine Ahnung.

Er ignorierte mich. »Und ich würde umbauen, sodass die Take-away-Theke ihren eigenen Eingang hat – so lenkt das die Kunden, die hier essen, doch viel zu sehr ab.« Er warf einen Blick auf den Speisezettel. »Und ich würde einige neue Gerichte auf die Karte setzen. Und für mehr gesunde Alternativen sorgen, damit Menschen wie dein Vater eine größere Auswahl haben.«

Da hatte er allerdings Recht. Mein Vater war ein Gesundheitsfanatiker und bestellte selten etwas anderes als den mediterranen Hühnchensalat. »Es wundert mich, dass du überhaupt je essen gehst.«

»Was ich ja auch äußerst selten tue. Was ist das?«, fragte er und gab den Mappen auf dem Tisch einen Stups.

»Mögliche Partnerinnen.«

»Für wen?«

»Für dich.«

Er riss die Augen weit auf, erschauderte plötzlich und warf einen anklagenden Blick auf die Lautsprecher über seinem Kopf. »Mit dieser Musik wäre auch Schluss.«

Klassik war definitiv nicht Raphaels Stil.

Ein Kellner kam an den Tisch, um unsere Bestellung aufzunehmen. Raphael entschied sich für den Fish-and-Chips-Teller mit frischem Kabeljau und selbst gemachten Pommes frites, und ich nahm das Gourmet-Sandwich mit der köstlichen Grillpaprika-Mayo.

Ich griff nach der obersten Mappe und schlug sie auf. »Marcia Bigelow, einundfünfzig. Sie unterrichtet Naturwissenschaften in der siebten Klasse, mag den Herbst, Schokoladenkekse und Kreuzfahrten.«

»Aber keine Piña Coladas, und sie mag es auch nicht, vom Regen überrascht zu werden oder sich nachts in den Dünen am Kap zu lieben?«

Meine Wangen brannten. Auch wenn er damit auf einen Songtext anspielte, sah ich Raphael einfach nicht in diesem Licht. Meinen Vater schon (abgesehen vom Sand), aber ihn nicht.

Was viel über meine Kindheit aussagte.

»Jetzt mach dich nicht über sie lustig. Zumindest auf dem Papier sieht sie wie eine tolle Kandidatin aus.«

»Wer sind die anderen?«

Wir gingen auch die nächsten beiden Dossiers durch, und er beschloss, es auf eine Verabredung mit Marcia ankommen zu lassen.

Maggie wuselte hin und her, huschte von einem Tisch zum nächsten, von der Kasse in die Küche. Kein Wunder, dass sie in Form war.

»Wie lange ist es noch hin bis zum Frühjahrstraining?«, fragte ich Raphael.

»Noch einhundertsiebzehn Tage.«

Ich lächelte. Es gab niemanden, der Baseball so liebte wie er.

»Frühjahrstraining?« Maggie kam mit einem Wasserkrug

näher. »Ich schaue mir jedes Jahr ein paar Spiele an. Waren Sie auch schon mal da?«

O nein. Das musste ja ins Auge gehen.

»Noch hatte ich nicht die Gelegenheit«, antwortete er. »Aber ich habe gehört, es soll in Fort Myers sehr schön sein.«

»Fort Myers?«, sagte Maggie. »Oh, nein, ich gehe zu den Legends Fields in Tampa.«

Es war, als würde man dabei zusehen, wie zwei Züge kollidieren.

»Legends Fields?«, fragte Raphael. »Das Trainingslager der Yankees?«

Maggie erstarrte, als sie sich seines Tonfalls bewusst wurde. »Ganz genau. Haben Sie damit vielleicht irgendein Problem?«

Unter dem Tisch versetzte ich Raphael einen Tritt. Ich war daran gewöhnt, ihn über die Yankees herziehen zu hören – aber ich wollte nun wirklich nicht, dass Maggie ihn hier auseinandernahm.

Seine Augen funkelten. »Nein, Madam.«

Maggie füllte unsere Gläser auf, reckte das Kinn in die Luft und rauschte davon.

Er schnaubte, sobald sie außer Hörweite war. »Und das ist eine Freundin von dir?«

»Was ist denn aus all deinen Vorträgen über Gleichheit und Fairness geworden?«

»Wenn es um die Yankees geht, verstehe ich eben keinen Spaß.«

Auch wenn es für die in den letzten Jahren gar nicht so gut lief, war die Rivalität zwischen ihnen und den Red Sox trotzdem tief verwurzelt. »Du bist so ein Dickkopf, Pasa.«

Er grinste kleinlaut. »Sie hat zwar einen schlechten Geschmack, was Baseball angeht, aber der Fisch ist wirklich lecker.«

»Ich glaube, jetzt ist kein guter Zeitpunkt, um sie um das Rezept zu bitten.«

Ich hätte ihn zu gerne gefragt, ob er vermutete, dass da zwischen Maggie und meinem Vater etwas lief, aber Raphael würde mir so etwas nie verraten, das wusste ich ganz genau. Das war einer der Gründe, warum er seit fast dreißig Jahren für meinen Vater arbeitete.

Während mir Raphael erklärte, welch große Chancen die Sox nächstes Jahr hatten (ich glaube, Maggies Bemerkung war ihm wirklich an die Nieren gegangen), musste ich wieder an Max denken. Ob man ihn wohl schon gefunden hatte?

Es dauerte nicht lange, und meine Gedanken wanderten weiter zu dem Skelett. Und zu Sean. Und meiner Vision von uns beiden.

»Uva? Du bist in Gedanken ja meilenweit weg. Was ist denn los?«

Wo sollte ich da bloß anfangen? Mit der Angst davor, meinen Vater zu enttäuschen? Mit den Schuldgefühlen, die ich hatte, weil ich nicht helfen konnte, den verschwundenen kleinen Jungen zu finden? Damit, dass ich in einer Vision eine Leiche gesehen hatte? Mit Dovie und ihrer Kuppelei und ihrer üblen Lauschattacke?

Ich würde eine Woche brauchen, um das alles zu erklären. Stattdessen redete ich mit ihm lieber über die eine Sache, die ich so gar nicht begreifen konnte. »Ich hatte eine Vision.«

Wie ich schon vermutet hatte, sagte er erst mal nichts und wartete ab.

»Von der Zukunft. Ich glaube zumindest, dass es die Zukunft war. Falls die Bilder nicht meiner Fantasie entsprungen sein sollten.«

Er runzelte die Stirn, sodass sich Fältchen zeigten. »Wovon denn?«

Ich hatte schon befürchtet, dass er das fragen würde. »Das ist nicht so wichtig.« Es gab da Dinge, die auch er nicht wissen musste.

»Könnte es nicht sein, dass es statt der Zukunft eher Bilder aus deiner Erinnerung waren?«

»Auf gar keinen Fall.« Es war völlig ausgeschlossen, dass ich mit Sean im Bett gewesen war und es nur vergessen hatte. Das wäre ja ungefähr so, als würde man sich nicht mehr an einen Treffer im Lotto erinnern. Absolut unmöglich.

»Das ist mir vorher noch nie passiert. Warum sollte ich plötzlich einfach so, aus heiterem Himmel«, ich senkte die Stimme, »eine neue Fähigkeit entwickeln?«

»Ich wünschte wirklich, ich könnte dir damit weiterhelfen.«

Er hatte ja keine Ahnung, wie sehr ich mir das erst wünschte.

Ich griff nach meinem Portemonnaie, um die Rechnung zu begleichen, Raphael hielt mich jedoch davon ab.

»Aber das war schließlich meine Idee«, protestierte ich.

»Das Vergnügen war ganz meinerseits.«

»Du bist so ein Charmeur. Es wundert mich echt, dass du noch keine Frau um den Finger gewickelt hast.« Ich schob die Mappen zusammen. Lag das vielleicht in meiner Hand?

»Für so etwas muss man bereit sein, Uva.«

Da hatte er wohl Recht.

»Ich begleite dich noch nach draußen«, fügte er hinzu und legte das Geld auf den Tisch.

Ich stand auf, drehte mich in Richtung Tür um und erstarrte.

Preston Bailey saß in der Nische direkt hinter unserer. Sie sah auf und lächelte.

»Hallo«, grüßte ich unsicher.

»Ach, Ms Valentine, was für eine Überraschung! Wer ist denn Ihr Begleiter?« Sie beäugte Raphael.

»Nur ein Freund«, antwortete ich ausweichend.

Ihre Mundwinkel zuckten, während sie mich anstarrte. Ein Funkeln lag in ihren wachen Augen. »Verstehe.«

Mit Raphael auf den Fersen machte ich mich so schnell wie möglich davon. Als wir nach draußen ins Sonnenlicht traten, atmete ich tief durch. Nicht das, was Preston Bailey da gesehen hatte, machte mir Sorgen.

Sondern vielmehr das, was sie womöglich gehört hatte.

10

Sean holte mich um halb fünf am Anleger der Fähre in Hingham ab. Auf seinem Schoß hockte ein winziger Yorkshireterrier, der den Kopf zum Fenster herausstreckte.

»Der ist ja niedlich«, bemerkte ich, als ich die Tür öffnete. »Gehört er Ihnen?« Ich sank auf Seans ledernen Autositz. Er fuhr einen alten Mustang, dreitürig, ein schnittiger schwarzer Wagen, ein Auto für echte Kerle.

»Die ganzen drei Pfund.«

»Ich hätte Sie eigentlich nicht für den Schoßhündchen-Typ gehalten.«

»Die Rasse konnte ich mir leider nicht aussuchen«, erwiderte er und rollte mit den Augen. »Den Namen allerdings schon. Darf ich vorstellen: Thoreau.« Der Hund hopste zu mir herüber und tänzelte auf meinem Schoß herum.

»Wie bei Henry David?«, fragte ich. Ich kannte diesen Mann doch kaum, und trotzdem ging mir bei ihm das Herz auf.

»Kennen Sie noch einen anderen?«

»Wie literarisch von Ihnen.« Ich kraulte den Welpen hinterm Ohr. Sein Fell war weich und glänzte. Unter den spitzen Ponyfransen sahen dunkle Äuglein zu mir auf. Eine kleine rosafarbene Zunge hing ihm aus dem Mundwinkel, und er hechelte ein wenig.

Sean drehte auf dem Parkplatz und fuhr zurück auf die 3A. »Ich hab damals meinen Abschluss in Anglistik gemacht.«

»Oh«, hauchte ich und verfiel ihm nur noch mehr.

In zwei Stunden sollte ich eigentlich Butch zum Abendessen im Hingham Bay Club treffen. Ich musste Sean einfach nur bitten, mich dort abzusetzen, wenn wir fertig waren. Raphael hatte es irgendwie geschafft, mein Auto vom Bahnhof in Cohasset hierherzubringen – womöglich hatte Maggie ja Recht, vielleicht hatte er wirklich Superkräfte. Ich war jedenfalls froh – wenn mein Date mit Butch unerträglich werden sollte, konnte ich wenigstens problemlos flüchten.

Leider musste ich deshalb auch mit meinen Date-Klamotten in den Great Esker Park. Ich hatte mich im Büro noch schnell umgezogen, war in mein Wickelkleid und Stöckelschuhe geschlüpft. Nicht gerade das perfekte Outfit, um eine Leiche auszubuddeln, aber welcher Look passte da schon?

Und als ob das noch nicht genug wäre, hatte Preston Bailey, die neugierige Reporterin, vor dem Gebäude herumgelungert und Fotos von mir gemacht. Sie hatte so einen wissenden Gesichtsausdruck aufgesetzt und damit meine Sorge verdoppelt, dass sie meine Unterhaltung mit Raphael belauscht haben könnte.

Der Gedanke an den Artikel, den sie vermutlich schreiben würde, versetzte mich in Angst und Schrecken.

»Haben Sie auch Haustiere?«, fragte Sean.

»Einen dreibeinigen Kater und einen einäugigen Hamster.«

Er zog die Augenbrauen hoch.

»Fragen Sie lieber nicht.«

»Und die heißen?«

Ich zögerte.

»Was denn? Sind ihre Namen denn so schrecklich? Vielleicht Fluffy und Muffy?«

Ich hatte Marisol ja gesagt, wie furchtbar Fluffy war.

»Nein. Mein Kater heißt Grendel. Und der Hamster Odysseus.«

Er drehte den Kopf und sah mich an. »Im Ernst?«

»Ich habe auch mal einen Abschluss in Anglistik gemacht.«

In seinen Augen blitzte so etwas wie Anerkennung auf. »Und jetzt sind Sie Heiratsvermittlerin.«

»Zumindest für ein paar Wochen. Bis sich mein Vater wieder erholt hat.«

»Und was haben Sie davor so gemacht?«

Seit der Zeitumstellung am letzten Wochenende wurde es abends früh finster. Einzelne Wolken verdunkelten die untergehende Sonne. »So dies und das«, antwortete ich ausweichend. Ich hoffte verzweifelt, dass er das Thema wechseln würde. Er musste ja nicht unbedingt wissen, dass ich ein Hansdampf in allen Gassen war, aber nichts wirklich gut konnte. »Und Sie waren Feuerwehrmann?«

»Ja.«

»Wie lange?«

»Neun Jahre. Ich habe direkt nach dem College angefangen.«

»Suz hat erzählt, dass Sie verletzt wurden.«

»So etwas in der Art«, entgegnete er vage.

Offensichtlich wollte er nicht darüber reden, also ließ ich das Thema fallen. Meinen Anweisungen folgend fuhr er auf der 3A in Richtung Norden zum Great Esker Park. Thoreau drehte sich zweimal um seine eigene Achse und machte es sich dann auf meinem Schoß bequem.

Das kleine Fellknäuel war bezaubernd, aber nicht ganz der Typ Hund, an den ich eigentlich gedacht hatte. Einem großen Bluthund würde man eher abkaufen, dass er eine schon seit Langem verscharrte Tote wieder ausbuddelte, aber der Welpe musste jetzt eben reichen.

»Wohin geht es denn?«

»Zum Great Esker Park in North Weymouth.«

»Nie gehört.«

»Den kennen vor allem die Leute aus der Gegend«, erklärte ich. »Es ist gar nicht so einfach, ihn zu finden.«

»Aber Sie sind doch gar nicht von hier – woher wissen Sie denn davon?«

Ich sah aus dem Fenster, während wir die Hingham Bay Bridge überquerten. Boote schaukelten auf dem Wasser. Auf der schmalen Halbinsel zeichneten sich beim Webb Park die Gebäude des Weymouthport-Komplexes ab, der im diesigen Abendlicht irgendwie unheimlich wirkte. »Ich habe eben davon gehört.« Auf übernatürlichem Wege, aber das behielt ich lieber für mich.

»Sie haben sich für den Ausflug in den Park ja ganz schön in Schale geworfen.«

»Fragen Sie lieber nicht«, seufzte ich. Über Dovies Kuppelversuche wollte ich jetzt nicht sprechen. Eigentlich hätte ich das Date einfach absagen sollen, aber ich wollte mich so normal wie möglich verhalten. Als ob wir nicht kurz davor stünden, ein Mordopfer auszugraben.

»Der Glückliche«, bemerkte Sean mit einem Seitenblick auf mich.

Ich rutschte auf dem Sitz hin und her und kraulte Thoreau hinter den Ohren. »Woher wissen Sie denn, dass ich mit einem Mann verabredet bin?«

Er zwinkerte mir zu. »Fragen Sie nicht.«

Gut gekontert.

»Biegen Sie an der nächsten Ampel links ab. Die Kurve ist etwas seltsam – Sie müssen sich rechts einordnen.«

»Um links abzubiegen?«

»Wir sind in Massachusetts«, erwiderte ich. »Die Straßenführung ergibt hier generell keinen Sinn.«

»Da haben Sie allerdings Recht.«

Draußen ging eine steife Brise – die amerikanische Flagge an der Vietnam-Gedenkstätte flatterte so heftig im Wind, dass ich das Geräusch sogar im Inneren des Wagens hören konnte.

»Werden Sie mir jetzt erzählen, was wir hier machen?«, fragte Sean und sah zu mir rüber.

Einen Moment lang war ich froh, dass ich mir Zeit für Haarstyling und Make-up genommen hatte. Aber dann fiel mir wieder ein, dass ich ja lieber nicht versuchen sollte, auf diesen Mann Eindruck zu machen.

»Sie vertrauen mir doch, wissen Sie noch?« Ich wollte ihn nicht erschrecken, wenn ich gleich mit der Tür ins Haus fiel.

»So langsam zweifele ich aber an meinem Bauchgefühl.«

Was gar nicht dumm war.

Kurz darauf erklärte er: »Ich habe heute noch einmal Melissa Antonelli angerufen.«

Ich versuchte, mich daran zu erinnern, woher ich den Namen kannte, und dann fiel es mir wieder ein. Jennifer Thompsons ältere Schwester. »Und?«

»Keine Chance. Sie wollte auch nicht mit mir reden. Haben Sie irgendeine Ahnung, warum?«

Ich schüttelte den Kopf, obwohl ich sogar zwei ziemlich gute Ahnungen hatte. Elena und Rachel. »Biegen Sie hier links ab«, wies ich ihn an. »Der Park ist dahinten, wo die Straße aufhört.«

Am Ende dieser Straße in einem Arbeiterviertel verschlossen zwei Metalltore den Eingang zum Park. Wir parkten vor den Toren, und um uns herum wurde sofort alles dunkel, als Sean die Scheinwerfer ausschaltete. Neben dem Parkplatz gab es ein Natur-Infocenter, einen Picknickplatz und ein Basketballspielfeld, auf dem die Umrisse der Körbe über den Park wachten. Dahinter lag ein Baseballplatz unheimlich und verlassen da. Straßenlaternen standen hier keine.

Der Wind rauschte in den Bäumen, die nahe dem Parkplatz standen.

»Das ist hier ja ganz schön finster«, bemerkte Sean.

Ich erschauderte. Ich war so froh, dass er mitgekommen war, ansonsten hätte ich es jetzt wohl nicht fertiggebracht, aus dem Wagen zu steigen. »Ja.«

Sean nahm Thoreau an die Leine und sah mich an. »Soll ich die Schaufel gleich mitnehmen?«

»Nein, nur die Taschenlampen. Es wird ganz schön schnell dunkel.« Der kalte Wind tat an den Ohren weh. Ich schlug den Kragen meines Trenchcoats hoch. Sean starrte mich an.

»Was denn?«, fragte ich.

»Sie sehen … wunderschön aus.«

Es überkam mich siedend heiß, und nachdem ich mich wieder gefangen hatte, blieb ein angenehmes Kribbeln zurück. »Äh, danke.«

Wir gingen über den leeren Parkplatz und betraten dann den gepflasterten Fußweg, der zum Wald führte. Thoreau stürmte voraus, zog an seiner Leine und schnüffelte und markierte nach Herzenslust.

Ich trat nach einem Stein. »Darf ich Sie mal was fragen?«

»Sicher.«

»Wer ist eigentlich Cara?«

Er blieb stehen. »Woher wissen Sie denn …« Er unterbrach sich selbst. »Das Telefonat gestern in meinem Büro?«

Ich nickte. Und wartete.

»Sie ist meine …«

Los jetzt, bringen wir es hinter uns. »Was?«

»Exverlobte.«

»Die Unterhaltung gestern Abend klang aber gar nicht exmäßig. Für jemanden einkaufen zu gehen zeugt schon von einer gewissen Vertrautheit.«

Er starrte mich an, seine grauen Augen und dunklen Wimpern verzauberten mich. »Wir machen schon lange eine schwierige Zeit durch. Trennen uns, sind dann mal wieder zusammen. Wir versuchen, es irgendwie wieder hinzubiegen, aber so langsam wird doch klar, dass es vorbei ist. Es ist schwer, uns die Wahrheit einzugestehen, aber wir müssen beide loslassen. Wir wohnen noch zusammen, haben aber getrennte Schlafzimmer.«

»Ah.«

»Lucy, ich mag dich«, duzte er mich plötzlich. »Dadurch, dass ich dich kennen gelernt habe, habe ich endlich begriffen, was ich eigentlich schon längst wusste – dass ich die Sache mit Cara beenden muss. Und zwar ein für alle Mal. Aber wie ich schon gesagt habe, es ist schwierig. Da sind so viele Gefühle mit im Spiel.«

Ich mochte ihn auch. Viel zu sehr, um es ihm zu sagen. Denn das konnte womöglich zu etwas führen, was ich am nächsten Morgen bereuen würde. Vor allem dann, wenn Cara vielleicht immer noch glaubte, dass sie ihre Beziehung mit Sean retten konnte.

Wir erklommen den steilen Hügel, was ganz schön in die Beine ging. Unterwegs begegneten wir niemandem. Da waren nur wir, der Wind und mein Wunsch nach etwas, das niemals wahr werden durfte. Denn selbst wenn es da keine Cara gäbe, würde ich mich immer noch hüten, mich mit ihm einzulassen. »Wir haben den Pfad verpasst.«

»Was für einen Pfad?«

»Es gibt hier irgendwo einen Trampelpfad mit Stufen aus Kalkstein.« Ich war so in die Unterhaltung mit Sean vertieft gewesen, dass ich nicht aufgepasst hatte.

Wir standen auf dem gepflasterten Weg, direkt an einem Abhang. Zu unserer Rechten lag in bedrückender Stille das

Baseballfeld da und sehnte sich nach kleinen Kindern mit ihren Schlägern. Zu unserer Linken tanzte der Mond auf der Oberfläche des Weymouth Back River. Ein wirklich zauberhafter Anblick, aber dafür hatte ich jetzt keine Zeit.

Ich drehte um, ging den Weg zurück, über den wir gekommen waren, und leuchtete mit der Taschenlampe links ins Dickicht. Und bald entdeckte ich auch schon das, wonach ich suchte. Eine Steintreppe, die zurück in Richtung Parkplatz führte.

Wir stiegen die steinernen Stufen hinunter, wobei ich mit den Absätzen immer mal wieder hängen blieb. Etwa auf halber Höhe sah ich nach rechts. Hier und da entdeckte ich dünne Bäumchen, dichtes Laub bedeckte den Boden. Nach etwa dreihundert Metern blieb ich wie angewurzelt stehen.

»Was?«, fragte Sean.

»Ich bleibe hier. Könntest du jetzt vielleicht die Schaufel holen? Du kannst einfach die Treppe weiter runter bis zum Parkplatz gehen.«

Er starrte mich lange prüfend an, und sein Blick verriet, wie viele Fragen ihm durch den Kopf gingen.

»Bitte?«, fügte ich hinzu.

Er reichte mir die Leine, drehte sich um und verschwand in der Dunkelheit.

Ich hockte mich hin und ließ Thoreau an mir hochspringen und mich ablecken. Ich war nicht besonders religiös – meine Eltern gehörten nicht zu den Leuten, die in die Kirche gingen –, aber Dovie hatte mich von Zeit zu Zeit heimlich in den Gottesdienst mitgenommen. Ich brauchte fast eine ganze Minute, um mich an irgendein Gebet zu erinnern. Ich sagte es ruhig und leise vor mich hin. Dann und wann fiel mir das eine oder andere Wort nicht mehr ein. Bei der Vorstellung, die Ruhe der Toten zu stören, stieg in mir absolute Panik auf.

Eine Minute später war Sean mit der Schaufel in der Hand wieder da. »Was nun?«, fragte er.

»Jetzt graben wir.«

»Lucy, ich denke, ich sollte jetzt wirklich mal wissen …«

»Vertrauen, Sean, weißt du noch?«

Die Art und Weise, wie er mich ansah, gab mir das Gefühl, dass er mir direkt in die Seele blickte. Und ich legte sie ihm zu Füßen.

»Okay«, sagte er schließlich.

Ich ließ mich schweigend neben Thoreau nieder und richtete die Taschenlampe auf den Boden. Als die Schaufel geräuschvoll auf die Erde traf, war das Echo in den Bäumen zu hören, es vermischte sich mit dem unheimlichen Heulen des Windes.

Nach etwa einem halben Meter fragte Sean: »Wie tief noch?«

»Ich weiß es nicht.«

Er machte weiter und schnaufte dabei heftig.

»Alles in Ordnung?«, erkundigte ich mich.

»Bestens.« Ihm stand der Schweiß auf der Stirn. »Ich gerate schnell außer Atem.«

Das fand ich nicht sehr logisch – ein ehemaliger Feuerwehrmann sollte doch eigentlich in Form sein. Ehemaliger. Oh. »Hat das was mit deinem Unfall zu tun?«

Er gab keine Antwort.

Und ich drängte ihn auch nicht.

Etwas weiter unten stieß die Schaufel auf etwas Hartes. Sean zog sie zurück. Ich leuchtete in das Loch.

Es überkam mich eiskalt, ging mir durch Mark und Bein.

Ihm stand Entsetzen ins Gesicht geschrieben, als er den menschlichen Knochen anstarrte. »Was ist das?«

Unter Zähneklappern entgegnete ich: »Die Frage sollte

vielmehr heißen: *Wer* ist das? Und die Antwort lautet leider: Ich weiß es nicht.«

Auf dem Weg zurück zum Auto begegneten wir auf dem Parkplatz einem alten Mann mit einem dreifarbigen Beagle. Wir vermieden jeglichen Augenkontakt.

Sean legte die Schaufel in den Kofferraum und streckte die Arme weit aus. »So, was jetzt? Sollen wir noch eine Bank ausrauben oder so, um den Tag abzurunden?«

Thoreau folgte mir fröhlich zur Beifahrertür. Ich hob ihn hoch. »Du musst ja nicht gleich sarkastisch werden.«

Sean fuhr sich mit der Hand durch das dunkle Haar. »Tut mir leid, aber ich buddele nicht jeden Tag Leichen aus. Ich weiß nicht, wie ich darauf reagieren soll.« Er hielt die Tür für mich auf. Ich setzte mich hinein und hielt Thoreau ganz fest.

Als Sean den Wagen umrundet hatte und schließlich hinterm Steuer saß, sagte ich: »Ich mache das auch nicht jeden Tag.«

Er antwortete nicht, sein skeptischer Blick sprach jedoch Bände.

Ich atmete tief durch. Inzwischen wünschte ich wirklich, ich wäre stark genug gewesen, um das alleine durchzuziehen. Der bescheuerte Gedanke »Beim nächsten Mal …« schoss mir durch den Kopf. Ha! Es würde kein nächstes Mal geben. Meine Aufgabe hier war erledigt. Na ja, zumindest fast. »Könntest du bitte zum Dunkin' Donuts an der nächsten Ecke fahren?«

»Hast du jetzt etwa Hunger?«

»Nein, ich will da das Telefon benutzen.«

Er zog sein Handy aus der Tasche und hielt es mir hin. »Nimm doch meins.«

»Nein danke. Ich will nicht, dass man den Anruf zu mir zurückverfolgen kann.«

Er zog die Brauen hoch und verengte die Augen zu Schlitzen. Dann sah er abrupt weg.

Als er den Wagen anließ, bereitete ich mich darauf vor, mit Fragen bombardiert zu werden. Zu meinem Erstaunen schwieg Sean jedoch.

Das Ausbuddeln von Leichen verschlägt wohl jedem die Sprache. Wir hatten nicht weitergegraben, nachdem Sean auf den Knochen gestoßen war. Ich hatte nur sichergehen wollen, dass dort wirklich jemand unter der Erde lag.

Sean fuhr auf den Parkplatz und hielt in der Nähe der Telefonzelle. Ich sprang aus dem Wagen, hob mit einem Papiertaschentuch vorsichtig den Hörer ab und wählte den Notruf, wobei ich darauf achtete, keine Fingerabdrücke zu hinterlassen. Meine Hände waren kalt und steif.

Ein Mann ging ran, er klang gelangweilt. »Notrufzentrale, was kann ich für Sie tun?«

»Hi, ja, hm, mein Freund und ich waren gerade im Great Esker spazieren, und da hat sich unser Hund losgerissen.«

»Wir kümmern uns nicht um vermisste Hunde«, antwortete er ungerührt, »ich kann Sie aber mit der Tierrettung verbinden.«

»Nein, nein«, entgegnete ich und versuchte, dabei meine Stimme zu verstellen. »Den Hund haben wir wieder.«

»Warum rufen Sie dann an? Gibt es einen Notfall?«

Wie würde er »Notfall« wohl definieren?

»Eigentlich nicht. Aber der Hund ist im Wald verschwunden und ist da an einer bestimmten Stelle total ausgeflippt. Mein Freund hatte eine Schaufel im Auto, die hat er geholt, und dann hat er an der Stelle mal gegraben. Nach etwa einem halben Meter ist er auf einen Knochen gestoßen. Einen menschlichen Knochen«, fügte ich noch hinzu. »Da liegt jemand im Great Esker begraben.«

»Woher wissen Sie denn, dass es sich um einen menschlichen Knochen handelt?«

»Hab Medizin studiert«, log ich.

»Wie heißen Sie, Miss?«, fragte der Mann am anderen Ende der Leitung jetzt mit etwas mehr Nachdruck.

Ich beschrieb ihm die Position der Leiche. »Man kann erkennen, dass da gegraben wurde.«

»Ihr Name?«, drängte er.

Ich legte auf und sprang ins Auto. »Fahr los!«, scheuchte ich Sean, da die Polizei den Anruf sicher bald zu der Telefonzelle zurückverfolgen würde.

Sean fuhr vom Parkplatz und auf die 3A in Richtung Süden, zum Hafen. Ich war mir nicht sicher, ob ich mein Date mit Butch durchstehen würde.

Ich hatte ja *gewusst*, dass an dieser Stelle jemand begraben war, es dann aber mit eigenen Augen zu sehen … Ich schüttelte den Kopf. Es war so unwirklich gewesen, diesen Knochen zu entdecken.

Direkt hinter der Hingham Bay Bridge bog Sean plötzlich zu einem Shoppingcenter rechts ab.

»Wo willst du hin?«, fragte ich mit klopfendem Herzen.

Er fuhr rückwärts in eine gut beleuchtete Parklücke vor einem Stop-&-Shop-Laden im Außenbereich des geschäftigen Einkaufszentrums, stellte den Motor ab und starrte mich an.

Ich versuchte, nicht wegzuschauen, als er mich direkt ansah, aber es fiel mir schwer. Sein stechender Blick war nur schwer zu ertragen. Ich streichelte Thoreau übers Fell. »Du musst mir vertrauen. Das hast du doch versprochen.«

»Irgendwann ist der Vertrauensvorschuss aufgebraucht, Lucy. Du musst mir auch genug vertrauen, um mir die Wahrheit zu sagen.«

Ich schloss die Augen. Konnte ich es wagen? Ich hatte ihn

zwar in eine heikle Situation gebracht, aber unser Geheimnis war immerhin stets in der Familie geblieben.

Sean griff nach meiner Hand. »Lucy …«

In meinem Kopf drehte sich alles, die Vision baute sich verführerisch langsam auf und triezte mich. Wir beide zusammen im Bett, Haut an Haut, Sean auf mir, wie er meine Wange küsst, meine Lippen, meinen Nacken, meine Brüste …

Ich riss mich los, und er presste sich die Hand schützend an die Brust.

»Teufel auch! Das ist mir jetzt schon zum zweiten Mal passiert«, knurrte er und rieb sich die Handfläche.

»W-was denn?«

»Ich kriege einen elektrischen Schlag, wenn ich deine Hand anfasse.« Er betrachtete mich prüfend. »Hier knistert es wohl.«

»Ja, bei mir kriegt öfter mal jemand eine gewischt, wenn ich keinen Weichspüler mehr habe«, antwortete ich und lehnte mich an die Kopfstütze. Das Schwindelgefühl ließ langsam nach, aber die sexy Bilder waren immer noch da. Mein ganzer Körper kribbelte und bettelte darum, wieder von Sean berührt zu werden.

»Guck mich an, Lucy.«

Ich konnte nicht. Wenn ich ihn jetzt ansehen würde, dann würde er das Verlangen in meinen Augen erkennen. Und er hatte schließlich eine Freundin. Sozusagen. Und außerdem konnte nie etwas laufen. Ich schüttelte den Kopf.

»Okay«, brummte er und ließ den Wagen wieder an. »Dann sag mir nur eines.«

»Was denn?«

»Hast du etwas damit zu tun, dass dort jemand begraben ist?«

Der Schock machte mit jeglichem unterschwelligen Verlangen augenblicklich Schluss. »Bist du verrückt? Nein!«

Er fuhr vom Parkplatz. »Gut. Im Moment lasse ich dir deine Geheimnisse, Lucy. Aber ich werde mit Sicherheit dahinterkommen. Ich kriege schon noch raus, was bei dir eigentlich läuft.« Er schob mein Kinn hoch, sodass ich ihn ansehen musste. »Und zwischen uns beiden.«

11

So langsam wurden bei mir Hände, Gesicht und Füße endlich wieder warm, als ich auf dem Anleger im laufenden Wagen saß und stirnrunzelnd zum Hingham Bay Club spähte. In einer Viertelstunde sollte ich dort mit Butch zu Abend essen.

Und ich sage »sollte«, weil ich überlegte, ihn zu versetzen.

Leider ließen meine guten Manieren nicht zu, dass ich den Gedanken ernsthaft in Erwägung zog.

So eine Anspannung wie jetzt gerade löste bei mir allerdings immer das Verlangen aus, mir ein Gläschen zu genehmigen.

Die Anspannung und das, was Sean und ich entdeckt hatten.

Er hatte mich vor etwa zwanzig Minuten bei meinem Auto abgesetzt und war dann davongerast.

Er war sauer, und ich konnte es nicht ändern. Ich wollte seine Fragen ja gerne beantworten, und einerseits vertraute ich ihm natürlich schon, aber konnte ich völlig sicher sein, dass er niemandem von meinen hellseherischen Fähigkeiten erzählen würde? Dass er nicht auf einmal anfangen würde, sich zu fragen, warum mein Vater so erfolgreich war? Und würde er mir überhaupt glauben?

Ich stieg aus dem Auto, betrat das Restaurant und hielt direkt auf die Bar zu. Es war noch früh, und ich konnte mir nicht vorstellen, dass Butch schon da war und mir auflauerte. Mir blieb jede Menge Zeit, um meine Anspannung herunterzuspülen.

Blind Dates waren einfach nichts für mich.

Oder besser gesagt, Dates im Allgemeinen.

»Irgendwas Starkes«, sagte ich zum Barmixer. Dann fiel mir wieder ein, dass ich ja nach Hause fahren musste. »Aber nicht zu stark.«

Ich schälte mich aus dem Trenchcoat und achtete darauf, dass mein Wickelkleid nicht verrutschte, als ich mich hinsetzte. Den Absatz meiner Stöckelschuhe schob ich über die Querstrebe des Hockers. Der Fernseher über der Theke zeigte die neusten Nachrichten über den Fall des vermissten Jungen.

Der Barmann stellte mir ein Glas Weißwein hin, und ich trank dankbar einen Schluck, während ich den Fernseher im Auge behielt. Ich war froh über ein bisschen Ablenkung. Die Nachrichten zeigten John und Katherine O'Brien, die sich fest umklammert hielten. In den Augen der beiden erkannte ich diesen abwesenden Blick, der mir abermals das Herz brach. John O'Brien war groß und hatte breite Schultern und Hüften. Er sah wie jemand aus, den man bei einem Notfall gerne in seiner Nähe hätte. Ein starker Mann.

Aber war er auch ein Mann, der seinem Kind wehtat?

Ich wusste es nicht.

Die Kamera schwenkte wieder zum Reporter zurück: »Die Behörden versuchen nun herauszufinden, ob Mr O'Brien wegen seiner Beschwerden in ärztlicher Behandlung war. Es gibt bislang keine eindeutigen Beweise dafür, dass er tatsächlich an einer mit Anfällen verbundenen Krankheit leidet, die Polizei ist im Moment aber noch nicht gewillt, ihn als Verdächtigen einzustufen. Eine Quelle aus Polizeikreisen hat uns informiert, dass Mr O'Brien bereit sei, einen Lügendetektortest zu machen, und dass möglicherweise gegen ihn Anzeige erstattet wird. Er wird sich irgendwann morgen im Laufe des Tages diesem Test unterziehen. Beunruhigender ist die Nachricht, dass laut der Polizei von Hingham ein registrierter Sexualstraftäter auf dem Campingplatz des Parks wohnt.«

Mir drehte sich angesichts dieser Neuigkeiten der Magen um. Max, Max, wo steckst du bloß?

Mein Handy ging mit seiner fröhlichen *Jingle-Bells*-Version los, die so gar nicht zu meiner momentanen Stimmung passte. Ich nahm Telefon und Weinglas mit in eine ruhige Ecke.

Es war Marisol.

»Immer noch nichts Neues von Em?«, fragte ich.

»Nein. Und so langsam mache ich mir wirklich Sorgen.«

Durch das Fenster sah ich, wie eine Fähre draußen anlegte. Zu meiner Linken schaukelten Dutzende von Segelbooten im Jachthafen von Hingham. Hinter einem dünnen Streifen Wasser ragten auf der schmalen Halbinsel die Wohnkomplexe von Weymouth stolz auf und versperrten den Blick auf das endlose Wasser dahinter. Hier und da erhellten gelb erleuchtete Quadrate die Fassade. »Vielleicht sollten wir im Krankenhaus anrufen, um zu sehen, ob sie da ist.«

»Das hab ich schon. Sie hat sich für heute und morgen krankgemeldet.«

In der Magengegend verkrampfte sich bei mir alles. »Hast du es schon bei ihrer Mutter versucht?«

»Gerade eben. Sie hat seit gestern Nachmittag nichts mehr von Em gehört. Sie meinte, da hätte sie nicht komisch geklungen oder so. Aber es sei schon seltsam, dass Em sich heute den ganzen Tag nicht bei ihr gemeldet hat.«

»Und hast du noch mal mit Joseph gesprochen?«

»Leider ja. Em war noch nicht zu Hause. Es fehlt auch nichts aus der Wohnung. Sie ist einfach weg. Sie hat ihre Handtasche und das Auto mitgenommen. Wir können noch nicht zur Polizei gehen – es ist viel zu früh.«

Ich stellte mein Weinglas ab. Mein Magen fuhr endgültig Achterbahn, da half auch kein Alkohol mehr.

»Ich mache mir wirklich Sorgen«, wiederholte Marisol.

»Ich auch«, gab ich zu.

»Was sollen wir jetzt machen?«

»Ich weiß es nicht. Können wir denn irgendwas tun?«

Aus dem Augenwinkel sah ich, wie ein Mann hereinkam und sich umsah. Die Ähnlichkeit mit Matt Damon war unübersehbar.

»Vermutlich nicht«, murmelte Marisol. »Aber mir gefällt die Sache gar nicht.«

»Ich glaube, das wäre doch ein guter Grund, mein Date sausen zu lassen.« Ich würde den Laden verlassen können, ohne dass Butch es überhaupt merkte.

»Nein, mach das nicht. Er ist wirklich ein netter Typ. Ich mache mir einfach nur …«

»Sorgen?«

»Genau. Ich denke, ich telefoniere jetzt noch ein bisschen rum. Ich sage dir Bescheid, wenn es was Neues gibt.«

Ich legte auf, atmete einmal tief durch und ging zurück zur Theke. In solchen Momenten malte ich mir gerne aus, wie ich Dovies Zweig des Familienstammbaums einfach abzwickte.

Und durch den Häcksler jagte.

»Hi«, sagte ich zu dem Matt-Damon-Doppelgänger. »Bist du …«

»Bist du Lucy?«, fragte er im gleichen Moment.

Ich nickte. Er lächelte (er hatte sogar Zähne wie Matt Damon) und streckte mir die Hand entgegen. Ich atmete noch einmal tief durch und griff danach. Bilder tauchten vor mir auf und entführten mich an einen anderen Ort. Einen Ort, an dem ganz klar ein Schlüsselbund zwischen Sofapolstern lag.

»Es tut mir leid, dass ich so spät dran bin«, entschuldigte er sich. »Ich konnte meine Schlüssel nicht finden und musste mir das Auto von meinem Mitbewohner leihen.«

Benommen setzte ich mich auf einen Barhocker. »Meine rutschen immer zwischen die Sofapolster. Da solltest du mal nachschauen.«

Er sah mich zwar ein wenig merkwürdig an, antwortete jedoch: »Das mache ich. Soll ich uns einen Tisch besorgen?«

»Können wir noch einen Moment hier sitzen bleiben?«

Wieder dieser etwas befremdete Blick. »Okay.«

Ich bestellte ein Ginger Ale, in der Hoffnung, meinen Magen etwas zur Ruhe zu bringen, und er entschied sich für ein Bier, Sam Adams. »Darf ich dich mal was fragen?«

»Klar.«

»Heißt du eigentlich wirklich Butch?«

Er lachte. »Nein. Das ist …« Er hielt inne und schüttelte den blonden Schopf. »Es ist eine lange Geschichte.«

»Ich hab Zeit«, entgegnete ich müde.

»Wir spielen hier also mit offenen Karten?«

Schon, allerdings nur er. Aber das brauchte ich ihm ja nicht zu verraten. »Sicher.«

»Eigentlich heiße ich Hutchinson. Hutch für Freunde und Familie. Aber«, fuhr er fort, »als ich klein war, konnte ich das H nicht aussprechen, und deshalb wurde der Name zu Butch.«

»Hutchinson?«, echote ich.

»Meine Eltern hatten ein Haus auf Hutchinson Island in Florida. Da bin ich gezeugt worden.«

»Ah«, entgegnete ich und wünschte mir, ich hätte nicht gefragt. »Und soll ich nun Hutch oder Butch zu dir sagen?«

»Hutch ist okay.«

»Darf ich dann auch Starsky-Witze reißen?«

»Vielleicht wäre Butch doch besser.«

Ich lachte. Es fühlte sich gut an. Ich hatte auf den ersten

Blick gewusst, dass es zwischen uns beiden nicht funken würde, aber vielleicht könnte sich ja eine gute Freundschaft entwickeln.

»Und bist du wirklich Metzger?«, wollte ich wissen.

Er nickte. »Im Moment ja.«

Das kam mir bekannt vor. »Hattest du schon viele Jobs?«

»Zu viele, um sie alle aufzählen zu können. Ursprünglich wollte ich ja State Trooper werden, aber ich hab die Ausbildung nicht geschafft. Und von da an …«

Unhöflicherweise wandte ich mich von ihm ab, da plötzlich der Fernsehbildschirm meine Aufmerksamkeit in Anspruch nahm. Der Text am unteren Bildrand gab darüber Aufschluss, dass John O'Brien sich am nächsten Tag dem Lügendetektortest unterziehen würde und dass die Polizei den Sexualstraftäter verhörte.

»Ich finde es toll, dass du gestern Abend bei der Suche mitgeholfen hast«, bemerkte Butch, der meinem Blick folgte.

Schuldbewusst nippte ich an meinem Ginger Ale. »Tut mir leid, dass ich Dovies Abendessen verpasst habe.«

Er grinste. »Sie setzt ihren Kopf immer durch, nicht wahr?«

»Das kann man wohl sagen. War es sehr schlimm?« Das war gut. Dieses Geplänkel. Beinahe normal. Ich dachte schon fast gar nicht mehr an diesen Knochen … Ich verdrängte einfach die Erinnerung daran. Ich hatte sie gefunden. Die Polizei übernahm jetzt den Rest. Also musste ich mir darüber keine Gedanken mehr machen. Und konnte zu meinem normalen Leben zurückkehren, zu dem keine Visionen von Leichen gehörten.

»Überhaupt nicht. Dovie ist wirklich witzig, und deine Freundin Marisol …« Er sprach nicht weiter, aber ich konnte erkennen, wie plötzlich seine Augen leuchteten, als er ihren Namen aussprach. »Sie ist nett«, beendete er den Satz nicht sonderlich überzeugend.

»Das ist sie wirklich«, bestätigte ich, und es tat mir so leid, dass er bei ihr überhaupt keine Chance hatte. Sie hätten ein nettes Pärchen abgegeben.

Ein Foto von Max O'Brien erschien auf dem Bildschirm. Daneben wurden stichpunktartig Größe, Gewicht und Alter angegeben. Die Stimme des Reporters erläuterte im Hintergrund, was er getragen hatte. Jeans, ein langärmeliges, dunkelblaues T-Shirt und, wie sich inzwischen herausgestellt hatte, das Red-Sox-Sweatshirt seines Vaters.

Das Glas rutschte mir aus der Hand.

Ich tupfte die Theke rasch mit Servietten trocken. »Hast du das gehört?«, fragte ich Butch und überlegte, ob das Letzte wohl meiner Fantasie entsprungen war.

»Was denn?«, erwiderte er und half mir beim Aufwischen.

»Der kleine Junge – hat der wirklich das Sweatshirt von seinem Vater an?«

»Ich glaube, das haben sie gesagt.«

Ich winkte den Barmann heran. »Lief der Fernseher hier den ganzen Tag?«

»Ja. Und die lassen mich nicht auf den Sportkanal umschalten.«

»Haben Sie zugehört?«

»Das ist ja kaum zu vermeiden. Wieso?«

»Der kleine Junge, der vermisst wird – was hat der an?«

Er machte einen Schritt zurück. »Ich weiß nicht.«

Eine Frau zwei Hocker weiter tippte mir auf die Schulter. »Jeans, ein langärmeliges T-Shirt und ein Sweatshirt von seinem Vater.«

»Ein Sweatshirt von seinem Vater?«

Sie zuckte mit den Achseln. »Die Polizei hat gerade mitgeteilt, dass es verschwunden ist, genau wie der Junge. Natürlich deuten die Medien jetzt an, dass das Kind darin begraben ist.«

Max trug das Sweatshirt seines Vaters! Das waren die besten Neuigkeiten, die ich seit Langem gehört hatte.

Ich sprang auf und griff nach meinem Trenchcoat. »Ich muss los, Butch.«

»Jetzt schon? So früh?«

»Es tut mir leid. Wir verschieben das auf ein anderes Mal, ja?«

Ich wartete nicht einmal seine Antwort ab, sondern sauste aus dem Restaurant und rannte zum Auto, so schnell, wie meine Absätze es zuließen.

Jetzt galt es, keine Zeit zu verlieren.

Ich konnte doch helfen.

Ich konnte Max finden.

Als ich schließlich die Kommandozentrale erreichte, war ich mit den Nerven am Ende.

Mein Herz schlug dreimal so schnell wie sonst, als ich das Gelände nach John O'Brien absuchte. Ich musste einfach an ihn herankommen – schließlich war es sein Sweatshirt.

Als ich mit den Stöckelschuhen auf dem unebenen Boden voranstolperte, fühlte ich mich wie ein Fisch auf dem Trockenen. Zum Glück hatte meine Mütze noch im Auto gelegen. Die passte zwar nicht so ganz zum restlichen Outfit, aber halbwegs warm angezogen zu sein war mir jetzt wichtiger.

Außerdem half sie auch dabei, meine Identität zu verschleiern. Darunter konnte niemand erkennen, dass ich blond war.

Wie sollte ich das jetzt bloß anstellen? Ich wusste nicht, wie ich den Vater von Max ansprechen sollte. Oder was ich zu ihm sagen sollte. Oder ob mich die Polizei überhaupt in seine Nähe lassen würde. Und ich konnte ihm auch nicht einfach so die Hand geben und hoffen, das Sweatshirt vor mir zu sehen. Es war schließlich mehr als wahrscheinlich, dass er nur noch daran dachte, seinen Jungen zu finden, und nicht an sein Sweatshirt. Er musste sich aber auf den Gegenstand konzentrieren, damit ich ihn finden konnte.

Wenn ich mich zuerst an die Polizei wandte, würde es mir dann gelingen, eine überzeugende Erklärung vorzubringen, ohne meine Fähigkeit preiszugeben? Oder eben meine Identität?

Das Blut rauschte mir in den Ohren, als ich mich zwischen den Presseleuten herumdrückte und versuchte, so auszusehen, als gehörte ich dazu. Gestern Abend wäre ich in der Masse der Reporter überhaupt nicht aufgefallen, aber heute schienen sie alle in Jeans und Wanderstiefeln angetreten zu sein, als ob sie höchstpersönlich auf der Suche nach dem Jungen das Unterholz durchforsten wollten.

Ein Adrenalinstoß durchfuhr mich, als ich sah, wie John O'Brien aus dem Besucherzentrum trat und auf das Kaffeezelt zuging. Die Menge teilte sich, um ihn durchzulassen.

Und zum ersten Mal kamen mir Bedenken.

Was war, wenn ich ihm die Hand schüttelte und die Leiche seines Sohnes sah? Des Sohnes, den er getötet hatte?

Aber was, wenn ich nichts tat und der kleine Junge noch lebte und irgendwo da draußen war? Verloren und einsam. Unterkühlt und hungrig.

Die Entscheidung fiel mir leicht, selbst wenn ich dafür ein persönliches Risiko eingehen musste.

Unsicher ging ich auf den Mann zu, blieb mit den Absätzen im Gras hängen. »Mr O'Brien?«, sprach ich ihn an und stellte mich ihm in den Weg.

Er sah auf. »Ja?«

»Haben Sie eine Minute für mich?«

»Sind Sie von der Presse?«, wollte er wissen.

»Nein.« Das Blut rauschte mir in den Ohren.

»Von der Polizei?«

»Nein.«

»Dann tut es mir leid, ich habe jetzt keine Zeit für …«

Meine Stimme stockte: »Ich k-kann ihn finden.«

Meine Behauptung verschlug ihm den Atem. »Das ist nicht witzig.«

Ich sah ihm direkt in die Augen. »Ich mache auch keine Witze.«

»Wie heißen Sie?«

»Das möchte ich lieber nicht sagen.«

»Sie vergeuden meine Zeit, Miss.« Er machte einen Schritt nach links und schob sich an mir vorbei.

Ich stellte mich ihm abermals in den Weg. »Tatsächlich? Wenn Ihr Sohn noch am Leben ist, kann ich ihn finden. Wenn Sie nichts mit seinem Verschwinden zu tun haben«, ich gab ihm Zeit, die Information sacken zu lassen, »was haben Sie dann zu verlieren? Nichts. Aber so viel zu gewinnen.«

Ich erwähnte nicht, dass ich den kleinen Max auch dann sehen konnte, wenn er tot war. Falls John seinen Sohn umgebracht haben sollte, musste ich mich ihm nicht auch noch als Opfer anbieten.

»Wie?«, fragte er.

»Das würde ich lieber auch nicht sagen.«

Er kam einen Schritt näher. Er war nur etwa fünf Zentimeter größer als ich, sah aber viel stärker aus. Sein Blick zeugte von Schmerz und Wut. Das war viel besser als diese völlige Leere, die ich im Fernsehen in seinen Augen bemerkt hatte. »Wenn Sie sich über mich lustig machen …«, drohte er. »Das hier ist kein Spiel.«

»Wollen Sie ihn finden?«, fragte ich, fest entschlossen, mich nicht beirren zu lassen. Dabei hatte ich jetzt schon das Gefühl, dass mir alles aus den Händen glitt.

John O'Briens Stimme stockte. »Mehr als alles andere.«

»Dann holen Sie einen Polizeibeamten her. Egal, welchen. Aber nur einen. Verraten Sie ihm keine Details. Bringen Sie ihn her, und Sie müssen selbst auch wieder mitkommen. Wir treffen uns bei dem Baum dort«, sagte ich und zeigte darauf.

Er musterte mich von oben bis unten, blinzelte einmal und lief dann auf die Kommandozentrale zu.

Ich eilte zu der Eiche, die teilweise vom Zelt mit den Erfrischungen verdeckt wurde. Je diskreter, desto besser.

Kaum eine Minute später war John O'Brien zurück. »Das ist Detective Lieutenant Holliday von der State Police Massachusetts«, erklärte er.

»Und wer sind Sie, Madam?«, fragte Holliday sachlich. Er war älter als ich, vermutlich fünf oder sogar zehn Jahre, groß und eher dünn. Vermutlich ein Läufer. Das strohblonde Haar trug er kurz geschnitten. In der Dunkelheit konnte ich die Farbe seiner Augen nicht erkennen, nur wie durchdringend er mich anstarrte. Er wäre eigentlich ganz süß gewesen, wenn nicht jede Pore seines Körpers Machogehabe verströmt hätte.

»Keine Namen«, antwortete ich.

»Wenn Sie die Ermittlungen behindern …«, begann er auf eine Art und Weise, wie es nur Vertreter des Gesetzes taten.

Ich hob die Hand. »Bitte, bitte, verschonen Sie mich mit diesem Mist. Ich bin hier, um zu helfen. Das ist alles, was zählt.«

»Nicht, wenn Sie …«

»Ich bin hier, um zu helfen«, bekräftigte ich noch einmal. »Niemand zwingt mich dazu, herzukommen und mich in diese Lage zu bringen. Ich brauche nur eine Minute, in Ordnung?«

»Ich denke nicht …«, begann Holliday.

»Lassen Sie sie reden«, schnitt John ihm das Wort ab. »Was kann es schon schaden?«

Nach einem kurzen Moment nickte der Polizist.

»Wo ist er?«, fragte John O'Brien. »Bringen Sie mich zu ihm.«

»So funktioniert das nicht«, entgegnete ich. Ich war nicht ganz sicher, wie ich es ihm erklären sollte.

»Vielleicht sollten Sie doch besser mitkommen, Miss«, knurrte Holliday. Er spannte den Kiefer an.

»Geben Sie mir nur eine Minute.« Ich sah John an. »Denken Sie an Ihr Sweatshirt.«

»Mein Sweatshirt?«, fragte er verblüfft. »Warum, zum Teufel …«

»Ja«, fauchte ich. »Ihr Sweatshirt. Das, das Max anhat. Denken Sie daran. An die Farbe, die Größe, was darauf steht. Jetzt. Denken Sie ganz fest daran. Schließen Sie die Augen und tun Sie es einfach.«

Holliday verlagerte das Gewicht von einem Bein aufs andere. Ihm war offensichtlich gar nicht wohl dabei.

»Okay«, stimmte John zu. »Was jetzt?«

»Geben Sie mir die Hand!«

»Die Hand?«

»Ja. Und hören Sie nicht damit auf, an das Sweatshirt zu denken.«

Der Polizist sah über die Schulter zum Besucherzentrum. Vermutlich hielt er nach Verstärkung Ausschau, um die Verrückte festzunehmen.

Widerwillig streckte John die rechte Hand aus.

Ich schluckte und griff danach.

Dunst vernebelte meine Sicht, als Bilder vor mir aufblitzten. Eins nach dem andern nahm ich sie auf. Eine Bootsrampe, Bäume und Trampelpfade und alte steinerne Bunker. Im Zickzack taumelte ich voran, bis zu einer großen Eiche, die innen hohl war. Darin lag zusammengerollt der kleine Junge, der das Sweatshirt seines Vaters trug.

Ich atmete tief durch und schlug die Augen auf.

John riss seine Hand los.

Benommen lehnte ich mich gegen den Baum. Ich hatte genug gesehen.

Ich schaute zu den beiden Männern hoch, die mich anstarrten.

Und dann lächelte ich. So breit, dass mir die Wangen wehtaten. Tränen brannten in meinen Augen. So wie die, die ich auf Max' Gesicht gesehen hatte.

Ich konnte kaum flüstern. »Er lebt. Ich bringe Sie zu ihm.«

12

Detective Lieutenant Holliday war jetzt auf der Hut. »Ich denke nicht, dass das eine gute Idee ist. Warum erklären Sie mir nicht, wo er ist, und ich hole ihn dann.«

Seine Stimme hatte inzwischen den Tonfall angenommen, in dem man wohl mit Verrückten spricht.

»Ich kann Ihnen den Weg nicht beschreiben«, erklärte ich. »Das Gestrüpp ist zu dicht. Ich muss den Bildern in meinem Kopf folgen.«

»Was sind Sie?«, fragte John. »Eine Hellseherin?«

Ich ignorierte ihn. »Er lebt. Er ist etwa zwei oder drei Meilen von der Bootsrampe entfernt. In einem hohlen Baum. Er weint«, fügte ich leise hinzu.

John packte mich am Arm. »Zeigen Sie mir den Weg!«

»Moment«, warf Holliday ein und zog John von mir weg. »Ich hole Verstärkung.«

Panik überkam mich. Je weniger Menschen von mir wussten, desto besser. »Nein!«

»Warum nicht?«, wollte Holliday wissen.

»Nicht noch mehr Leute. Bitte.« Ich sah mich um. In der Nähe der Straße standen zwei Quads, überwacht von einem Beamten der Lokalpolizei. »Wir nehmen die Geländefahrzeuge und machen uns direkt auf den Weg. Wenn wir Max erst gefunden haben, können Sie immer noch Verstärkung rufen.«

»Mir passt Ihr Plan nicht.«

»Und was ist mit meiner Frau?«, erkundigte sich John.

Ich konnte jetzt nicht nachgeben. »Sie wird Max früh genug sehen. Noch mehr Leute sind mir nicht recht. Wir machen es auf meine Art, oder ich gehe.« Es war eine nicht sehr überzeugende Drohung, die ich doch nie wahrgemacht hätte. Nicht, wenn Max' Leben auf dem Spiel stand.

»Mein Gott«, flehte John. »Können wir nicht einfach fahren?«

»Na gut«, gab Holliday widerwillig nach.

Auf dem Parkplatz auf der anderen Straßenseite gab Holliday dem Lokalbeamten ein Zeichen, und ich setzte mich auf eins der Quads. Es war schon ein paar Jährchen her, dass ich so ein Gefährt in den Dünen am Strand von Plymouth gelenkt hatte.

John stieg auf das andere Fahrzeug. Holliday stand da und sah hin und her. Offensichtlich wusste er nicht, bei wem er besser mitfahren sollte. Nach kurzem Überlegen stieg er zu mir auf und brauchte eine Weile, um sich darüber klar zu werden, was er mit seinen Händen anfangen sollte. Schließlich beschloss er, sich einfach am Sitz festzuhalten.

Ich schob mir das Kleid unter die Beine und schüttelte die Stöckelschuhe von den Füßen. Lieber barfuß, als damit irgendwo hängen zu bleiben.

Dann bat ich John, uns den Weg zur Bootsrampe zu zeigen, denn dort hatte meine Vision eingesetzt. Müde aussehende Suchende traten beiseite, als wir vorbeifuhren. An der Bootsrampe übernahm ich die Führung. Bald waren wir mitten im Wald, holperten über Baumwurzeln, quetschten uns durch enge Zwischenräume und rissen dabei kleinere Pflanzen aus.

Die Scheinwerfer der Quads warfen im dunklen Wald ein gespenstisches Licht voraus. Von Zeit zu Zeit leuchteten uns aus dem Dickicht die schillernden Augen irgendeines nachtaktiven Tieres entgegen.

Ich war dankbar für die Wärme, die Holliday hinter mir

ausstrahlte. Mir war so kalt. Ein ums andere Mal rief ich mir in Erinnerung, dass diese Unannehmlichkeiten nichts im Vergleich zu dem waren, was Max durchmachen musste.

Ich folgte den Bildern in meinem Kopf. Der Pfad schien sich zu sehr zu verengen, und ich wurde langsamer.

»Was ist los?«, brüllte Holliday, um den Motorenlärm zu übertönen.

»Ich brauche einen Moment«, rief ich zurück.

»Wenn das jetzt alles umsonst …«

»Pst«, schnitt ich ihm das Wort ab.

Ich schloss die Augen und gab mich ganz den Bildern hin. Es war schwierig, die Dinge in der Dunkelheit wiederzuerkennen, aber mir war sofort klar, dass wir zu weit gefahren waren. »Wir müssen zurück. Wir sind schon vorbeigefahren.«

»Ich dachte, Sie wüssten, was Sie tun«, bemerkte der Polizist trocken.

»Halten Sie den Mund. Bitte.« Ich verließ den Pfad, um zu drehen.

»Was ist los?«, fragte John, als wir kehrtmachten.

»Wir sind zu weit gefahren«, rief ich zu ihm hinüber.

Ich las die Enttäuschung auf seinem Gesicht. Und dann auch die Zweifel. Er dachte, ich hätte ihn aus Jux und Tollerei hier herausgeführt, dass ich eine Verrückte war, die nur ein Spielchen mit ihm trieb.

Bevor ich noch allzu lange darüber nachdachte, fuhr ich lieber weiter.

»Vielleicht sollte ich mal übernehmen«, knurrte Holliday in mein Ohr.

»Nein.«

»Das war keine Bitte. Halten Sie an!«

Das Licht des Scheinwerfers fiel auf einen alten Baumstumpf. Den erkannte ich wieder. Max war nicht mehr weit.

»In einer Minute«, rief ich über meine Schulter.

Ich spürte, wie Holliday jeden Muskel anspannte. »Jetzt sofort. Wenn es sein muss, wende ich Gewalt an. Ich will Ihnen nicht wehtun, Madam.«

»Zu spät«, hätte ich am liebsten erwidert. Warum ärgerte es mich so, wenn man mir nicht glaubte? Vielleicht war es eine kluge Entscheidung meiner Eltern gewesen, meine Gabe immer geheim zu halten.

Ich fuhr noch etwa fünf Meter weiter, ließ das Quad quer auf dem Pfad stehen und stieg ab.

John hielt hinter uns an.

»Sie haben unsere Zeit vergeudet«, stellte Holliday fest. »Was Sie diesem Mann angetan haben, ist unfassbar grausam. Dafür werden Sie bezahlen, das können Sie mir glauben!«

Mit Tränen in den Augen sah ich ihn an und schüttelte den Kopf. Ich hatte eine Gänsehaut und einen Kloß im Hals. Ich blickte zurück über meine Schulter. »Mr O'Brien?«, sagte ich.

»Was?« Das einzelne Wort verströmte so viel Wut.

»Ich glaube, Ihr Sohn wartet auf Sie.« Ich zeigte auf den hohlen Baumstamm, der etwa sechs Meter vom Pfad entfernt im Scheinwerferlicht des Quad lag. Ein kleiner Junge steckte seinen Kopf heraus und blickte mit großen, angsterfüllten Augen in das gleißende Licht.

»Max!«, rief John und rannte in seine Richtung. In seiner Hast stolperte er auf dem Weg zu seinem Sohn. »O mein Gott, Max. Ich bin's, Daddy!«

»Ach du Scheiße«, stieß Holliday aus und griff nach seinem Funkgerät.

Während er seine Kollegen informierte, beobachtete ich das Wiedersehen zwischen Vater und Sohn. Aber John O'Briens Schluchzen war zu viel für mich, und ich musste den Blick abwenden.

In der Ferne war lautes Jubeln zu hören. Die Kommandozentrale hatte die Nachricht gerade erhalten. Während immer neues Freudengeschrei laut wurde, konnte ich die Tränen nicht länger zurückhalten.

Das.

Das war es, wonach ich mich den größten Teil meines Lebens gesehnt hatte. Ich hatte endlich einmal das Gefühl, dass mein Leben einen Sinn hatte. Dass meine Gabe für etwas gut war.

Holliday sprach abwechselnd in sein Funkgerät und mit Max. Irgendwann sah er mich über seine Schulter hinweg an. »Wo, zum Teufel, sind wir hier?«

Offensichtlich war weiteres Rettungspersonal unterwegs. »Ich habe keine Ahnung«, gab ich ehrlich zu. »Aber ich könnte vermutlich den Weg zurück zur Bootsrampe finden.«

Er sprach erneut in sein Funkgerät.

Max klammerte sich an die Schulter seines Vaters. Sein schmutziges Gesicht war tränenverschmiert. Ich hielt mich im Hintergrund, denn ich wusste intuitiv, dass man manche Augenblicke einfach nicht unterbrechen sollte, obwohl ich mir nichts mehr wünschte, als Max selbst in die Arme zu schließen.

»Lasst uns zurückfahren«, beschloss Holliday. Er sah mich an. »Sie können wieder lenken.«

Ich hatte den Eindruck, dass das wohl als Entschuldigung gedacht war.

Ich dachte an die Frau im Great Esker und fragte mich, ob die Polizei ihren Leichnam schon exhumiert hatte.

Das Verschwinden von Max hatte ein Happy End gefunden, ihr Schicksal dagegen hatte keine so gute Wendung genommen.

Ich fuhr langsam zurück. Die Quads waren laut, aber nicht

laut genug, um die Jubelrufe der Leute an der Anlegestelle zu übertönen. Es kam mir vor, als hätte sich dort jeder im Park versammelt.

Als wir näher kamen, steuerte ich zur Seite und bedeutete John mit einer Geste, neben mir zu halten. »Fahren Sie vor«, rief ich ihm zu und machte eine Kopfbewegung in Richtung Ende des Pfades.

»Lass uns zu Mommy fahren«, sagte John zu seinem kleinen Jungen. In den Augen des Kindes stand noch immer die Angst. Ich vermutete, dass es noch lange dauern würde, bis er losließ – seinen Vater und seine Ängste.

Ich wartete einen Augenblick und folgte dann. Ich würde ja gerne behaupten, dass ich ihnen völlig uneigennützig den Vortritt gelassen hatte, aber so war es nicht. Wenn ich verschwinden wollte, ohne neugierige Fragen zu beantworten, musste ich für Ablenkung sorgen.

Genau, wie ich es vorhergesehen hatte, brach Chaos aus, als John und Max die Lichtung erreichten. Ich fuhr an den Rand des Pfades, stoppte, bevor ich die jubelnde Menge erreichte, und schaltete den Motor aus. Holliday sprang zu Boden und wollte mir die Hand reichen. »Ich glaube, ich bleibe lieber hier sitzen«, lehnte ich ab. »Meine Füße …«

Sie waren zerkratzt, blutig und fast taub vor Kälte.

»Warten Sie hier«, wies er mich an. »Ich suche mal nach einer Decke und sehe, ob ich Ihre Schuhe finde.«

»Aye, aye.«

Sobald er im Gedränge verschwunden war, startete ich augenblicklich das Quad, umrundete die Menschenmenge und machte mich auf den Weg zur Kommandozentrale. Während der Jubel der feiernden Menschen immer leiser wurde, gab ich richtig Gas und raste voran, so schnell ich konnte.

Der Bereich rund um den Haupteingang war völlig verwaist.

Ich fuhr direkt zu meinem Auto, parkte das Geländefahrzeug und sprang zu Boden. Meine Füße brannten höllisch.

Im Inneren des Wagens zog ich mir die Mütze vom Kopf und stellte die Heizung auf höchster Stufe an. Ich fuhr direkt nach Hause. Ich war völlig durchgefroren, meine Füße waren voller Schnitte und Abschürfungen, und ich hatte furchtbare Angst, dass man entdecken würde, wer ich war. Und dennoch – ich konnte nicht aufhören zu lächeln.

Als ich die Haustür öffnete, stand Grendel vor mir und maunzte mich an, weil ich so spät heimkam.

Ich lauschte, ob ich wohl das Quietschen von Odysseus' Laufrad hören würde, aber es war ganz still. Nur Grendel fuhr mit seiner Standpauke fort. Ich streifte den Trenchcoat ab und versuchte, meinen Kater zu beruhigen, während ich vorsichtig zur Küche humpelte und dort das Licht einschaltete.

Auf meinem Küchentresen stand eine leere Flasche Wein. Offensichtlich war Dovie hier gewesen, sie schmiedete vermutlich schon wieder neue Verkupplungspläne und hatte hier auf der Lauer gelegen. Ich spülte die Flasche aus und stellte sie zum Altglas.

Dann machte ich Schränke auf und zu, bis ich endlich etwas zu essen fand, auf das ich Appetit hatte (einen Twinkie), und schüttete etwas Trockenfutter in Grendels Schälchen. Was er ignorierte, obwohl er mit Sicherheit Hunger haben musste.

»Wie du willst!«, sagte ich zu ihm.

»Meine Güte, geht es vielleicht noch lauter?«, ertönte eine Frauenstimme aus meinem Schlafzimmer.

Ich ließ meinen Twinkie fallen.

Grendel stürzte sich darauf.

»Em?«, rief ich fragend.

Tatsächlich tapste Em aus meinem Schlafzimmer. Sie trug

einen meiner Schlafanzüge und hatte ihre roten Haare nachlässig zu zwei Rattenschwänzchen zusammengebunden. Sie schwankte ein wenig und hielt sich am Küchentresen fest.

Sie sah aus wie Pippi Langstrumpf im Vollrausch und lallte: »Machst du immer so einen Lärm?«

Ich wusste nicht, ob ich lachen oder weinen sollte. Es war alles in Ordnung mit ihr. Niemand hatte sie umgebracht und in den Charles River geworfen – ein Szenario, das sich meine allzu blühende Fantasie nach Marisols zweitem Anruf bereits ausgemalt hatte.

»Was, zum Teufel, ist denn los?«, fragte ich. »Wir haben uns zu Tode geängstigt. Und seit wann trinkst du Alkohol? Ich dachte, nach dem letzten Mal hättest du damit aufgehört? Erinnerst du dich denn gar nicht mehr an die Robben-Ausstellung im Aquarium?«

»Ich hab mir gedacht, dass ich hier sicher bin.« Sie ließ sich auf einen Hocker sinken, rutschte aber ab und konnte sich gerade noch fangen, sonst wäre sie auf Grendel gefallen, der den Twinkie unter den Esstisch zerrte.

»Sicher vor wem?«

»Vor mir selbst«, murmelte sie.

Eine äußerst viel sagende Äußerung. Heute Abend würde ich den Gründen für ihr Besäufnis wohl nicht mehr auf die Spur kommen, also ließ ich ihr die Bemerkung einfach durchgehen.

»Wie bist du überhaupt hierhergekommen? Ich hab draußen gar kein Auto gesehen.«

»Taxi. Miez, Miez, Miez!«

Grendel machte einen großen Bogen um sie.

Ich brauchte nicht zu fragen, wie sie reingekommen war – sie hatte einen Schlüssel. Jede von uns hatte einen Schlüssel für die Wohnung der anderen.

Ich griff zum schnurlosen Telefon an der Wand und rief

Marisol an. Sie ging beim ersten Klingeln ran, als hätte sie mit dem Hörer unterm Kopfkissen geschlafen.

»Sie ist hier«, erklärte ich. »Sturzbetrunken, aber unversehrt.«

»Ich bring sie um«, knurrte Marisol. »Gib sie mir!«

Ich reichte das Telefon an Em weiter, die sich erfolglos dagegen wehrte. »Hi, Marisol«, nuschelte sie schließlich in den Hörer.

Ich konnte Marisols Stimme hören, die Worte aber nicht verstehen. Ihr südliches Temperament war nur schwer zu bändigen.

Nach einer Minute schweigendem Zuhören gab Em mir das Telefon zurück, rutschte vom Hocker und stapfte schwankend wieder ins Schlafzimmer. Ich sah ihr hinterher.

»Ist alles in Ordnung mit ihr?«, wollte Marisol wissen.

»Es sieht so aus, aber irgendwas hat sie offensichtlich.«

Ich zog kurz in Erwägung, Kaffee aufzusetzen und sie auszunüchtern, beschloss dann aber, sie in Ruhe zu lassen. Es reichte, wenn ich am nächsten Tag eine Erklärung von ihr verlangte.

»Soll ich vorbeikommen?«

»Nee. Das bringt ja nichts. Ich denke, sie muss sich jetzt richtig ausschlafen.«

»Gut, dann ruf mich morgen an, in Ordnung?«

»In Ordnung«, sagte ich und legte auf.

Ich suchte nach einem weiteren Twinkie und spülte ihn mit einem Glas Milch herunter.

Mein gesundheitsbewusster Vater hätte einen Anfall bekommen, wenn er gewusst hätte, dass ich mich so ernährte.

Es war schon spät, nach zehn Uhr, aber ich rief noch kurz auf Seans Handy an. Ich war überrascht, als er ranging – eigentlich wollte ich ihm eine Nachricht hinterlassen.

»Hier ist Lucy«, sagte ich lahm.

»Es ist schon ziemlich spät«, gab er zurück.

Ich hopste auf den Küchentresen, bemüht, nicht an meine Füße zu denken. Sie taten weh, und beim Anblick des Blutes drehte sich mir der Magen um. »Ich hoffe, ich störe nicht.«

»Ich bin gerade bei einer Observierung.«

»Du liegst auf der Lauer? Ist das so spannend, wie es klingt?«

»Wohl kaum. Was ist denn los?«

»Ich weiß auch nicht. Ich wollte nur sichergehen, dass mit dir alles in Ordnung ist«, sagte ich und überlegte, ob ich wohl Bittersalz dahatte, um meine Füße in einer Lösung zu baden. Oder vielleicht wäre ein Fußbad mit Wasserstoffperoxid besser. Wenn ich die Wunden nicht gründlich säuberte, würde ich mir bestimmt eine Infektion holen.

»Mir geht's gut. Hast du die Nachrichten gesehen?«

»Nein.« Schließlich war ich ziemlich beschäftigt gewesen.

»Im Auftrag des Bezirksstaatsanwalts untersucht das Büro der State Police in Norfolk das Skelett, das im Park gefunden wurde, zusammen mit der Polizei von Weymouth. Der Reporter hat erzählt, dass ein Zeuge am Tatort ein Pärchen mit einem kleinen Hund gesehen hat. Es gab eine ungefähre Beschreibung von uns, aber sonst nicht viel.«

Ich atmete tief durch. »Gut.«

»Du klingst müde.«

»Ich hatte einen langen Tag.«

»War das Date ein Reinfall?«

»Es hat überhaupt nicht stattgefunden«, erklärte ich.

»Gut.«

»Sean …«

»Ich weiß, ich weiß«, sagte er.

Ich sollte besser Schluss machen, bevor noch der Gedanke an Telefonsex aufkam. Ich wünschte ihm noch einen schönen Abend und legte auf.

Vorsichtig humpelte ich ins Schlafzimmer und knipste im angrenzenden Bad das Licht an. So hatte ich es hell genug, um mich zurechtzufinden, störte Em aber weniger.

Sie murrte und zog sich das Kissen übers Gesicht. Ich machte eine Bestandsaufnahme. Ihre Kleidung lag zu einem ordentlichen Stapel gefaltet neben meinem Bett. Sie selbst hatte sich in einer Ecke des Bettes zusammengerollt. Das sah richtig gemütlich aus. Ich störte sie ja nur ungern, aber es gab da etwas, was ich wissen musste.

Ich setzte mich auf die Bettkante. »Em?«

»Was?«, seufzte sie.

»Wo steckt der Hamster?«

Sie nahm das Kissen vom Gesicht. »Die Ratte ist im Schrank. Das blöde Rad war so laut.«

Ich lächelte. Wie eloquent sie war, wenn sie getrunken hatte.

Sie versteckte sich wieder hinter dem Kissen und rollte sich noch enger zusammen. »Gute Nacht«, murmelte sie.

Zumindest für eine von uns würde sie das werden.

Ich rettete Odysseus aus dem Schrank, brachte ihn in die Küche und fütterte ihn mit ein paar Fruit Loops. Grendel bot ich auch welche an, er war aber nicht daran interessiert, bis ich sie auf den Boden fallen ließ, sodass er seine »Beute« in Sicherheit bringen konnte.

Ich warf einen Blick in Richtung Fernseher und überlegte, ob ich die Nachrichten einschalten sollte, beschloss jedoch, dass es für heute genug war.

Dann kümmerte ich mich endlich um meine Füße und säuberte die Schnitte und Kratzer, so gut es ging. Auf eine ganz besonders schlimme Wunde am linken Fuß kam ein Klammerpflaster. Das musste wohl eigentlich genäht werden, doch vermutlich hatte Detective Lieutenant Holliday alle Krankenhäuser darüber informiert, dass nach einer Frau mit Fußverletzungen gesucht wurde.

Pure Ironie, immerhin lag da eine Ärztin in meinem Bett – ich war aber nicht bereit, sie deshalb aufzuwecken. Selbst wenn sie nüchtern wäre, würde ich sie schlafen lassen. Wenn ich die Familiengeheimnisse der Valentines bewahren wollte, durfte ich niemandem verraten, dass ich heute Abend in Wompatuck gewesen war. Durch meine Anwesenheit dort hatte ich bereits zu viel riskiert. Jetzt musste ich einfach hoffen, dass man mich nie damit in Verbindung bringen würde.

Das alles ging mir durch den Kopf, als ich mir endlich den Schlafanzug anzog und mich mit einem Kissen und einer Decke auf die Couch legte. Ich musste früh raus, und dann wollte ich Em nicht wecken.

Noch immer umspielte ein Lächeln meine Lippen. Max war gesund und munter. Ich hatte ihn gefunden.

Grendel sprang auf mich und begann, auf meinem Bauch zu treteln. Odysseus lief in seinem Rad einen Marathon. Ich versuchte, jeden Gedanken an das Skelett zu verdrängen. Heute Nacht wollte ich mich nur im Glanz der Glückseligkeit sonnen.

Während ich langsam eindöste, ging mir durch den Kopf, dass ich Em in einem Punkt Recht geben musste. Das verdammte Rädchen war wirklich furchtbar laut.

13

Am nächsten Morgen war Em noch immer k. o. Ich wusste ja, dass sie sich krankgemeldet hatte, also ließ ich sie schlafen. Grendel hatte aufgehört, mir auf Schritt und Tritt zu folgen, während ich mich fertig machte, und sich stattdessen an sie gekuschelt.

Es war nicht schwer, seine Zuneigung zu gewinnen.

Ich zog Grendels nicht verspeisten Twinkie unter dem Tisch hervor und warf ihn weg, dann schrieb ich eine Nachricht für Em und bat sie, nicht zu gehen, bevor wir nicht die Gelegenheit hatten, uns zu unterhalten. Irgendwas war mit ihr los, und ich wollte herausfinden, was das war, und sehen, ob ich ihr vielleicht helfen konnte. Ich würde heute nur den halben Tag arbeiten und hatte vor, in ein paar Stunden wieder zurück zu sein. Ich wollte mich bei Lola melden und mich bei Raphael erkundigen, ob er sich inzwischen um seine Verabredung gekümmert hatte.

Meine Füße taten immer noch höllisch weh. Ich nahm zwei Aspirin und versorgte meine Wunden, so gut es ging. Dabei verbrauchte ich fast eine ganze Tube der Antibiotikasalbe. Ich sollte vermutlich dankbar dafür sein, dass ich mir an den Zehen keine Erfrierungen zugezogen hatte, aber es war nicht so einfach, Dankbarkeit zu empfinden, wenn jeder einzelne Schritt so wehtat.

Ich fischte eine frische Jeans aus dem Trockner, schlängelte mich hinein und zog ein Unterhemd, ein T-Shirt und einen Blazer aus Wildlederimitat an, den Marisol mir zum Geburtstag geschenkt hatte. Es war heute kälter, knapp unter null Grad, und die düsteren Wolken am Horizont ließen vermuten, dass es bald schneien würde.

Ich fuhr zum Fähranleger und verdrängte jeden Gedanken an den vorherigen Abend. Heute war ein neuer Tag. Ich würde zur Arbeit gehen, einige Paare zusammenführen und nur hoffen, dass mich nicht noch mehr Kunden feuern wollten.

Raphael wartete beim Long Wharf Marriott auf mich. Er beäugte mich, als ich mich auf den Sitz schob.

»Eine lange Nacht, Uva?«

»Könnte man so sagen.«

»Hm-hm.«

Dem konnte ich nicht widersprechen.

Er bremste, um einem unachtsamen Fußgänger auszuweichen. »Humpelst du etwa?«

»Ich habe mir heute Morgen den Zeh gestoßen.«

»Der könnte gebrochen sein. Soll ich ihn mir mal ansehen?«

Früher hatte er mich immer verarztet. »Nein. Das geht schon.«

Im Radio war WEEI eingestellt, ein Sportsender. Anrufer sprachen über Football, Patriots-Fans gaben sich großspurig.

»Hast du gestern Abend noch mit Marcia telefoniert?«, fragte ich.

»Das habe ich.«

»Und?«

»Sie scheint nett zu sein.«

Vor uns reihten sich die Bremslichter. Passanten rauschten vorbei. Alle schienen es eilig zu haben, irgendwo hinzukommen, je schneller, desto besser. »Und, geht ihr zusammen aus?«

»Dieses Wochenende.«

»Du klingst nicht sehr glücklich«, stellte ich fest.

»Ich bin nur nervös, Uva.«

»Das wird sicher super laufen!«

»Es ist eben lange her.«

»Sei einfach du selbst. Wer kann dir dann schon widerstehen?«

Wir krochen im Schneckentempo Stück für Stück voran. Die Wolken hingen tief, und ich wünschte, es würde endlich schneien. Es gab nichts Schöneres als die Stadt unter einer weißen Schneedecke.

Er stellte das Radio leiser. »Hast du schon gehört, dass sie endlich den kleinen Jungen gefunden haben?«, fragte er beiläufig.

Zu beiläufig.

»Das ist ja toll!«, formulierte ich vorsichtig meine Antwort. »Wie denn das? Wo?«

»In dem Park, wo er verloren gegangen war. Eine Frau ist wie aus dem Nichts aufgetaucht und hat den Vater des Jungen und einen Polizisten zu der Stelle geführt, wo sich der Kleine befand.« Aus dem Augenwinkel beobachtete er mich ganz genau.

Ich schluckte.

Fünfzehn mal drei gleich fünfundvierzig.

Vierundfünfzig minus sechs gleich achtundvierzig.

»Woher wusste sie denn, wo er war?«, gab ich mich neugierig.

»Das weiß niemand, Uva. Die Polizei will unbedingt mit ihr sprechen. Die Eltern wollen sich bei ihr bedanken. Der kleine Junge hat erklärt, dass er sie noch nie zuvor gesehen hat, also hat sie mit seinem Verschwinden wohl nichts zu tun.«

»Wow.«

Raphael schien ja wirklich große Lust zu haben, über Max zu sprechen.

»In dem Augenblick, als ihm klar wurde, dass er sich verirrt hatte, ist er in einen hohlen Baum gekrochen«, fuhr Raphael fort. »Er hat sich daran erinnert, dass seine Eltern ihm eingeschärft hatten, an derselben Stelle zu bleiben und zu warten, wenn sie sich mal verlieren würden.«

»Das hast du mir früher auch immer gesagt.«

Lächelnd sprach er weiter. »Er hatte die Rufe der Suchtrupps gehört, hatte aber Angst, mit Fremden zu sprechen.«

»Du hast mir stets erklärt, dass es in Ordnung ist, mit Uniformierten zu reden. Weißt du noch, wie ich mal im Kunstmuseum verloren gegangen bin und einfach nicht verstehen konnte, warum der Mann in Uniform mir nicht helfen wollte?«

»Als ich dich gefunden habe, hast du dich gerade mit einer Wachsfigur unterhalten, die den Freiheitskämpfer Paul Revere im Waffenrock darstellte. Ja, das weiß ich noch. Du warst vier. Und ein richtiger Teufelsbraten.«

»Das stimmt doch gar nicht!«

»Dein Gedächtnis ist nicht so besonders, Uva.«

Ich rollte mit den Augen und atmete erleichtert durch. Endlich hatte ich es geschafft, von Max O'Brien abzulenken. Ich griff nach dem *Herald*, der gefaltet zwischen den Sitzen lag. Die Schlagzeile lautete: »Kleiner Junge gefunden!« Ich las den Artikel nicht, betrachtete aber die Fotos von Max und seinen Eltern. Dann blätterte ich weiter zur Seite mit Klatsch und Tratsch und hoffte nur, dass Preston Bailey es noch nicht bis zur namentlichen Erwähnung gebracht hatte.

Es waren so einige Promis in der Stadt, außerdem hatte am Abend zuvor ein bekanntes Partygirl die Clubs unsicher und sich selbst dabei lächerlich gemacht, und dann gab es noch einen kleinen Abschnitt darüber, dass Oscar Valentine, der König der Liebe, sein angeschlagenes Herz außerhalb der Stadt kurierte. Nichts über mich – keine Fotos, keine Erwähnung der Tatsache, dass ich im Moment die Leitung der Firma übernommen hatte. Nada. Ich war mehr als erleichtert. Vielleicht hatte Preston Bailey ja doch nichts gegen mich in der Hand.

Ich konnte Raphael leider nicht lange von dem Thema ablenken, das offensichtlich seine Gedanken beschäftigte: »Man weiß nicht, wo die Frau jetzt steckt. Sie ist einfach verschwunden, nachdem der Junge gefunden war. Es scheint, als hätte sie ihre Schuhe zurückgelassen.«

Allein bei der Erwähnung taten mir bereits die Füße weh. »Ihre Schuhe?«

»Der Detective trifft sich heute mit einem Polizeizeichner, der ein Bild von ihr anfertigen soll.« Raphael hielt an einer roten Ampel und warf einen wissenden Blick in meine Richtung. »Vielleicht wird sie ja jemand wiedererkennen.«

Mir drehte sich der Magen um. »Das … das wäre natürlich toll.«

»Möchtest du mir irgendetwas sagen, Uva?«

Offensichtlich wusste er, dass ich die Frau gewesen war, die den kleinen Jungen gefunden hatte. Zeit für ein Geständnis. »Du hast wirklich Superkräfte, ist dir das eigentlich klar? Woher wusstest du, dass ich es war?«

»Ich hatte es schon vermutet, war mir aber nicht ganz sicher, bis du eben angehumpelt kamst. Warum hast du denn nichts gesagt?«

»Ich weiß auch nicht, Pasa. Ich glaube, ich fand es einfach schön zu wissen, dass ich das ganz alleine durchgezogen habe. Ich war noch nicht bereit, es mit jemandem zu teilen.«

Er nickte. »Das kann ich verstehen. Aber jetzt will ich alles hören.«

Ich lachte. Und dann erzählte ich ihm wirklich alles – zumindest darüber, wie ich Max gefunden hatte. Über das Skelett verlor ich kein Wort. Eine Enthüllung reichte für heute.

Raphael hielt vor dem Büro. Er beugte sich zu mir und küsste mich auf die Stirn. »Ich bin stolz auf dich. Das hast du gut gemacht, Uva.«

Ich lächelte. »Ich weiß.«

Ich bat ihn, mich um elf wieder abzuholen. Damit sollte ich genug Zeit haben, um einige Akten zu ordnen, bevor ich wieder nach Hause zu Em fuhr.

Preston Bailey war nirgendwo zu sehen, als ich meine Schlüsselkarte durch die Tür zog. Ich ging hoch in den ersten Stock, blieb stehen und blickte nach oben.

Sollte ich raufgehen und Hallo sagen? Oder stark bleiben und mich direkt an die Arbeit machen?

Die Versuchung war zu groß.

Ich klopfte an die Tür von SD Investigations und rief: »Sean?«

Zimtduft lag in der Luft, und ich hörte seine Stimme: »Hier hinten!«

Die Tür zu seinem Büro stand offen. Wie erstarrt blieb ich stehen, als ich in den beiden Stühlen vor dem Schreibtisch zwei Männer entdeckte, die sehr offiziell aussahen.

»Da bist du ja, Schatz. Ich habe diesen beiden netten Herren gerade alles von dir erzählt. Lucy, das sind Detective Chapman und Detective Kolchowski vom Weymouth Police Department.«

Ich versuchte, mir meine Überraschung nicht anmerken zu lassen. »Hallo. Bleiben Sie doch bitte sitzen, meine Herren«, bat ich, als sie sich erheben wollten. Was ich jetzt am wenigsten gebrauchen konnte, war ein Händedruck von jedem. Wer weiß, was ich da alles gesehen hätte.

»Miss …« Einer der Polizisten – keine Ahnung, welcher – sah auf seinen Notizblock. »Valentine, richtig?«

»Ja?«

»Es geht um die Leiche, die Ihr Freund und Sie gestern Abend gefunden haben.«

Ich blickte Sean an.

»Schatz, ich weiß, dass du da nicht hineingezogen werden wolltest, aber ein Zeuge hat sich meine Autonummer gemerkt.«

Schon wieder dieses »Schatz«. Ich wusste, worauf er damit hinauswollte – er hatte den Polizisten erzählt, dass wir ein Paar waren. Und dennoch zog sich mein verwirrtes Herz ob des Kosenamens schmerzhaft zusammen.

»Und warum genau wollten Sie da nicht mit hineingezogen werden, Ms Valentine?«, fragte der größere der beiden Beamten. Er war kräftig – nicht dick –, hatte einen wachen Blick, schütter werdendes Haar und einen angeschlagenen Zahn in einem ansonsten makellosen Gebiss.

Ich trat ins Büro. Die Stühle waren alle besetzt, und Sean bot mir seinen an. Die Sitzfläche war warm. Er ließ sich auf der Tischkante nieder.

»Vielleicht haben Sie schon von meinem Vater gehört, Oscar Valentine«, begann ich mit einer Ausrede, die ich mir in diesem Moment überlegt hatte.

»Der Heiratsvermittler?«, fragte der andere Polizist. Er war auch ein kräftiger Kerl, bei ihm ging es aber eher in Richtung fett. Er trug eine randlose Brille, einen langen Schnurrbart und einen Anzug, der schon bessere Tage gesehen hatte.

»Genau. Er ist in letzter Zeit in der Presse nicht gut weggekommen. Ich wollte seinem schwachen Herzen nicht noch mehr Stress zumuten. Die Klatschjournalisten würden sich daran weiden, wenn sie von der Sache Wind bekämen. Deshalb wollte ich mich da lieber raushalten. Und was spielt es schon für eine Rolle, wer die Leiche gefunden hat?«

»Keine«, sagte der mit der Brille. »Solange Sie nichts damit zu tun haben, dass sie überhaupt dort vergraben ist.«

Ich öffnete den Mund und schloss ihn hörbar wieder. Es war vermutlich das Beste, dazu nichts zu sagen, anstatt mich zu unbedachten Bemerkungen hinreißen zu lassen.

Der andere Polizist trommelte auf seinem Notizblock herum. »Was für einen Hund haben Sie denn?«

»Einen Yorkshireterrier«, antwortete Sean.

Der mit dem Schnurrbart notierte sich etwas. »Kann ich kurz unter vier Augen mit Ihnen sprechen, Ms Valentine?«

»Natürlich«, nickte ich und stand auf.

Sie wollten vermutlich sichergehen, dass Sean und ich die gleiche Geschichte erzählten. Ich hoffte nur, dass er so nah wie möglich an der Wahrheit geblieben war.

»Könnten wir die Ereignisse von gestern Abend einmal durchgehen?«, bat mich der Detective, sobald wir in einem der Konferenzräume waren. Er stand, ich hatte mich hingesetzt.

»Ja. Sean hat mich am Anleger abgeholt. Wir wollten einen Spaziergang mit Thoreau machen, das ist der Hund. Wir waren noch nicht lange unterwegs, da hat Thoreau sich losgerissen und ist in das Wäldchen gerannt. Er hat fürchterlich gebellt. Wir wollten ihn da wegziehen, aber er hat sich nicht von der Stelle gerührt. Sean ist neugierig geworden, hat eine Schaufel aus dem Auto geholt und angefangen zu graben. Als wir auf einen Knochen gestoßen sind, sind wir wieder gefahren und haben die Polizei angerufen.«

»Hat Mr Donahue oft eine Schaufel in seinem Kofferraum?«

Ich zuckte mit den Achseln. »Da schaue ich normalerweise nicht rein. Wir sind noch nicht so lange zusammen.«

»Sind Sie mit dem Hund schon mal dort spazieren gegangen?«

»Nein«, antwortete ich.

»Und warum haben Sie sich gerade diesen Park ausgesucht?«

»Eine Freundin hat ihn mir empfohlen.«

»Wer?«

Mist! »Marisol Valerius.« Ich musste sie so schnell wie möglich anrufen.

»Finden Sie es nicht merkwürdig, dass ein Hund eine Leiche findet, die dort schon so lange vergraben ist?«

»Wie lange liegt sie denn schon da?«

Er zögerte, antwortete aber nicht auf meine Frage.

»Kennen Sie eine Frau namens Rachel Yurio?«

Rachel Yurio? Irgendwo in den Tiefen meines Gehirns klingelte es bei dem Namen. Über diese Rachel hatte Michael mit mir bei unserem Termin gesprochen. Das war die Freundin der bösen Elena gewesen.

War Rachel die Tote? Wie das? Warum? Und weshalb trug sie Michaels Ring?

»Ich habe von ihr gehört«, gab ich zu.

»Wie?«

»Durch einen Kunden.«

»Durch wen?«

Ich zögerte.

»Ich kann auch mit einer richterlichen Anordnung wiederkommen, Ms Valentine.«

»Michael Lafferty.«

»Und woher kennt er sie?«

»Alte Freunde, glaube ich.«

»Waren die beiden ein Paar?«

Ich schüttelte den Kopf. »Ich denke nicht.«

»Seit wann ist Mr Lafferty ein Kunde von Ihnen?«

»Seit ein paar Tagen.«

»Sie kennen diesen Mann seit ein paar Tagen, und trotzdem

buddeln Sie und Ihr Privatdetektiv-Freund plötzlich rein *zufällig* seine tote Freundin aus?«

So ausgedrückt klang es wirklich furchtbar. »Ich glaube, sie waren eher Bekannte«, wandte ich matt ein.

»Wie gut kennen Sie Michael Lafferty?«

Es gefiel mir gar nicht, welche Wendung dieses Gespräch jetzt nahm. »Er hat nichts mit ihrem Tod zu tun«, versicherte ich.

Der Polizist starrte mich lange an. Von mir aus.

Schließlich sagte er: »Und woher wollen Sie das wissen?«

Wie sollte ich ihm das erklären? Das konnte ich nicht, wenn ich mein Geheimnis nicht preisgeben wollte, und selbst dann war es zweifelhaft, dass mein Gegenüber – oder überhaupt irgendjemand – mir glauben würde.

»Er ist einfach – einfach nicht der Typ dafür.«

Mit zusammengekniffenen Augen notierte er sich etwas auf seinen Block. »Ich denke, das ist im Moment alles. Gibt es eine Nummer, unter der ich Sie erreichen kann, wenn ich noch Fragen habe?«

Ich gab ihm meine Festnetznummer, dann brachte er mich zurück in Seans Büro. Er legte seine Karte auf den Schreibtisch und verkündete: »Sie dürfen die Stadt nicht verlassen. Sie beide.«

Sean brachte die Beamten noch zur Tür. Ich saß auf seinem Schreibtischstuhl, als er zurückkam. »Entzückend, die beiden, nicht wahr?«

»Die Tote heißt offensichtlich Rachel Yurio«, erklärte ich.

»Ja. Man hat ein Portemonnaie mit ihrem Ausweis bei der Leiche gefunden, sie wird wohl schon seit Jahren vermisst.«

Ich fuhr mit den Zehen den Teppich entlang. »Sie ist eine Freundin eines Valentine-Kunden. Oder war es zumindest.«

Sean erstarrte. »Von einem Kunden? Von welchem?«

Ich wiederholte weitestgehend all das, was ich auch dem Detective gesagt hatte, inklusive der Geschichte, wie Elena Hart und Rachel laut Michaels Schilderungen Jennifer gequält hatten. »Und du wusstest rein zufällig, wo diese Frau begraben lag?«

»Wirklich ein seltsamer Zufall, nicht?«, erwiderte ich.

»Zufall?«

»Ja.«

Er schüttelte den Kopf. Um seinem stechenden Blick zu entkommen, rief ich Marisol in der Klinik an. Sie ging nicht ans Handy. Ich hinterließ ihr eine Nachricht.

»Falls sich ein Detective bei dir meldet und nach mir fragt: Du hast mir gesagt, dass der Great Esker Park ganz toll ist, um da mit dem Hund spazieren zu gehen. Und überleg dir am besten auch noch, woher du den Park kennst. Und vielleicht solltest du diese Nachricht lieber löschen, für alle Fälle.«

Nachdem sie das abgehört hatte, würde ich mich so einigen Fragen stellen müssen.

»Lucy …«, begann Sean.

Ich hob die Hand. »Ich kann es dir nicht erklären.«

»Du musst mir jetzt sagen …«

Ich schnitt ihm das Wort ab. »Vielleicht irgendwann. Im Moment brauche ich erst einmal Hilfe.«

»Du hast vielleicht Nerven, Lucy Valentine.«

Das war mir durchaus klar.

»Was brauchst du?«

»Ich will dich engagieren.«

»Wofür?«

»Ich glaube, ich habe gerade einen meiner Kunden zum Mordverdächtigen gemacht. Ich muss unbedingt Licht in die Sache bringen, bevor mein Vater zurückkommt.«

Ehe ich unter Seans prüfendem Blick womöglich doch noch einknickte, verließ ich lieber schnell sein Büro. Unten stieß ich die Tür zur Valentine Inc. auf und sah Dovie an Suzannahs Tisch sitzen, vor sich einen Stapel Mappen.

»Keine Suz?«, fragte ich.

»Sie hat angerufen, sie kommt heute später.«

»Du stellst doch nicht etwa Paare zusammen, oder?« Ich deutete auf die Mappen.

»Neeeeein. Ich schaue nur, ob vielleicht jemand für mich dabei ist.«

Ich lachte. »Ich dachte, nach Grandpas Tod hättest du den Männern abgeschworen.«

»Ich habe der Ehe abgeschworen – nicht den Männern. Vielleicht ist es endlich an der Zeit, sich dem Thema ernsthaft zu widmen. Immerhin werde ich auch nicht jünger.«

Was gar nicht stimmte – dank plastischer Chirurgie.

»Erst Raphael, dann du. Offensichtlich liegt zurzeit Liebe in der Luft.«

Sie hielt ein paar Dossiers hoch. »Willst du nicht auch einmal für dich selbst gucken? Denn dein Date mit Butch ist ja nicht so gut verlaufen, wie ich gehört habe.«

Wie schnell sich so etwas doch herumsprach. »Wir haben die Sache verschoben, weil ich losmusste. Aber er ist sowieso nicht mein Typ, Dovie.«

»Und wer ist dein Typ?«

Sean.

Ich vermied eine direkte Antwort. »Es hat ohnehin keinen Sinn, dass ich mich verabrede. Nicht, wenn man bedenkt, wie es in unserer Familie mit dem Thema Ehe aussieht.«

»Wer hat denn von Heiraten gesprochen?«, fragte sie. »Es ist völlig in Ordnung, von Zeit zu Zeit ein wenig Spaß zu haben. Es mal so richtig krachen zu lassen.«

»Nein danke.« Ich glaube, krachen würde es bei mir selbst dann nicht, wenn ich es darauf anlegte.

Ihre Armreifen klimperten melodisch, als sie einen Finger in meine Richtung erhob. »Ich habe da letztens einen Mann getroffen, der wäre perfekt für dich. Den bringe ich mal mit.«

Widerstand zwecklos. Ich machte mich auf den Weg zu meinem Büro. »Oh, und das mit Lauschen, das lässt du heute besser.«

»Spielverderberin.«

Ich blieb wie angewurzelt stehen, als mein Blick auf den Fernseher fiel. Das Bild war zweigeteilt, auf der einen Seite sah man das Porträt einer Frau, die mir verdächtig ähnelte, auf der anderen Seite die Schuhe, die ich im Park zurückgelassen hatte.

Ich schaltete den Apparat aus und hoffte nur, dass Dovie das nicht mitbekommen hatte. »Wie wäre es, wenn wir heute mal eine CD einlegen?«

»Na gut«, murmelte sie. Sie war bereits wieder in eine der Mappen vertieft.

Ich ging zur Stereoanlage und drückte auf den Start-Knopf. Mein Vater hatte einen CD-Wechsler, der fünf Scheiben nacheinander abspielte. Während sanfter Jazz die Büroräume durchflutete, redete ich mir ein, dass die Phantomzeichnung mir in Wirklichkeit gar nicht so ähnlich sah. Nur ein kleines bisschen. Vor allem um den Mund herum. Und ich war mir sicher, dass Hunderte von Frauen solche Stöckelschuhe besaßen.

In meinem Büro setzte ich mich hinter den Schreibtisch und suchte nach Michael Laffertys Telefonnummer. Bei ihm zu Hause erreichte ich nur den Anrufbeantworter. Ich legte auf, ohne eine Nachricht zu hinterlassen, und versuchte es bei ihm auf der Arbeit, in einer Autolackiererei in der Nähe des

Jackson Square in Weymouth. Die Person, die dranging, erklärte mir, dass Michael gerade beschäftigt sei und mich zurückrufen würde. Ich gab Namen und Handynummer an und erklärte, es sei dringend.

Ich musste ihn warnen, bevor die Polizei bei ihm auftauchte.

Um mir die Wartezeit zu verkürzen, griff ich nach der Mappe von Lola Fellows. Nervös wählte ich ihre Nummer. Nach dem dritten Klingeln antwortete sie mit einem knappen, gehetzten »Ja?«.

»Hi, Lola, hier ist Lucy Valentine. Ich rufe nur an, um zu hören, wie es so läuft. Haben Sie sich bei Adam gemeldet?«

»Das habe ich.«

»Und.«

Sie schniefte. »Ich habe ihm vorgeschlagen, uns mal zum Abendessen zu treffen.«

»Und?«

»Er hat abgelehnt.«

Ich ließ den Kopf hängen. »Tatsächlich. Warum?«

Sie räusperte sich. »Er hat gesagt, dass ihm meine Einstellung nicht passt.«

Das Schicksal konnte so gemein sein.

»Ich wollte Sie sowieso nachher anrufen«, fuhr sie fort. »Sie müssen mit ihm reden. Bringen Sie ihn dazu, dass er seine Meinung ändert.«

Ich lehnte mich im Stuhl zurück und fragte: »Warum, Lola?«

»Darum. Was, wenn er meine große Liebe ist? Wir müssen es doch zumindest versuchen. Außerdem möchte ich nicht, dass er mich für eine Zicke hält. Ja, obwohl ich eigentlich eine bin.« Sie seufzte.

Ich konnte mir ein Lächeln nicht verkneifen. »Ich rufe ihn an und melde mich dann noch einmal bei Ihnen.«

»Danke«, grummelte sie.

Ich legte auf und wählte die Nummer, die Adam uns gegeben hatte. Es war keine einfache Aufgabe, ich musste mich auf schamlose Schmeichelei verlegen und an sein schlechtes Gewissen appellieren, aber schließlich erklärte er sich bereit, am nächsten Abend mit Lola im Faneuil Hall essen zu gehen.

Zu meiner großen Überraschung stellte ich fest, dass es mir Spaß machte, zwischen den beiden zu vermitteln.

Lola wirkte erleichtert, als ich sie zurückrief, um sie auf den neuesten Stand zu bringen. Vielleicht gab es nach allem ja doch noch Hoffnung für die beiden.

Ich traf mich mit zwei weiteren Kunden, zwei Frauen, beides neue Kundinnen. Ich ließ sie alle Formulare ausfüllen und war fest entschlossen, für sie einen guten Partner zu finden. Ich konnte es schaffen – wie Raphael mir versichert hatte, musste ich nur fest daran glauben.

Möglicherweise lag mir die Partnervermittlung ja doch im Blut, auch wenn ich keine Auren lesen konnte.

Mein Handy klingelte. Es war Michael Lafferty.

14

Ms Valentine? Haben Sie Jennifer gefunden?«

Ich fuhr mit meinem Stuhl herum und starrte das Gebäude auf der anderen Seite der Gasse an. »Noch nicht so ganz.« Ich räusperte mich und erklärte: »Aber ich habe Rachel Yurio gefunden. Sie ist tot, Michael, und zwar schon seit Jahren.«

Am anderen Ende der Leitung blieb es lange still. »Was reden Sie denn da? Rach? Was hat sie damit zu tun? Und was soll das heißen, dass Sie sie gefunden haben? Wenn sie doch schon seit Jahren tot ist …«

»Haben Sie die Nachrichten nicht gehört? Über die Leiche, die im Great Esker entdeckt wurde?«

»Doch. Ganz schön unheimlich. Da gehe ich doch andauernd mit Foo spazieren. Wollen Sie damit etwa sagen … Rachel?«

»Leider ja. Und dummerweise hat man eine Verbindung von mir zu Ihnen hergestellt, und von Ihnen zu Rachel.«

»Was wollen Sie damit sagen?«

»Ich will damit sagen, dass man Sie jetzt des Mordes verdächtigt, weil ich Rachel gefunden habe und Sie mein Kunde sind.«

»Sie machen Witze! Ich habe doch nichts mit ihrem Tod zu tun.«

»Ich weiß.«

»Wie ist es überhaupt dazu gekommen? Wieso haben Sie sie gefunden? Ich bin völlig verwirrt.«

»Ich kann es Ihnen auch nicht erklären, Michael. Ich wollte

Sie nur vorwarnen, weil die Polizei vermutlich bald bei Ihnen auftauchen wird.«

»Zwei Typen in billigen Anzügen, einer kahlköpfig, der andere mit Brille?«

»Die sind schon da?«

»Ja.«

»Haben Sie einen Anwalt?«

»Nein. O Gott, brauche ich etwa einen?«

»Wenn Sie mich fragen, legen Sie sich so schnell wie möglich einen zu. Und reden Sie ohne Rechtsbeistand nicht mit der Polizei.«

»Aber ich hab doch gar nichts gemacht! Ich habe nichts zu verbergen.«

»Ich weiß. Aber die haben Sie jetzt im Visier, und sie werden nicht eher Ruhe geben, bis Sie aussagen, was die hören wollen. Besorgen Sie sich einen Anwalt. Ich hole Sie aus dem ganzen Schlamassel raus, das verspreche ich Ihnen. Geben Sie mir nur ein wenig Zeit, alles zu entwirren.«

Ich legte auf und ließ den Kopf auf die Tischplatte sinken. Ich zweifelte sehr daran, dass Dad je solche Dinge passiert waren. Wenn die Zeitungen die Affäre meines Vaters bereits schockierend fanden, wie würden sie sich denn dann erst aufführen, wenn oder falls sie das herausfanden? Wie viel Zeit hatte ich? Nicht mehr lange, dann würde in der Presse überall zu lesen sein, dass ich es gewesen war, die Rachel Yurios Leiche gefunden hatte. Die Valentine Inc. würde mit vollem Einsatz Schadensbekämpfung betreiben müssen. Es war nicht gut, dass man jetzt Michael in die Zange nahm. Er hatte sich an mich gewandt, weil er eine Frau suchte – und nicht, weil er hinter Gittern landen wollte.

Eine schlechtere Werbung konnte es fürs Geschäft kaum geben.

Keine Panik, keine Panik.

Ich wählte zuerst die Handynummer meiner Mutter. Es war kein Freizeichen zu hören, und auch die Mailbox sprang nicht an. Dann versuchte ich es bei meinem Vater – wieder nichts. Entweder gab es auf der Insel keinen Empfang, oder sie hatten ihre Telefone ausgestellt.

Leider hatte ich keine Ahnung, wie ihr Hotel hieß, aber ich musste sie unbedingt erreichen. Als ich Raphael anrief, ging er beim dritten Klingeln ans Handy. Im Hintergrund hörte man Töpfe und Pfannen klappern.

»Wo bist du?«, fragte ich.

»Unten.«

Unten? »Im Porcupine?«

»Das ist eine lange Geschichte, Uva. Ich springe hier für den Chefkoch ein.«

Diese Geschichte würde ich nur zu gerne hören.

»Ich kann jetzt nicht reden«, sagte er.

»Nur ganz schnell – weißt du, wo meine Eltern auf St. Lucia wohnen? Wie das neue Hotel heißt?«

»Nein, Uva. Stimmt irgendwas nicht?«

»Nein, nein«, log ich. »Wir sehen uns nachher.«

Ich beendete das Gespräch und wählte Seans Handynummer. »Ich brauche dich«, verkündete ich, als er ranging.

»Gefällt mir, wie das klingt!«

Verlangen überkam mich heiß und drängend. Ich gab mein Bestes, um es zu unterdrücken. »Also, deine Hilfe«, stellte ich klar.

»Was auch immer es ist«, verkündete er. »Ich bin für dich da.«

Ich schloss die Augen und versuchte, nicht an die Vision von uns beiden im Bett zu denken. Immer schön atmen. »Du, äh, müsstest für mich herausfinden, wo meine Eltern sich auf St. Lucia aufhalten.«

»Ich melde mich bei dir«, versprach er, nachdem ich ihn kurz ins Bild gesetzt hatte.

»Ruf mich auf dem Handy an, ich bin für heute im Büro fertig.«

Ich atmete tief durch und sagte mir noch einmal, dass die Polizei durchaus dazu in der Lage war, dieses Verbrechen aufzuklären. Ich wusste ja, dass ich unschuldig war. Und mir war klar, dass auch Michael nichts damit zu tun hatte. Ich musste einfach darauf hoffen, dass die Polizei Beweise finden würde, die uns beide entlasten und Hinweise auf Rachel Yurios Mörder liefern würden.

Aber auch wenn ich mich am liebsten völlig aus den Ermittlungen heraushalten wollte, ging das einfach nicht. Ich hatte Michael versprochen, dass ich Jennifer finden würde, und das war das Mindeste, was ich für ihn tun konnte. Jetzt war mein Hauptziel nicht mehr, ihn zu vermitteln, sondern seinen Namen reinzuwaschen. Und wenn Jennifer auch noch ein paar Fragen über Rachel Yurio beantworten konnte, umso besser, oder?

Ich humpelte ins Porcupine. Die ersten Gäste kamen zum Mittagessen, und es war schon einiges los. Ich wollte endlich hören, wie es Raphael in Maggies Küche verschlagen hatte, ich war wirklich gespannt. Immerhin hatten sich die beiden gestern nicht gerade blendend verstanden.

Ich hielt nach Maggie Ausschau, konnte sie aber nirgendwo entdecken. Deshalb sprach ich einen Kellner an und fragte nach ihr.

»Die ist irgendwo dahinten«, informierte er mich und wies in Richtung Küche. »Aber pass auf. Unser Chefkoch hat heute Morgen gekündigt, und dahinten herrscht ziemliches Chaos.«

Ich schob mich durch die Schwingtür in die Küche. Man hatte mich ja vorgewarnt. Zwischen langen Arbeits- und

Herdplatten, Öfen und Fritteusen rannten sechs Menschen hin und her und schnippelten, würfelten und brutzelten.

Kein Raphael. Keine Maggie.

Einer der Köche warf einen Blick in meine Richtung. Das war meine Chance: »Ich suche nach Raphael.«

»In der Kühlkammer.« Er deutete mit dem Kinn auf eine Tür neben dem Gefrierschrank.

Rechts von mir flatterten Plastikstreifen vor dem Zugang zur Kühlkammer, in die ich hineinspähte. Raphael und Maggie waren in einen so heißen Kuss versunken, dass die Tiefkühlwaren um sie herum aufzutauen drohten.

Mir klappte die Kinnlade herunter, und ich machte ein paar Schritte rückwärts.

Raphael und Maggie?

»Haben Sie ihn gefunden?«, fragte der Koch.

Ich schüttelte den Kopf.

Er runzelte die Stirn. »Wirklich nicht?«

»Das ist schon okay«, sagte ich. »Könnten Sie ihm bei nächster Gelegenheit einfach sagen, dass er Lucy nicht zu fahren braucht?«

»Ja. Klar.«

»Danke.«

Noch immer fassungslos verließ ich das Restaurant. Nicht in einer Million Jahre wäre ich auf die Idee gekommen, Maggie und Raphael zusammenzubringen – und trotzdem hatte es zwischen ihnen offensichtlich gefunkt.

Entmutigt nahm ich mir ein Taxi.

Vielleicht lag mir die Heiratsvermittlung doch nicht im Blut.

Em sah von ihrem Platz auf dem Sofa auf, als ich mein Häuschen betrat. Sie ließ das Buch sinken, in dem sie gelesen hatte, und versuchte, sich aufzusetzen, sank dann aber mit schmerzverzerrtem Gesichtsausdruck wieder zurück. Ihre himmelblauen Augen waren verquollen, aber sie hatte ihr wildes Haar zu einem hübschen Zopf geflochten.

»Du siehst besser aus«, bemerkte ich und stellte meine Sachen neben der Tür ab.

»Wie komisch, ich fühle mich nämlich viel schlechter.«

»Wie viel hast du getrunken?«

»Zu viel. Danke, dass ich hier übernachten durfte.«

Ich setzte mich ihr gegenüber auf einen Stuhl. Grendel sprang auf meinen Schoß. »Du brauchst dich doch nicht bei mir zu bedanken. Du bist mir immer willkommen.«

»Was das angeht ... Könnte ich vielleicht noch eine Weile hierbleiben?«

Grendel schnurrte laut. Odysseus schlief in seinem Käfig, er hatte sich in einer Ecke zu einem Knäuel zusammengerollt und war unter den Sägespänen kaum zu erkennen. »Klar. Was meinst du, wie lange du bleiben wirst?«

»Eine Woche. Vielleicht zwei.«

»Em, was ist los?«

»Ich will nicht darüber reden.«

»In Ordnung«, seufzte ich, wünschte mir jedoch, sie würde mit der Sprache rausrücken. »Du kannst so lange bleiben, wie du möchtest.«

»Eigentlich sollte ich ja endlich erwachsen werden und wieder nach Hause gehen.«

»Es würde diese Unterhaltung enorm erleichtern, wenn ich wüsste, warum du dich da überhaupt aus dem Staub gemacht hast.«

»Ich will wirklich nicht darüber reden«, wiederholte sie und legte sich den Unterarm über die Augen.

So kamen wir nicht weiter. »Hast du schon was gegessen?«, fragte ich. »Ich kann dir ein Omelett machen.«

»Ich hab keinen Appetit.«

»Okay.« Ich hingegen war am Verhungern, wie mir plötzlich klar wurde. Ich hinkte in die Küche.

»Humpelst du etwa?«, fragte Em.

Ich brachte dieselbe lahme Ausrede mit dem Zeh vor, den ich mir angeblich gestoßen hatte.

»Du hast dir auf beiden Seiten den Zeh gestoßen?«

Einer Ärztin würde natürlich nicht entgehen, dass mir beide Füße wehtaten.

»Es geht schon«, murmelte ich.

Sie setzte sich auf. »Was ist los?«

Ich holte Eier, gewürfelten Schinken und eine grüne Paprika aus dem Kühlschrank. Omeletts gehörten zu den wenigen Gerichten, die ich richtig gut hinbekam. »Die Frage gebe ich direkt wieder zurück.«

»Ich will nicht darüber reden.«

Ich tippte mir mit dem Finger an den Kopf und lächelte. »Ich auch nicht.«

»Das ist nicht fair.«

Ich schlug drei Eier in eine Schüssel. »Das Gleiche habe ich auch gedacht.«

Sie zog sich ein Kissen übers Gesicht.

Ein Stück Butter zischte in der Pfanne. Ich fügte Paprika- und Schinkenstückchen hinzu und rührte um.

Ich freute mich schon auf den Tag, an dem in meinem Leben alles wieder normal verlaufen würde. Keine verschwundenen Kinder mehr. Keine Visionen von Toten. Ich musste einfach nur damit aufhören, Seans Hand zu berühren, und mein Bestes geben, um das Bild von uns beiden im Bett zu vergessen.

Jetzt galt es nur noch, Michaels Namen reinzuwaschen, bevor ich zur Normalität zurückkehren konnte. Aber dazu musste ich erst mal herausfinden, wer Rachel umgebracht hatte.

Ich lachte. Gar kein Problem.

»Was ist denn so amüsant?«, fragte Em.

»Ach, nichts.«

Ich verquirlte die drei Eier mit mehr Nachdruck, als eigentlich nötig war, fügte ein wenig Wasser hinzu und gab die Mischung in die Pfanne. Als ich die Ränder des Omeletts bearbeitete, klingelte mein Handy.

Es war Butch.

»Ich wollte nur sichergehen, dass mit dir alles in Ordnung ist«, sagte er.

Ich konnte mir schon denken, wer ihm meine Handynummer gegeben hatte. »Mir geht es gut. Das mit gestern Abend tut mir leid.«

»Mir auch. Eigentlich rufe ich auch an, um zu fragen, wann wir unsere Verabredung denn nachholen.«

Ich war drauf und dran, ihm einfach einen Korb zu geben. Es wäre besser gewesen, ihm zu sagen: »Nein danke, wir bleiben doch besser nur Freunde«, bla, bla, bla, aber ich hatte ihn schon zweimal hängen lassen. Und außerdem würde er mich vielleicht von Sean ablenken.

Bevor ich etwas erwidern konnte, fügte Butch hinzu: »Ich hatte gedacht, wir könnten uns vielleicht zu viert treffen.«

Irgendetwas in seinem Tonfall ließ mich aufhorchen. Ich gab etwas geriebenen Cheddarkäse über das Omelett und sah dabei zu, wie er auf der Oberfläche zu blubbern begann. »Oh, wirklich?«, fragte ich.

»Ja. Ich habe mir gedacht, mein Mitbewohner würde bestimmt gerne deine Freundin Marisol kennen lernen.«

Ich musste grinsen. Manchmal waren Männer so leicht zu durchschauen. Gestern Abend war schließlich sonnenklar gewesen, dass Butch selbst Marisol mochte. Und so hatte er eine Möglichkeit, sie wiederzusehen. Da ich ahnte, dass die Sympathie auf Gegenseitigkeit beruhte, Metzger hin oder her, stimmte ich zu.

»Heute Abend?«, fragte er. »Gleiche Uhrzeit, gleicher Ort?«

»Ich müsste Marisol noch fragen, aber in Ordnung.«

Vielleicht war es sogar ganz lustig, selbst wenn er mich nur benutzte, um meine Freundin wiederzusehen.

Wir verabschiedeten uns, während Em zur Küchenzeile herüberkam und sich auf einen Hocker hievte.

Ich drehte das Omelett um und ließ es dann aus der Pfanne auf einen Teller gleiten, wo ich es halbierte. Anschließend reichte ich den Teller an Em weiter und griff nach einer Gabel, um mich über meine Hälfte herzumachen.

»Ich habe doch gesagt, dass ich keinen Appetit habe«, protestierte sie mit vollem Mund.

»Ich weiß.«

»Wie lange sind wir jetzt schon befreundet?«, fragte sie.

»Seit fünfundzwanzig Jahren.«

»Und wir erzählen uns doch alles, oder?«

Darauf wollte ich lieber nicht antworten. »Ist das so?«

Sie runzelte die Stirn und bohrte Löcher in das Omelett. »Sieht wohl nicht so aus.«

»Aber ich denke, das ist in Ordnung.« Ich holte Orangensaft aus dem Kühlschrank.

»Tatsächlich? Sollten Freundinnen sich einander denn nicht völlig anvertrauen?«

»Ich glaube, jeder hat so seine Geheimnisse.«

»Hast du welche?«, fragte sie und sah mich aus ihren blauen Augen hoffnungsvoll an.

»Natürlich. Und du?«

»Schon. Aber ich wünschte, es wäre nicht so.«

Sie nahm noch einen Bissen. »Wusstest du, dass ich eigentlich nie Ärztin werden wollte?«

»Wie bitte? Nein. Wolltest du nicht?«

»Ich wollte Kindergärtnerin werden. Aber meine Eltern fanden, dass es für eine Baumbach unter ihrer Würde sei, mit Fünfjährigen zu spielen. ›Für eine Baumbach immer nur das Beste‹«, äffte sie die Stimme ihrer Mutter nach. »Ich will immer noch Kindergärtnerin werden. Ich hab dich stets um deine Freiheit beneidet, Lucy. Darum, dass du tun kannst, was du willst, wann immer du willst.«

Ich lachte. »Und ich hab dich immer darum beneidet, dass du so genau wusstest, was du im Leben wolltest. Dass du Ziele hattest. Neben dir und Marisol kam ich mir wie eine totale Versagerin vor.«

Sie riss den Mund auf. »Im Ernst?«

»Das kannst du mir glauben. Und du willst also als Erzieherin arbeiten.«

»Ja. Aber meine Eltern …«

»Was sagt Joseph denn dazu?«

»Dass er mich immer unterstützen wird, egal, wofür ich mich entscheide.«

Damit sammelte ihr Verlobter bei mir wirklich Pluspunkte. »Es ist noch nicht zu spät, Em. Wenn du Kindergärtnerin werden willst, dann kannst du das auch.«

Sie fuhr mit dem Finger über die Granitplatte der Küchentheke und folgte dabei den Goldpartikeln im Muster. »So einfach ist das nicht. Aber ich schwöre dir, wenn ich nur noch ein einziges Kind sterben sehe …« Ihre Stimme erstickte.

Ich umrundete die Theke und nahm sie in den Arm. »Hör zu«, flüsterte ich. »Du kannst tun, was auch immer du willst, Em. Du wärst eine tolle Erzieherin. Und deine Eltern würden irgendwann darüber hinwegkommen.«

Sie lehnte den Kopf an meine Schulter. »Ich brauche einfach ein bisschen Zeit, um mir über all das klar zu werden. Bist du sicher, dass ich hierbleiben kann? Ich habe ein paar Tage Urlaub von meinem normalen Leben nötig.«

»Bleib, so lange du willst.«

»Danke.«

Das Telefon klingelte, als ich ihr die Tränen von der Wange wischte.

»Wenn das meine Mutter ist, sag ihr, dass ich nicht da bin«, schniefte Em. »Ich gehe mich mal frischmachen.«

Ich griff nach dem Hörer und sah ihr nach. »Hallo?«

»Ms Valentine? Hier ist Preston Bailey. Ich habe noch ein paar Fragen, bevor mein morgiger Artikel in den Druck geht.«

Na toll. Ich seufzte tief. »Ich habe Ihnen nichts zu sagen, Ms Bailey.«

»Ich fürchte, dass Sie diese Entscheidung bereuen werden.«

Als ich auflegte, hoffte ich, dass sie damit Unrecht hatte.

◊ 15 ◊

Déjà-vu.

Ich saß wieder einmal vor dem Hingham Bay Club im Auto und hatte dringend etwas Hochprozentiges nötig.

Zu behaupten, dass ich mit den Nerven am Ende war, wäre noch untertrieben gewesen.

Nicht, weil ich, wie gestern Abend, gleich Butch gegenübertreten musste, sondern vielmehr wegen der heutigen Fünfuhrnachrichten.

Die Berichterstattung hatte sich weitestgehend um Max und die geheimnisvolle Frau gedreht, die ihn gefunden hatte. Sie hatten eine Aufnahme eingespielt, in der Detective Lieutenant Holliday eine Phantomzeichnung von mir hochhielt.

Dieser Tatsache musste ich jetzt ins Auge sehen: Ich stand auf der Fahndungsliste der Polizei.

Wie lange? Wie lange würde es dauern, bis jemand eins und eins zusammenzählte? Bis jemand mich auf dem Bild erkannte?

Würde ich mich durch ein Polizeiverhör schwindeln können? Was mit meinen Füßen passiert war, konnte ich jedenfalls nicht erklären, falls mich jemand danach fragte. Brauchte man für so etwas eine richterliche Anordnung?

Plötzlich hielt ich es für eine äußerst gute Idee, doch meinen Eltern auf St. Lucia ein wenig Gesellschaft zu leisten.

Ironischerweise verlas der Nachrichtensprecher auch kurz ein paar Zeilen zu der Toten im Great Esker Park, von der man annahm, dass es sich um Rachel Yurio handelte, die seit fünf Jahren vermisst wurde. Er hatte natürlich keine Ahnung, dass die beiden Geschichten eine Gemeinsamkeit hatten – nämlich mich.

Zum Glück war in den Medien nicht erwähnt worden, dass *ich* Rachel Yurio gefunden hatte. Zumindest noch nicht.

Jemand klopfte ans Fenster, und ich machte mir vor Schreck fast in die Hosen.

»Was treibst du denn hier draußen?«, fragte Marisol.

Ich öffnete die Autotür. »Auf dich warten.«

»Das hättest du doch auch drinnen machen können«, bemerkte sie und küsste mich auf beide Wangen.

Sie sah wunderschön aus, ihr schwarzer Bob glänzte im Mondlicht. Der verschwindend kurze Rock brachte ihre Beine richtig zur Geltung, ihr ausladendes Dekolleté hatte sie allerdings unter einem Top mit hohem Kragen versteckt. Stöckelschuhe rundeten den Look ab.

Das sah für mich ganz danach aus, als wollte sie da jemanden beeindrucken.

Und ich? Ich trug eine schwarze Hose mit geradem Bein, einen schwarzen Rollkragenpulli, eine dicke Silberkette, die Dovie mir zu Weihnachten geschenkt hatte, und schwarze Stiefel mit hohem Absatz. Und in denen ich meine Füße verstecken konnte, auch wenn der Schmerz fast unerträglich war.

»Wir sollten lieber reingehen, bevor du dir noch den Tod holst«, schlug ich vor.

»Ist das eine Anspielung auf meinen Rock?«

Ich lachte. »Und ob.«

»Du bist ja nur neidisch«, sagte sie.

»Das wird es wohl sein«, gab ich locker zurück. »Ich bin so froh, dass du heute kommen konntest.«

»Du weißt doch, dass ich meiner besten Freundin immer gerne einen Gefallen tue.«

Mir einen Gefallen tun? Klar. Als ob es hier nicht um Butch und seine Ähnlichkeit mit Matt Damon ginge.

Wir setzten uns an die Theke, und ich brachte sie auf den neuesten Stand, was Em betraf.

»Ich fand immer schon, dass sie nicht der Typ für ein Medizinstudium ist.« Marisol gab dem Kellner ein Zeichen, und wir bestellten unsere Getränke. »Es hat mich gewundert, dass sie überhaupt so lange durchgehalten hat.«

»Und ich dachte immer, dass sie eine tolle Ärztin werden wird.« Im Fernsehen lief ein Sportsender. Gut. Ich hatte keine Lust, den ganzen Abend immer wieder das Phantombild von mir über den Bildschirm flimmern zu sehen.

»Das ist kein Job für jemanden mit einem so großen Herzen. Sie ist zu mitfühlend. Zu empfindsam.«

»Man sollte doch meinen, dass das bei Ärzten von Vorteil ist.«

Sie nippte an ihrem Wein. »Aber lediglich in Maßen. Wenn du immer nur gibst und gibst und gibst, dann ist irgendwann nichts mehr von dir übrig. Mit den herzerweichenden Aspekten des Berufs kann man so nicht umgehen.«

»Em bleibt eine Weile bei mir und versucht, sich über alles klar zu werden.«

»Wissen ihre Eltern davon?«

»Nein. Und sie will, dass es auch so bleibt.«

»Mrs Baumbach wird darüber nicht gerade glücklich sein.«

Gillian Baumbach war der größte Kontrollfreak, dem ich je begegnet war. Nach außen hin war sie zuckersüß, innerlich aber knallhart. Egal, was Em auch anfing, sie mischte sich immer ein und hatte dem Krankenhaus, in dem ihre Tochter arbeitete, sogar Geld für einen Anbau gespendet, um Em den Job zu sichern.

Wenn sie jetzt kündigte, dann würden die Fetzen fliegen.

»Ich weiß.«

»Und was war das heute für ein Anruf von dir?«, fragte Marisol. »Polizei?«

»Das ist eine lange Geschichte«, erwiderte ich und überlegte, was ich ihr am besten erzählen sollte.

»Komm, wir setzen uns an einen Tisch«, schlug Marisol vor, während sie vom Barhocker hüpfte. Sie brannte offensichtlich darauf, alle Einzelheiten zu hören. Ich konnte nur hinterherhinken, während sie einer Kellnerin folgte.

»Es war nett von Butch, dass er für diese Verabredung an mich gedacht hat«, bemerkte Marisol und schlängelte sich zwischen den Tischen durch.

»Sicher. Und total selbstlos«, gab ich trocken zurück.

Sie schob sich in eine der Nischen an der Wand. »Was soll das denn heißen?«

Ich nahm ihr gegenüber Platz. »Er mag dich. Dieses ganze Date ist nur ein Trick, um dich wiederzusehen.«

Sie riss die braunen Augen weit auf. »Nie im Leben.«

»Doch.«

»Meinst du wirklich?«

»Warum kommt es mir eigentlich so vor, als wären wir auf einmal wieder in der sechsten Klasse?«

»Aber er ist doch Metzger!«

Ich zuckte mit den Achseln. »Es sind schon seltsamere Dinge passiert.« Man denke nur an Lola Fellows und ihren Müllmann.

»Was ist denn jetzt mit diesem Polizisten?«, wollte Marisol wissen.

»Das muss wohl noch warten. Da kommen die beiden.«

»Wie sehe ich aus?«

»Umwerfend, wie immer.« Es war schön, sie zur Abwechslung mal so nervös zu sehen. Sonst war sie immer so ruhig, cool und gefasst. Ich wünschte mir beinahe, mein Vater wäre hier, nur damit ich sehen konnte, ob die Sache zwischen ihr und Butch Aussichten auf Erfolg hatte oder ob das alles nur zu einem üblen Dating-Spielchen gehörte.

Ich sah zu einem lächelnden Butch hoch und stellte ihm Marisol noch einmal vor. Von meinem Platz aus konnte ich den Mann hinter ihm nicht erkennen, bis er schließlich vortrat und sich auf die Bank setzte.

»Aiden, das sind Lucy Valentine und Marisol Valerius. Habe ich das richtig ausgesprochen?«, fragte er.

Meine Freundin wurde rot. »Perfekt.«

Ich hatte Marisol noch nie rot werden sehen. Es musste sie wirklich erwischt haben.

»Meine Damen, das ist mein Mitbewohner, Aiden Holliday.«

Mir fiel das Herz in die Hose, als mein Blick den von *Detective Lieutenant* Holliday traf. Er sah mir in die Augen und stutzte. Als sein Gesichtsausdruck verriet, dass er mich wiedererkannt hatte, hatte Butch sich gerade neben mir auf die Bank gesetzt und mir so den Fluchtweg abgeschnitten.

»Na, sieh mal einer an«, sagte Aiden. »Wenn das nicht Aschenputtel ist.«

Mist.

Mist, Mist, Mist.

»Ihr kennt euch schon?«, fragte Butch.

»Durch die Arbeit«, brachte ich keuchend hervor.

»Was machst du denn beruflich, Aiden?«, fragte Marisol.

»Er ist bei der State Police«, antwortete Butch.

Aiden starrte mich an.

»Er arbeitet bei der Polizeieinheit, die zum Büro des Staatsanwalts von Plymouth County gehört.«

Marisols Augen wurden immer größer, als sie zu mir herüberschaute. »Ist das der Polizist, der mich eventuell anrufen würde?«

Ich schüttelte den Kopf.

»Da ist also mehr als einer von uns mit im Spiel?«, fragte Holliday. »Interessant.«

Mist.

»Und was machst du so, Lucy?«, wollte Butch wissen. »Aus deiner Großmutter habe ich leider keine vernünftige Antwort herausbekommen.«

»Ich, äh …« Je weniger Informationen ich preisgab, desto besser. Obwohl Butch ja wusste, wo ich wohnte, verflucht.

Dieses Mal würde ich nicht so leicht davonkommen.

»Sie ist Heiratsvermittlerin«, erklärte Marisol stolz. »Bei der Valentine Inc.«

»Oh, bist du etwa verwandt mit *dem* Oscar Valentine?«, fragte Butch.

»Erwischt«, sagte ich.

»Interessante Wortwahl«, murmelte Holliday.

Marisol lehnte sich vor. »Hast du irgendetwas angestellt, Lucy?«

»Und was sollte der Aschenputtel-Spruch?«, fügte Butch hinzu.

Ich griff nach meiner Handtasche und gab meinem Banknachbarn einen Stups. »Darf ich kurz vorbei, ich müsste mal zur Toilette.«

Er zog besorgt die Augenbrauen zusammen. »Ist alles in Ordnung?«

»Ja. Fantastisch. Mir geht's gut.«

»Soll ich mitkommen?«, fragte Marisol.

»Nein, nein! Bleib ruhig hier. Ich bin gleich wieder da.«

Die Schmerzen in den Füßen ließen mich zusammenzucken, als ich zur Damentoilette humpelte. Ich wollte nur noch verschwinden, aber ich hatte leider keine Chance. Ich lehnte mich an die gekachelte Wand und fragte mich, was jetzt wohl am besten zu tun sei.

Er hatte mich erwischt, so einfach war das. Meine ganze Planung war umsonst gewesen. Wie sollte ich das alles nur erklären?

»Das ist nicht witzig!«, beschwerte ich mich laut bei den Schicksalsgöttern. Denn wer außer ihnen konnte sich so etwas bloß ausgedacht haben? Dass Detective Lieutenant Holliday ausgerechnet Butchs Mitbewohner war.

Mir war klar, dass ich nicht ewig hier drinbleiben konnte. Aber ich war auch noch nicht dazu bereit, die Toilette wieder zu verlassen. Ich zog mein Handy aus der Tasche und entdeckte zwei Anrufe von Sean. Vielleicht hatte er ja Informationen darüber, wo meine Eltern steckten. Was zeitlich perfekt passen würde, denn ich musste unbedingt mit meiner Mutter reden.

Ich hörte seine Mailbox-Nachrichten ab. Beide Male bat er mich, so schnell wie möglich zurückzurufen. Ich wählte seine Nummer.

Er ging beim ersten Klingeln dran. »Dich erwischt man ja wirklich nie.«

»Wenn das nur wahr wäre.«

»Was soll das heißen?«

»Nichts. Du brauchst mich?«

Am anderen Ende der Leitung herrschte Schweigen. Auf einmal wurde mir klar, was ich da gesagt hatte. Ganz schlechte Wortwahl.

»Ja, ich hab nach dir gesucht. Du bist nicht zu Hause.«

»Tatsächlich? Bist du etwa bei mir?«

»Das war ich.«

Hoffnung stieg in mir auf. »Befindest du dich immer noch in der Gegend?«

»Ich fahre in nördlicher Richtung auf der 3A.«

Meine Rettung! »Könnte ich dich um einen Riesengefallen bitten?«

»Hat es was damit zu tun, irgendwelche Leichen auszubuddeln?«

Ich hatte jetzt keine Zeit, darauf einzugehen. »Nein.«

»Was dann?«

»Könntest du mich abholen?«

»Wo bist du?«

»Im Hingham Bay Club, am Hingham Dock.«

»Davon habe ich gehört«, sagte er. »Das würde ich ja, aber ich kann dich dann nicht nach Hause bringen, weil ich in die andere Richtung weitermuss. Und da darf ich mich nicht verspäten.«

»Dann nimm mich eben mit. Das macht mir nichts aus.«

»Was ist denn los?«

»Ich bin mir nicht sicher, ob du mir glauben würdest, wenn ich dir das jetzt erzähle.«

»Es gelingt dir doch immer wieder, mein Interesse zu wecken. Ich bin in fünf Minuten da.«

»Ich warte draußen auf dich.«

Ich klappte mein Handy zu und atmete tief durch. Jetzt musste ich mich nur noch hinausschleichen, ohne dass mich irgendjemand sehen würde.

Insbesondere nicht Aiden Holliday.

Leider stand der Mann, der mich eben nicht sehen sollte, direkt vor der Toilettentür, als ich hinaustrat.

»So langsam habe ich daran gezweifelt, dass Sie überhaupt da drinnen sind.«

Ich versuchte mich an einem Lachen. »Haben Sie etwa gedacht, ich wäre entwischt?«

»Das wäre ja nicht das erste Mal.«

»Wohl wahr«, nickte ich.

Plötzlich wurde sein Blick ein wenig weicher. »Wie geht es denn Ihren Füßen?«

»Die brennen wie Feuer.«

»Das kann ich mir vorstellen. Jetzt erzählen Sie mir doch mal, wie es kommt, dass ausgerechnet die Tochter des berühmtesten Heiratsvermittlers der Welt den kleinen Max O'Brien findet.«

Ich hätte wissen müssen, dass Holliday nicht der Typ war, der lange um den heißen Brei herumredete. »Das ist ziemlich kompliziert.«

»Sie werden so einige Fragen beantworten müssen, Lucy.«

»Aber Sie wissen doch, dass ich nichts mit dem Verschwinden des Jungen zu tun habe.«

»Wir hätten trotzdem ganz gerne ein paar Antworten. Und die können nur Sie uns geben.«

Warum konnte er mich nicht in Ruhe lassen? Warum gab es für mich nicht endlich eine Verschnaufpause? Warum hatte ich überhaupt zugestimmt, mich hier heute Abend mit Butch zu treffen?

Warum bloß?

»Also, wissen Sie, als Date sind Sie wirklich ein Reinfall«, murrte ich.

Er brachte ein Lächeln zu Stande. »Sie wussten also die ganze Zeit, dass Butch eigentlich nur Marisol wiedersehen wollte?«

»Das war ein bisschen zu offensichtlich. Und sie hat ihn auch gern. Ich hoffe nur, dass er bei ihr überhaupt eine Chance hat.«

»Okay, jetzt haben Sie mich neugierig gemacht. Wenn sie ihn mag, wo liegt dann das Problem?«

»Er ist Metzger. Und sie strikte Vegetarierin.«

Er lachte.

»Was denn?«

»Seiner Familie gehört die Markthalle. Butch managt sie sowie all ihre anderen Geschäfte. Er arbeitet gerne mal in den verschiedenen Abteilungen, um für die Abläufe dort ein Gefühl zu bekommen – eigentlich ist er gar kein Metzger. Ich weiß nicht, ob sich damit für Ihre Freundin etwas ändert.«

Vielleicht. Vielleicht auch nicht. Bei Marisol konnte man nie wissen.

Ich verlagerte mein Gewicht von einem Bein aufs andere und verzog das Gesicht, so sehr taten mir die Füße weh. »Viel länger können wir das Thema wohl nicht umgehen.«

»So langsam bin ich mit meinem Smalltalk am Ende.«

»Ich überlege nur, ob ich einen Anwalt brauche.«

»Sie sind jedenfalls nicht verhaftet«, beruhigte er mich.

»Sagt der Detective, um die Verdächtige zu seiner Dienststelle zu locken. Aufs Revier. Ins Kommissariat. Wie auch immer.«

Er lächelte. Es war unglaublich, wie das sein Gesicht veränderte. All die harten Kanten wurden weicher. »Lucy, Sie scheinen ja wirklich nett zu sein. Aber wir müssen das jetzt klären. Das kann ganz einfach sein, oder wir machen es auf die harte Tour.«

Marisol bog um die Ecke. »Lucy? Alles klar?« Sie beäugte Holliday.

»Alles in Ordnung. Aber jetzt habe ich wirklich Hunger.«

»Der Kellner will gerade unsere Bestellungen aufnehmen«, erklärte sie.

Wir kehrten zurück zum Tisch. Ich blieb an der Theke stehen, während Holliday und Marisol weitergingen. »Ich hole mir lieber was Stärkeres als Wein. Ich bin gleich da.«

Ich bestellte einen Bourbon ohne Eis und schob einen Zwanzigdollarschein über die Theke. Dann wartete ich ab, bis der gute Detective in seine Speisekarte vertieft war, und rannte trotz höllischer Schmerzen zur Tür.

Sean war bereits da. Mit Thoreau. »Wolltest du nicht hier draußen auf mich warten?«

Ich ließ mich tief in den Sitz sinken, der Yorkie hopste zu mir herüber und leckte mir das Gesicht ab. »Können wir später darüber reden?«

Sobald wir die Hauptstraße erreichten, setzte ich mich vernünftig hin, schnallte mich an und zog die Stiefel aus. Ich wagte es nicht, die Socken herunterzuziehen, um festzustellen, wie viel schlimmer es geworden war. Sean könnte anfangen, Fragen zu stellen.

An einer roten Ampel wurden wir langsamer. »Wovor läufst du weg, Lucy?«, fragte Sean.

Ich stieß einen Seufzer aus. »Vor allem.«

16

Ich nehme mal an, dass du das nicht näher ausführen möchtest?«, erkundigte sich Sean.

»Stimmt. Hast du herausgefunden, wo meine Eltern wohnen?«

»Noch nicht. Ich habe einen Kontakt auf der Insel, der sie für mich ausfindig machen wird. Morgen Früh weiß ich mehr.«

Ich konnte nicht fassen, dass ich tatsächlich die Flucht ergriffen hatte.

Der Apfel fällt nicht weit vom Stamm, würde ich mal sagen.

Irgendwann musste ich ja doch mit der Polizei reden. Ich kuschelte mich in den Sitz und atmete tief durch. Seans verführerischer Duft hing in der Luft. Eine Mischung aus etwas Würzigem, vielleicht Zimt, und etwas Sauberem – Irish-Spring-Duschgel, nahm ich an. Er trug Jeans, legere braune Schuhe und einen Blazer über einem blauen Hemd.

Seine Haare waren verwuschelt, als wäre er mit den Fingern hindurchgefahren, seine Wangen waren frisch rasiert.

Er sah zum Anbeißen aus.

Als Thoreau es sich gerade auf meinem Schoß bequem machte, klingelte mein Handy.

»Ich komme immer noch nicht über den Weihnachtsklingelton um diese Jahreszeit hinweg«, bemerkte Sean.

Ich brachte *Jingle Bells* zum Schweigen und schickte Marisol eine kurze SMS, in der ich ihr erklärte, dass mit mir alles in Ordnung sei und dass ich sie am nächsten Tag anrufen und ihr alles erklären würde.

Dann stellte ich das Handy aus.

»Hast du schon die Nachrichten gesehen?«, fragte Sean, als wir die Fore River Bridge überquerten.

»Ja.«

»Michael Lafferty wurde im Zusammenhang mit den Ermittlungen befragt.«

»Das war mir klar. Ich habe ihm geraten, sich einen Anwalt zu nehmen. Und Zeit zu schinden. Hattest du schon Gelegenheit, in diesem Fall etwas zu unternehmen?«

»Noch nicht viel. Du hast mir nie verraten, wie du Rachels Leiche gefunden hast.«

»Nein, habe ich nicht.«

Er überholte einen langsamen Bus in Richtung Quincy Center. »Mehr hast du dazu nicht zu sagen?«

»Nein.«

»Hör mal, nach allem, was ich getan habe, bist du mir so einige Antworten schuldig. Wenn die Polizei annimmt, dass ich irgendwie in einen Mord verwickelt bin, dann kann ich meine Detektivlizenz vergessen, und ich bringe damit auch die von Sam in Gefahr, in dessen Namen ich im Moment arbeite. Ich habe für dich Kopf und Kragen riskiert, Lucy.«

»Ja, das hast du. Und ich werde sicherstellen, dass du dafür auch angemessen bezahlt wirst. Ich hätte dich in den ganzen Schlamassel nie mit reinziehen dürfen. Wenn ich gewusst hätte …«

Aber ich hatte es ja gewusst. Und ich hatte ihn trotzdem um Hilfe gebeten. Mein ganzes Leben hatte ich für meine Unabhängigkeit gekämpft, hatte zeigen wollen, dass ich es alleine schaffen kann. Und dann kam da ein kleines Skelett des Weges und schon rannte ich los und schrie um Hilfe.

Ich bin eine Frau – seht mich doch rennen.

Er schlug mit der Hand gegen das Lenkrad. »Ich will dein Geld nicht. Ich will Antworten.«

Thoreau schreckte hoch. Ich kraulte ihn zwischen den Ohren, um ihn zu beruhigen.

Das alles tat mir im Herzen weh. Ich fand es schrecklich, ihm nichts erzählen zu können. »Es tut mir leid.«

»Aber mit Sicherheit nicht so sehr wie mir.«

»Du kannst mich am Quincy Center an der Haltestelle absetzen. Ich nehme dann den Bus nach Hause.«

»Ich lasse dich um diese Uhrzeit doch nicht mit dem Bus fahren.«

»Dann nehme ich eben ein Taxi.«

»Tu das nicht.«

»Was denn?«

»Geh nicht«, bat er sanft.

»Warum nicht?«

Er umklammerte das Steuer. »Ich bin gerne mit dir zusammen.«

Ich lachte. »Na, das hab ich gemerkt.«

Verlegen sah er mich an. »Bitte. Bleib noch.«

Ich war so bescheuert. »Okay.« Wir fuhren schweigend weiter.

In der Nähe des Milton Hospital fuhr er auf den leeren Parkplatz einer Bank und ließ den Motor bei ausgeschalteten Scheinwerfern laufen. Es war fast acht Uhr. Ein leuchtendes Stück Mond blitzte zwischen den Wolken auf. Letztendlich hatte es doch nicht geschneit.

»Was machen wir hier?«

»Wir überwachen jemanden.«

»Wen denn?«

Er deutete lächelnd zur anderen Straßenseite.

»Dominico's? Soll ich uns da was zu essen holen?«

»Wir warten auf John Roddrick Dominico. Seine Freunde nennen ihn J-Rod. Ich nenne ihn John Roddrick Dominico.«

Ich lachte. Es fühlte sich gut an. »Was hat er denn angestellt?«

»Er ist Bauarbeiter und behauptet, er hätte einen Arbeitsunfall gehabt.«

»Hat er sich verletzt?«

»Ja, am Rücken. Er bezieht jetzt schon seit einem Jahr Krankengeld von der Versicherung.«

»Aber?«

»Die Versicherungsgesellschaft hat SD Investigations angeheuert, um zu überprüfen, ob er auch wirklich arbeitsunfähig ist. Da«, sagte Sean. »Pünktlich wie immer.«

Ich sah einen kräftigen jungen Mann mit einer Pizzaschachtel in einer Hand und einer Zweiliterflasche in der anderen aus dem Restaurant kommen.

»Abendessen«, erklärte Sean. »Er schaut jeden Tag im Restaurant vorbei, weil er seine Pizza hier gratis kriegt.«

J-Rod stieg in einen älteren Dodge und fuhr vom Parkplatz.

Eine Minute später schaltete Sean die Lichter seines Wagens an und folgte ihm.

J-Rod durchquerte das Quincy Center und fuhr dann auf die Route 3A. Wir folgten ihm in einiger Entfernung.

Bald verließen wir irgendwo in Norwood den Highway und schlängelten uns Seitenstraßen entlang.

»Wie lange beobachtest du ihn schon?«

»Ich bin seit drei Tagen an ihm dran.«

»Aber die Beweislast ist noch nicht erdrückend?«

Er lächelte. »Die Beweislast?«

»Zu viel *Law and Order*?«

»Mit solchen Sprüchen machst du der Serie eher Schande.«

Lachend antwortete ich: »Okay, na ja, du weißt schon, was ich meine.«

»Ich habe bereits so einiges gegen ihn in der Hand«, bestätigte er.

»Warum verfolgst du ihn dann immer noch?«

»Das wird heute der Nagel zu seinem Sarg.«

Das mit dem Sarg erinnerte mich nur wieder an Rachel Yurio. Ich erschauderte.

J-Rod fuhr in die Einfahrt eines zweistöckigen Hauses im Kolonialstil in einem kleineren Stadtviertel. Auf dem Bürgersteig davor stand ein großer Müllcontainer, der vor Bauschutt fast überquoll. Wir hielten etwa drei Häuser vorher vor einem Nachbargebäude an. Sobald J-Rod durch die Haustür ging, fuhr Sean am Haus vorbei, drehte, hielt schräg gegenüber und schaltete den Motor aus.

Der glitzernde Mond spendete nur wenig Licht, gerade so viel, dass ich Seans Gesichtsausdruck erkennen konnte – er war angespannt und konzentriert. Er zog seine Kamera hervor, stellte die Linse scharf und machte mehrere Aufnahmen von Haus und Auto.

Dann ließ er die Kamera in den Schoß sinken und reckte sich nach hinten, um nach ein paar Aktenmappen auf dem Rücksitz zu angeln. Das Mondlicht schimmerte in seinen grauen Augen. »Das mit vorhin tut mir leid. Ich hab dir die Pistole auf die Brust gesetzt, damit du endlich auspackst. Aber wenn mein Job auf dem Spiel steht, dann nur, weil ich beschlossen habe, ihn aufs Spiel zu setzen. Daran trägst du nicht die Schuld.«

»Das stimmt doch gar nicht.«

»O doch. Ich wusste schließlich, worauf ich mich einlasse.«

»Warum hast du dann überhaupt mitgemacht?«

»Ganz ehrlich?«

»Natürlich.«

»Ich vermisse den Adrenalinschub aus meinen Feuerwehrzeiten. Den Kick. Ich kümmere mich jetzt seit sechs Monaten nur um Papierkram. Und mache ein paar Routineüberwachungen. Viel mehr lässt Sam mich nicht übernehmen.«

»Das sieht ihm gar nicht ähnlich.«

»Er hat die merkwürdige Idee, dass er mich beschützen muss.«

»Wovor denn?«

Er ignorierte meine Frage. »Ich brauchte diesen Kick, Lucy. Eine Leiche im Wald … Ich bin ein Gefahren-Junkie. Und außerdem bist du einfach atemberaubend. Mit dir würde doch jeder gern Zeit verbringen. Es war blöd von mir, dich so zu bedrängen.«

Ich war mir nicht ganz sicher, worauf er mit alldem hinauswollte. »Jetzt bin ich verwirrt.«

»Ich will nicht, dass du denkst, du steckst ganz allein in der Sache drin. Ich drücke mich nicht. Ich will die Geschichte bis zum Ende mit dir durchstehen.« Er reichte mir die Mappen.

»Was ist das?«, fragte ich.

Er richtete ein teures Fernglas auf das Haus. »Alles, was ich über Rachel Yurio herausfinden konnte, über ihr Leben bis zu dem Moment, als sie verschollen ist. Außerdem Informationen zu Elena Hart und Jennifer Thompson.«

Ich blätterte die Seiten in Rachels Mappe durch und überflog sie im Mondlicht. Rachel Yurio war zum Zeitpunkt ihres Verschwindens dreiundzwanzig gewesen. Sie hatte in Quincy in einem IHOP gekellnert und sich mit Elena Hart eine Wohnung in East Weymouth geteilt. Kurz bevor sie zum letzten Mal gesehen worden war, hatte man ihr im Restaurant gekündigt.

Sie war bei ihren Großeltern aufgewachsen. Der Großvater

war vor mehr als zehn Jahren gestorben, und ihre Großmutter lebte inzwischen in einer Wohnanlage für Senioren in South Weymouth. Außer der gab es keine lebenden Verwandten.

Rachel war vorbestraft – wegen Ladendiebstahls (zweimal), dem Ausstellen ungedeckter Schecks und tätlichem Angriff nach einem Streit in einer Kneipe. Mit einer Büroklammer war ein Foto an der Mappe befestigt.

»Es ist das beste Bild, das ich finden konnte. Da war sie in ihrem letzten Jahr an der Weymouth High.«

Sean hatte die Farbfotografie der jungen Frau aus dem Jahrbuch wohl vergrößert. Das Bild war körnig, die Pixel verzerrt, aber man konnte dennoch problemlos erkennen, wie schön Rachel gewesen war – trotz des fetten Lidstrichs und der Stachelfrisur.

»Was ist denn mit ihren Eltern passiert?«

»Keine Ahnung.«

»Diese Augen …«

»Ich weiß.«

Schwer zu sagen, welche Farbe sie hatten. Vielleicht dunkelblau. Oder braun. Aber nicht ihre Farbe erregte meine Aufmerksamkeit, sondern die Traurigkeit, die darin lag. Eine tiefe, dunkle Traurigkeit.

»Ich habe mich mit der Schule in Verbindung gesetzt und mit ihrer alten Vertrauenslehrerin gesprochen. Sie hat mir Rachel als intelligent und wortgewandt beschrieben, aber auch als sehr sensibel. Sie hatte kaum Selbstvertrauen und keine Freunde außer Elena Hart. An Elena erinnert sich die Dame nur sehr ungern zurück, und das ist noch untertrieben. Elena schwänzte die Schule, hatte ein loses Mundwerk und machte nie irgendwelche Hausaufgaben. Sie hat Rachel zu sich runtergezogen, und die Vertrauenslehrerin konnte nichts dagegen tun. Rachel wünschte sich so verzweifelt eine Freundin, dass es ihr egal war, wenn diese Freundin sie in Schwierigkeiten brachte. Da war nichts zu machen.«

»Was ist mit Rachels Großmutter?«

Auf der anderen Straßenseite ging im Wohnzimmer das Licht an. Nichts verdeckte uns die Sicht – an den Fenstern gab es keine Vorhänge oder Rollos. J-Rod trug eine Leiter.

Sean schoss ein paar Fotos. »Als ich die Lehrerin danach fragte, wollte sie nicht so recht mit der Sprache herausrücken, aber ich hatte den Eindruck, dass mit ihr irgendetwas nicht stimmt.«

»Wir müssen mit Rachels Großmutter sprechen, mit Arbeitskollegen oder irgendwelchen möglichen Freunden«, sagte ich.

»Wir?«, lächelte Sean.

»Ich meine, äh, ja.«

Er lachte. »Okay. Man kann nicht so genau sagen, wann exakt Rachel verschwunden ist. Die Polizei hat herausgefunden, dass sie Ende Oktober noch eine Schicht im IHOP übernommen hat. Das war ein paar Monate bevor sie schließlich jemand als vermisst gemeldet hat.«

»Hatte sie denn keinen Vermieter?«

»Doch, aber die Miete wurde automatisch von ihrem Konto abgebucht. Erst nach der Vermisstenanzeige wurde festgestellt, dass die Wohnung leerstand.«

»Sie stand leer? Was war denn mit Elena?« Wo hatte ihre beste Freundin gesteckt? Warum hatte sie keine Vermisstenmeldung aufgegeben?

»Sie heißt inzwischen Elena Delancey.« Sean deutete auf die Mappe auf meinem Schoß. Ich schlug sie auf.

Elena Hart war in Weymouth aufgewachsen und hatte so gerade eben ihren Abschluss geschafft. Ihr Vorstrafenregister war ellenlang. Betrug, unerlaubtes Betreten, Diebstahl, tätlicher Angriff, Vandalismus. Und so ging es immer weiter. Außerdem hatte sie in demselben IHOP gearbeitet wie Rachel und war am selben Tag entlassen worden.

»Ungefähr zu dem Zeitpunkt, als man Rachel als vermisst meldete, hat sie Massachusetts verlassen«, erklärte Sean.

Ich zog die Augenbrauen hoch. »Sie ist geflüchtet?«

»Vielleicht«, meinte er. »Aber jetzt kommt das Beste. Sie ist nach Rhode Island gezogen und aufs College gegangen. Dann fing sie an, als Sozialarbeiterin in einer wohltätigen Einrichtung für Kinder zu arbeiten, hat geheiratet und ist jetzt selbst Mutter.«

»Du machst Witze.«

»Nein. Sie hat ihr Leben völlig umgekrempelt. Seitdem hat sie nicht einmal mehr ein Knöllchen bekommen.«

»Woher der drastische Sinneswandel?«, fragte ich. Thoreau regte sich. Ich streichelte ihn, und er gähnte, streckte sich, leckte meine Hand und schlief wieder ein.

»Wenn ich raten sollte – ein schlechtes Gewissen.«

»Sie tut Buße? Wofür denn? Für den Mord an Rachel?«

»Das würde doch passen, oder?«

Allerdings. Aber konnten wir es beweisen, um Michaels Namen reinzuwaschen? Das war die große Frage. Na ja, das, und warum Rachel Michaels Ring am Finger trug. Das begriff ich immer noch nicht.

Geistesabwesend blätterte ich in Jennifer Thompsons Mappe herum. Hier gab es nicht viel Neues, mal abgesehen von der Information, dass sie einmal eine einstweilige Verfügung gegen Elena Hart erwirkt hatte. Nach ihrem Abschluss an der Boston University war Jennifer quasi von der Bildfläche verschwunden. Sie war einfach weg. Hatte sich in Luft aufgelöst. Und ihre Eltern und die Schwester hielten dicht.

Das verhieß nichts Gutes für eine Zukunft mit Michael.

Sean reckte sich noch einmal nach hinten, holte eine weitere Mappe vom Rücksitz und wandte sich mir zu. Im Mondlicht sahen seine Augen noch grauer aus als sonst. Leuchtend und verführerisch. »Wie geht es denn deinem Zeh?«, fragte er und legte mir die Mappe auf den Schoß.

Ehrlich gesagt, brannten und schmerzten meine Füße, aber ich wollte lieber nichts dazu sagen. Als ich die Mappe aufschlug, blieb mir angesichts des Phantombilds von mir fast die Luft weg.

Ich ließ den Kopf hängen.

Sean streckte die Hand aus und hob mein Kinn an, sodass ich ihn ansehen musste.

Das wunderbare Gefühl seiner Finger auf meiner Haut stoppte meine aufkommende Panik, als er mit der Hand meine Wange umschloss. Ich lehnte mich dagegen. Die Berührung mit meinem Gesicht löste keine Vision aus, nur wunderschöne Gefühle, die meinetwegen niemals aufhören sollten.

Unter gesenkten Lidern sah ich ihn an. Unsere Verbindung war so stark wie ein unerklärlicher Sog.

Ich lehnte mich in seine Richtung. Als unsere Lippen sich beinahe trafen, ging vor dem Haus, das wir bewachten, plötzlich das Licht auf der Veranda an.

Mein Herz klopfte enttäuscht. Sean suchte nach seiner Kamera.

J-Rod kam aus der Haustür, einen zusammengerollten Teppich über der Schulter. Sean knipste wie verrückt, während der Mann den Teppich hochhievte und in den Container warf, sich die Hände an den Jeans abwischte und zurück ins Haus ging.

»John Roddrick Dominico renoviert jetzt schon seit acht Monaten Häuser«, erklärte Sean.

»Während er gleichzeitig immer noch das Krankengeld bezieht?«

»Genau.« Er hielt die Kamera hoch. »Ich glaube, jetzt habe ich für meinen Kunden genug Beweismaterial zusammen. Bereit für die Heimfahrt?«

»Eigentlich nicht.« Weil ich nicht wusste, ob die Polizei dort schon auf mich warten würde.

»Nicht?«, sagte er mit fragendem Blick.

Ich biss mir auf die Unterlippe, während ich das Phantombild auf meinem Schoß betrachtete. Wenn ich auf Seans Hilfe zählen wollte, musste er die Wahrheit wissen. Es war an der Zeit, den großen Schritt zu wagen.

Ich hoffte nur, er würde mich danach nicht fallen lassen.

17

Ein Vorteil an IHOP war, dass sie auch spätabends noch geöffnet hatten.

Der andere waren die belgischen Waffeln.

Nichts machte mich glücklicher als belgische Waffeln.

Es war kein Zufall, dass wir hierhergekommen waren. Das war das Lokal, in dem Rachel und Elena gearbeitet hatten.

An einem Tisch ganz hinten saßen zwei Männer, aber außer ihnen und uns war der Laden um diese Uhrzeit, kurz vor Mitternacht, völlig leer. Thoreau schlummerte im Auto selig auf einer Decke.

Wir nahmen gerade Platz, als Seans Handy klingelte. Stirnrunzelnd warf er einen Blick auf das Display und unterdrückte den Anruf.

»Cara?«, fragte ich.

»Ja.« Dabei klang er nicht sehr glücklich.

Ich wollte nicht allzu neugierig sein, also faltete ich sorgfältig meine Serviette auseinander, legte sie mir auf den Schoß und biss mir eben auf die Zunge.

Eine Kellnerin schlurfte mit der Speisekarte herbei, um uns willkommen zu heißen. Sie plapperte über das Wetter und über den kleinen Jungen, den man endlich gefunden hatte.

Als ob man mich daran noch erinnern müsste.

Auf ihrem Namensschildchen stand »Tess«, und sie händigte uns die Karten aus, bevor sie ihre breiten Hüften herumschwang und sich auf den Weg zum anderen besetzten Tisch machte.

»Ein ziemliches Schwatzmaul«, bemerkte Sean.

»Das kommt uns doch bestimmt zugute.«

»Bist du sicher, dass du noch nie als Detektivin gearbeitet hast?«

Ich lächelte. »Das gehört zu den wenigen Berufen, die ich noch nicht ausprobiert habe.«

»Stimmt.«

Ich warf einen Blick auf die Karte, obwohl ich schon wusste, was ich wollte. Dann wurde mir auf einmal klar, was er da gerade gesagt hatte. »Wie jetzt, ›stimmt‹? Hast du mich etwa überprüft?«

»Natürlich.«

»Das ist nicht fair. Jetzt weißt du alles über mich, und ich …«

»Wohl kaum«, grummelte er.

»Ich weiß fast gar nichts über dich«, fuhr ich fort und ignorierte seinen Kommentar.

»Das finde ich nur fair.«

Ich rollte mit den Augen.

Tess kam zurück, und wir entschieden uns beide für eine Waffel. Nachdem sie die Bestellung in der Küche aufgegeben hatte, brachte sie uns zwei Gläser Wasser mit Eiswürfeln. Ich sah zu ihr hoch. »Wie lange arbeiten Sie schon hier, Tess?«

»Viel zu lange, Schätzchen.«

Sean schob seine Visitenkarte über den Tisch. »Wir untersuchen den Tod von Rachel Yurio. Kannten Sie sie?«

Tess machte ein Kreuzzeichen.

Das interpretierte ich mal als ein Ja.

Den Falten nach schätzte ich Tess auf fünfundsiebzig. Es war schwer, sich vorzustellen, dass sie genauso alt war wie Dovie. Äußerlich konnten sie verschiedener nicht sein. Das war eben der Unterschied zwischen den Menschen, die Geld hatten, und denen, die keins hatten.

Tess' Uniform schmiegte sich an ihre zu üppigen Kurven, gefärbte rote Locken fielen ihr ins Gesicht. Sie stand krumm da, so als täte ihr der Rücken weh. Ihre dicken orthopädischen Schuhe machten kein Geräusch, während sie das Gewicht von einem Bein aufs andere verlagerte. Ihre Brille trug sie an einer Kette um den Hals, und sie himmelte Sean unverhohlen an.

»Süßer«, sagte sie zu ihm, »manche Menschen vergisst man einfach nicht.«

Ich musste lächeln, als er rot wurde. Es war so niedlich.

»Ich war wirklich traurig, als ich in den Nachrichten davon gehört habe. Was wollen Sie denn wissen?«, fragte Tess.

»Alles«, entgegnete ich. »Wie lange hat sie hier gearbeitet? Hatte sie Freunde? Hat sie je über irgendwen gesprochen? Gab es jemanden, der sie nicht mochte?«

»Sie war eine ganz Stille. Hat hier etwa zwei Jahre gearbeitet. Sie hat ungefähr zur gleichen Zeit angefangen wie Elena. Das ist diejenige, mit der ihr reden solltet.«

»Elena Hart?«, fragte Sean und zog ein kleines Notizbuch aus der Tasche.

»Genau die, Süßer. Rachel und sie waren die besten Freundinnen und haben auch zusammen gewohnt. Die haben zusammengehalten wie Pech und Schwefel, und das schon seit der Schulzeit, das haben sie zumindest erzählt. Na ja, so ging das, bis ...«

»Bis wann?«, hakte ich nach.

»Sie haben sich zerstritten. Das war ein Riesentheater.« Ihre Augen nahmen einen abwesenden Ausdruck an. »Ich erinnere mich noch genau an den Tag. Rachel und ich hatten Spätschicht. Elena kam hier reingestürmt, sie kochte vor Wut und war auf der Suche nach ihrer Freundin. Die Sache geriet dermaßen außer Kontrolle, dass der Manager schließlich die Polizei rief.«

»Worum ging es denn bei dem Streit?«

»Ich bin mir nicht sicher. Ich weiß nur noch, dass Elena immer wieder gefaucht hat: ›Wie konntest du nur? Wie konntest du nur?‹ Die zwei haben vor Wut geheult und sind aufeinander losgegangen. Der Manager hat beide auf der Stelle rausgeschmissen.«

Das musste der Streit sein, von dem Michael mir erzählt hatte. Als Elena klar geworden war, dass Rachel sie hintergangen hatte, indem sie Michael die Wahrheit über die Nacht erzählt hatte, an die er sich nicht mehr erinnerte.

»Nachdem sie den Laden an diesem Abend verlassen haben, habe ich keine von beiden je wiedergesehen.« Tess sah über die Schulter und erklärte: »Eure Bestellungen sind fertig, ich bin sofort wieder da.«

Als sie zurückkam, lehnte Sean sich zu ihr vor. »Tess, glauben Sie, dass Elena etwas mit Rachels Tod zu tun haben könnte? Was sagt Ihnen Ihr Gefühl?«

Sie wiegte den Körper nach hinten. »Ich hatte es im Leben selbst nicht leicht, hab viel durchgemacht und so einiges gesehen. Aber ich habe noch nie jemanden getroffen, der so böse war wie Elena Hart. Rachel, die war zwar auch hart im Nehmen, aber sie hatte ein Herz aus Gold. Ich hab nie verstanden, warum die beiden befreundet waren.«

Als Tess sich entfernte, starrte ich auf meinen Teller. Auf einmal hatte ich überhaupt keinen Appetit mehr. Schade um die schöne Waffel.

Die Männer am Tisch ganz hinten legten Geld auf den Tisch und schlenderten gemächlich nach draußen.

Sean goss sich Sirup auf die Waffel. »Wie wäre es, wenn wir morgen Rachels Großmutter besuchen und dann mal sehen, ob Elena wohl mit uns sprechen würde?«

»Das klingt gut«, nickte ich. »Außerdem wollte ich gerne bei Melissa vorbeischauen, Jennifers Schwester. Wenn wir da persönlich auftauchen, kriegen wir vielleicht eher raus, warum Jennifer von der Bildfläche verschwunden ist.«

Ich stocherte auf meinem Teller herum, während sich Stille breitmachte. Ich war ganz in den Gedanken an Elena, Rachel, Michael Lafferty und Jennifer Thompson verloren. Und natürlich dachte ich auch an Sean. Er wusste, dass ich Max gefunden hatte, und wartete auf eine Erklärung.

Er schob die Waffel mittlerweile ebenfalls auf seinem Teller hin und her. Vermutlich führten ihn seine Überlegungen in die gleiche Richtung, denn er fragte: »Wirst du es mir verraten?«

War ich dazu bereit?

Ich lehnte mich zurück und sah ihn prüfend an. Ich ertrug es nicht länger, ihm das zu verwehren. Und außerdem stand für ihn ja auch einiges auf dem Spiel. Er hatte mir vertraut, und jetzt war es an der Zeit, mich dafür zu revanchieren. Ich würde ihm alles erzählen. Über mich, Michael, den Ring und den kleinen Max. Das mit den Auren würde ich nicht erwähnen – ich hatte kein Recht dazu, dieses Geheimnis zu enthüllen. Ich atmete einmal tief durch und begann: »Es fing alles an, als ich vierzehn war …«

»Wer war denn der heiße Typ?«, fragte Em von ihrem Platz auf der Couch aus, als ich um zwei Uhr morgens nach Hause kam. Sie schaltete die Wiederholung einer alten *Frasier*-Folge aus.

»Woher weißt du denn, dass er heiß ist?«

»Die Umarmung im Flutlicht. Und außerdem ist er hinter dir hergefahren, um sicherzugehen, dass du auch gut nach Hause kommst. Das nenne ich mal einen heißen Typen.«

Sean war mir mit dem Auto gefolgt, nachdem wir meinen Wagen am Hafen abgeholt hatten. Das war wirklich süß von ihm gewesen. Vor allem, weil ich doch befürchtet hatte, dass die Polizei schon vor der Haustür auf mich wartete. Was ja zum Glück nicht so gewesen war.

»Also, wer ist das?«

»Sean Donahue, Privatdetektiv.«

»Was treibst du denn mit einem Privatermittler?«

»Wesentlich weniger, als ich mir wünschen würde«, seufzte ich und ließ mich auf einen Stuhl neben ihr plumpsen.

Em setzte sich auf und zog sich die Decke bis zum Kinn hoch. Ihr Blick war völlig klar – heute hatte sie nicht getrunken. »Das klingt ja spannend!«

»Ich wünschte, es wäre so.«

»Er hat kein Interesse? Ist er blind? Dumm? Schwul?«

»Er steckt noch in einer Beziehung.«

»Das ist vertrackt«, murmelte sie.

Ich nickte. Und außerdem gab es da auch noch Amors Fluch. Es war wohl das Beste, wenn ich die Finger von Sean ließ. Was auch immer sich zwischen uns entwickelte, würde nicht – konnte nicht – gut ausgehen.

Grendel sprang auf meinen Schoß und schnüffelte herum. Ihm stellten sich die Haare auf, und er starrte mich an, als hätte ich ihn hintergangen. »Ja«, sagte ich zu ihm. »Ja, ich war mit einem Hund zusammen. Er heißt Thoreau, und er ist wirklich niedlich.« Ich kratzte meinen Kater am Ohr. »Aber nicht so niedlich wie du, und außerdem würdest du locker mit ihm fertig.«

Das beruhigte ihn offensichtlich, denn er ließ sich auf meinem Schoß nieder und rollte sich auf den Rücken, sodass ich ihm den Bauch streicheln konnte.

»Du bist eine richtige Katzenflüsterin«, staunte Em.

Ich lachte. »Ich weiß eben, was sie gerne hören.«

»Was läuft da also mit dem Detektiv?«

»Das ist eine lange Geschichte.« Aus meinem Schlafzimmer

war das Geräusch von Odysseus' Rad zu vernehmen. »Und es ist schon spät. Wie wäre es, wenn ich dir das alles morgen erzähle?«

»Okay«, stimmte Em zu. Sie stand auf und drückte mich. »Ich bin hier, wenn du reden willst.«

Ich sah sie misstrauisch an. »Du hast mit Marisol gesprochen.«

»Sie macht sich nur Sorgen um dich. Irgendwas mit der Polizei …«

Meine Nerven lagen schon wieder blank. »Hier ist doch nicht etwa so ein großer Blonder aufgetaucht, oder?«

Sie riss die Augen weit auf und schüttelte den Kopf. »Wo bist du da nur hineingeraten?«

»Morgen«, versprach ich.

Ich checkte mein Handy, bevor ich mich in mein Zimmer zurückzog. Zehn neue Nachrichten.

Die konnten warten.

Ich putzte mir die Zähne, wusch mir das Gesicht und krabbelte ins Bett.

Als ich um halb sechs die Augen mühsam aufschlug, war ich mir nicht einmal ganz sicher, ob ich überhaupt geschlafen hatte.

Ich zog mir die Decke übers Gesicht und wünschte, ich könnte den ganzen Tag im Bett bleiben und all das vergessen, was in meinem Leben so vor sich ging. Aber ich konnte mich nicht verstecken – und wenn ich es auch noch so gerne getan hätte.

Eine Minute später schlich Em in mein Zimmer. Ich zog die Decke runter und schlug ein Auge auf.

Sie umklammerte ein Bündel Klamotten und fragte: »Hab ich dich geweckt?«

»Nein? Was machst du?«

»Ich springe mal eben unter die Dusche. Heute muss ich arbeiten, aber ich werde auch meine Kündigung einreichen. Falls sie mich für meine kleine Auszeit nicht schon längst gefeuert haben.«

Auf einmal begriff ich, was Em die ganze Zeit im Sinn gehabt hatte: »Du wolltest erreichen, dass sie dich feuern.«

»Na ja, schon. Ich hatte gehofft, dass es für meine Eltern auf die Art und Weise einfacher wäre. Aber mir hätte klar sein müssen, dass ihre Spenden mir den Arbeitsplatz weitestgehend gesichert haben. Ich muss das richtig machen, selbst wenn es nicht der einfachste Weg ist. Nächstes Semester schreibe ich mich im Boston College ein und werde Erzieherin.«

Sie hatte den gestrigen Tag gut genutzt. Ich lächelte. »Ich bin stolz auf dich.«

»Ich bin auch stolz auf mich.« Sie deutete in Richtung Badezimmer. »Wenn ich hier fertig bin, rufe ich mir ein Taxi.«

»Vergiss das Taxi. Nimm meinen Wagen.«

»Brauchst du den denn nicht?«

»Heute nicht.« Sean hatte angeboten, heute zu fahren. Er würde mich um neun abholen.

»Dann nehme ich dein Angebot an«, sagte sie.

»Wie lange arbeitest du denn?«

»Von sieben bis sieben.« Sie huschte ins Bad. »Aber ich will immer noch alles hören, was bei dir so los ist. Essen wir heute Abend zusammen?«

»Klar.«

Die Rohre bollerten in der Wand, als sie das heiße Wasser anstellte. Grendel berührte mein Gesicht spielerisch mit der Tatze. Ich kraulte ihn am Kinn, als jemand laut an meine Haustür pochte.

Die Leuchtziffern meines Weckers zeigten 05:48 Uhr an.

Wer, um alles in der Welt, war das?

Ich schob Grendel beiseite, der sich unter die warme Decke flüchtete, und rief: »Ich komme!«, gefolgt von »Au, au, au«, während ich in Richtung Tür humpelte. Mit meinen Füßen war es über Nacht schlimmer geworden. Ich sah zu ihnen hinunter – zerkratzt und geschwollen. Em würde sich das mal anschauen müssen.

Wieder klopfte es. »Bin schon unterwegs!«

Ich schaltete das Türlicht ein und öffnete.

Detective Lieutenant Holliday sah lächelnd auf mich herab und schlug sich mit einer zusammengerollten Zeitung in die Hand. »Guten Morgen, Lucy.«

Ich stöhnte: »Wie jetzt, keine Witze über Dornröschen und ihren Schönheitsschlaf?«

»Ich will mit meinen Märchensprüchen nicht allzu vorhersehbar werden. Darf ich eintreten?«

Ich hatte ja gewusst, dass es irgendwann so kommen würde. Allerdings hatte ich nicht so früh damit gerechnet. Ich machte die Tür weiter auf und deutete auf die Couch. »Geben Sie mir eine Minute, damit ich mir was überziehen kann?«

»Sie hauen aber nicht wieder ab, oder?«

»Mit diesen Füßen?«, fragte ich und zeigte nach unten.

Er stieß einen leisen Pfiff aus. »Das sollten Sie lieber mal einem Arzt zeigen.«

»Das habe ich auch vor. Ich bin sofort wieder da.«

Als ich zurück ins Wohnzimmer kam, saß er auf dem Stuhl neben dem Sofa. »Ist noch jemand hier?«, fragte er.

Em hatte ihre Decke bereits gefaltet und die Couch in Ordnung gebracht. »Eine Freundin hat sich für ein paar Tage bei mir einquartiert. Jetzt steht sie gerade unter der Dusche – sie muss heute arbeiten«, erklärte ich ebenso matt wie weitschweifig.

Er trug locker sitzende Jeans, Laufschuhe und einen sportlichen Pullover. Nicht eben der typische Polizistenlook.

»Kaffee?«, fragte ich.

»Gerne.«

In der Küche mahlte ich Kaffeebohnen, deren Duft sofort die Luft erfüllte. Ich konnte spüren, wie er mir dabei zusah. Zum ersten Mal wünschte ich mir, meine Kochnische wäre nicht zum Wohnzimmer hin offen. Er machte mich nervös. »Milch? Zucker?«

»Schwarz.«

Ein paar Minuten später brachte ich ihm seinen Becher und setzte mich auf die Couch.

Er nahm einen Schluck. »Der ist gut. Danke.«

»Bitte, bitte.« Sein blondes Haar war strubbelig – offensichtlich war auch er eben erst aufgestanden – und unter seinen blauen Augen zeichneten sich dunkle Ringe ab. »Sind Sie beruflich hier?«

»Genau genommen, nein.«

»Wie komme ich dann zu der Ehre?«

Die Badezimmertür öffnete sich knarrend, und eine tropfnasse Em trat heraus, nur in ein Handtuch eingewickelt. »Rieche ich da Kaffee?« Sie erstarrte, als sie Holliday erblickte.

»Em, das ist Detective Lieutenant Aiden Holliday.« In seine Richtung erklärte ich: »Und das ist Emerson Baumbach.«

»Hm, hi«, grüßte sie und zog sich rasch ins Schlafzimmer zurück.

Der Polizist lächelte und konnte den Blick kaum von ihr losreißen. »Angenehm.«

»Ich werde, äh, bin, hm, gleich wieder da.« Wassertröpfchen flogen herum, als sie sich umdrehte.

Selbst als sie schon verschwunden war, klebte Hollidays Blick noch an der Tür. Er blinzelte langsam, so als fragte er sich, ob er sich die nasse Schönheit vielleicht nur eingebildet hatte.

Ich beschloss, seine Seifenblase zum Platzen zu bringen. »Em bleibt ein paar Tage hier – bei der vielen Arbeit und den Hochzeitsvorbereitungen brauchte sie mal eine Auszeit.«

»Hochzeit?«, echote er und sah endlich wieder mich an.

»Am Valentinstag.«

»Wie nett«, bemerkte er, was aber so klang, als fände er das überhaupt nicht nett.

»Warum sind Sie hier? Sie wissen schon, dass es noch ziemlich früh ist, oder?«

»Ich bin hier, weil ich kein Idiot bin, auch wenn Sie das vermutlich anders sehen.«

Der Kaffee brannte mir in der Kehle. »Ich habe Sie nie als Idioten bezeichnet.«

»Aber gedacht haben Sie es schon.«

Ich lächelte in meinen Becher. »Ein- oder zweimal.«

»Das habe ich vermutlich verdient, aber Sie müssen zugeben, dass Sie wirklich so wirkten, als wären Sie nicht ganz bei Trost.«

»Ist das offizieller Polizeijargon?«

Er lachte. »Genau.«

Ich lehnte mich vor. »Und warum haben Sie auf einmal Ihre Meinung über mich geändert?«

»Erstens haben Sie Max gefunden. Zweitens haben wir uns dann ja besser kennen gelernt.«

»Und drittens?«

Er verzog das Gesicht und runzelte die Stirn. »Drücken wir es einmal so aus, ich hatte das Gefühl, dass ich jetzt mal an der Reihe bin, Ihnen zu helfen.«

»Was meinen Sie damit?«

Er rollte die Zeitung auseinander, die er in der Hand hatte –

die heutige Ausgabe des *Herald*. Die Titelstory füllte die ganze linke Hälfte der ersten Seite:

TOCHTER DES HEIRATSVERMITTLERS
NUTZT HELLSEHERISCHE KRÄFTE,
UM VERSCHWUNDENEN JUNGEN ZU FINDEN

Links prangte ein Foto von mir in Wickelkleid und Stöckelschuhen, und eine Vergrößerung zeigte, dass es sich um dieselben Schuhe handelte wie die, die man im Wompatuck State Park gefunden hatte.

Preston Bailey hatte ihre Schlagzeile.

18

Irgendwie gelang es mir, meinen Becher nicht fallen zu lassen. Ich stellte ihn langsam auf den Tisch und griff nach der Zeitung. Preston Baileys kompletter Artikel basierte auf nichts weiter als Vermutungen und Indizienbeweisen.

Sie hatte meine Unterhaltung mit Raphael im Porcupine tatsächlich belauscht – und verwies auf das, was sie da gehört hatte. Den Satz über meine Vision zitierte sie in Anführungszeichen.

Nachdem das Phantombild der Frau veröffentlicht worden war, die Max gefunden hatte, hatte sie eins und eins zusammengezählt und den Schnappschuss, den sie von mir beim Verlassen des Büros gemacht hatte, als weiteren Beweis hinzugezogen.

So, wie der Artikel geschrieben war, ließ er einerseits Zweifel daran aufkommen, dass meine Fähigkeiten echt waren, stellte mich andererseits aber auch als eine Art Heldin dar. Wie Bailey beide Aspekte gleichzeitig präsentierte, war, gelinde gesagt, verwirrend.

»Sie hätten mir doch erzählen können, dass Sie Hellseherin sind. Ich habe vorher bereits mit Menschen wie Ihnen zusammengearbeitet. Damit hätten Sie uns viel Ärger erspart.«

Mit Menschen wie Ihnen. Als wären wir irgendwelche Mutanten. Ich ließ den Kopf in die Hände sinken und starrte auf die Worte im Artikel, bis die Schrift vor meinen Augen verschwamm. »Aber es sollte doch niemand wissen, dass ich ihn gefunden habe. Darum ging es mir doch gerade. Ich wollte nicht, dass man mich erkennt.«

Das alles schlug mir auf den Magen.

»Darauf war ich auch schon gekommen, Aschenputtel. Und deshalb bin ich ja hier. Sobald ich die Schlagzeile gesehen hatte, habe ich mich auf den Weg gemacht, um Sie zu warnen. Warum geben Sie nicht einfach zu, dass Sie es waren?«

Ich verschränkte die Arme vor dem Bauch und versuchte so, dem Brennen in der Magengrube entgegenzuwirken. »Es gibt nicht viele Menschen, die von meinen übersinnlichen Fähigkeiten wissen.«

»Wieso? Warum sollte man denn nicht darüber reden? Stellen Sie sich doch vor, wie viel Gutes Sie damit tun könnten. Sie haben immerhin Max gefunden.«

Ich sprang auf, begann, auf und ab zu marschieren, und unterdrückte dabei jegliche Schmerzenslaute angesichts meiner Füße. »So einfach ist das nicht! Ich wünschte, das wäre es, und ob ich das tue! Die Gründe sind kompliziert. Und auch wenn dieser Artikel etwas anderes behauptet, habe ich auch nicht einfach aus dem Blauen heraus irgendwelche Visionen. Meine Gabe ist stark eingeschränkt.«

»Inwiefern?«

»Ich kann nur verlorene Dinge aufspüren. Leblose Objekte. Keine Menschen. Keine Haustiere. Und es gibt Regeln.« Ich schrie jetzt beinahe. »Der Gegenstand muss der Person, die ihn verloren hat, auch wirklich gehören, und nur der Besitzer kann mich darum bitten, ihn zu finden.«

Er setzte seinen Kaffee ab. »Aber Sie haben doch Max gefunden …«

»Nein. Ich habe das Sweatshirt seines Vaters gefunden.«

»Ah. Deshalb hatten Sie John O'Brien gebeten, an das Sweatshirt zu denken.«

»Genau. Ich spüre die Energie der Gegenstände durch die Handflächen der Menschen. Besser kann ich es nicht erklären. Und ich weiß auch nicht, warum das geschieht. Es passiert einfach so. Ich gebe den Leuten nur äußerst ungern die Hand, weil ich nie weiß, was ich dann sehen werde. Wie letztens, als ich Butch getroffen und seine Autoschlüssel zwischen den Sofakissen gesehen habe.«

»Wow.«

Tränen stiegen mir in die Augen. Das Telefon klingelte. Ich ging dran, ohne groß nachzudenken. Es war ein Reporter vom *Globe*, der mich um eine Stellungnahme bat.

»Ich habe nichts dazu zu sagen«, erklärte ich und legte auf.

Keine Sekunde später klingelte der Apparat erneut. Ich stöpselte ihn aus. Zweifellos würde ich eine neue Telefonnummer brauchen.

»Lucy?« Em kam aus dem Schlafzimmer. Sie trug jetzt einen hellblauen Pullover und eine graue Hose. Sie hatte sich die Haare mit einem Handtuch trocken gerubbelt, und ihre Locken umrahmten lose und wild ihr Gesicht. Sie riss die blauen Augen auf, als sie mich genauer betrachtete. »Was ist hier los?«

Was sollte ich sagen? Em kannte mich fast mein ganzes Leben lang, und ich hatte so etwas vor ihr geheim gehalten. Würde sie mir das jemals verzeihen? Und Marisol auch?

»Ich weiß gar nicht, wo ich da anfangen soll«, erwiderte ich sanft, meine Stimme drohte ob all der Emotionen zu versagen.

Sie drehte sich zu Holliday um. »Hat das was mit Ihnen zu tun?«

»Nein, Em. Es geht nicht um ihn. Es geht um mich. Ich … ich …«

»Was denn?«, fragte sie.

Holliday stand auf. »Hier«, sagte er und reichte ihr die Zeitung.

Em sank auf die Couch.

»Die Vertreter der Medien drängen sich schon unten an der Auffahrt«, erklärte der Polizist nach einem Blick aus dem Fenster. »Und über den Rasen kommt vom Haupthaus her eine ältere Dame angelaufen.«

Eine Sekunde später flog die Haustür auf. Dovie rauschte mit weit geöffneten Armen herein. Ich nahm sie nur zu willig in Empfang.

»Ja, ja«, tröstete sie mich und strich mir übers Haar. »Es ist ja alles in Ordnung. Wir stehen das durch.«

»Mum und Dad werden einen Anfall kriegen.«

»Sollen sie doch«, murmelte Dovie.

Em sah endlich von der Zeitung hoch. »Stimmt das hier, Lucy?«

»Vieles davon ist Unsinn«, wiegelte meine Großmutter ab und ließ mich los.

»Aber das meiste stimmt«, musste ich zugeben. Ich erzählte noch einmal, was passiert war, als ich vierzehn war, und dass ich nur verlorene Gegenstände finden konnte. Gegen Ende der Geschichte hatte ich langsam die Nase voll davon, mir die ganze Zeit selbst zuzuhören. »Bist du wütend auf mich?«, fragte ich Em mit einem Kloß im Hals.

»Wütend?«, sagte sie und nahm mich in den Arm. »Wieso sollte ich denn wütend sein?«

»Ich habe es dir nie erzählt. Oder Marisol.«

»Oder sonst irgendwem«, fügte Dovie hinzu und schnappte sich Grendel, der endlich mein warmes Bett verlassen hatte, um herauszufinden, was der ganze Aufruhr zu so früher Stunde sollte.

»Oh, Lucy. Haben wir nicht gestern noch darüber geredet?

Wir haben doch alle unsere Geheimnisse. Und deins ist wenigstens richtig cool. Ich habe mich immer gefragt, woher du damals wusstest, wo ich meinen Führerschein wiederfinden würde …«

Ich war so erleichtert, dass ich kein Wort herausbekam.

»Ich habe die Reporter schon gewarnt, wenn sie unbefugt das Grundstück betreten, haben sie eine Anzeige am Hals«, sagte Dovie. »Aber ich fürchte, die werden ihren Posten so schnell nicht wieder verlassen. Die Polizei von Cohasset habe ich auch angerufen – vielleicht können die die Meute ein wenig im Zaum halten.«

Em sah aus dem Fenster. »Da kommt ein Auto die Einfahrt entlang.«

Zwei Türen wurden gleichzeitig zugeschlagen. Ich sah hinaus und stöhnte. Noch schlimmer konnte es wohl nicht werden, oder?

Ich presste mich mit dem Rücken an die Tür. »Wir machen auf gar keinen Fall auf.«

»Wer ist das denn?«, fragte Dovie.

»Niemand, mit dem ich sprechen will.«

Einer der Polizisten aus Weymouth polterte gegen die Tür, sodass ich die Vibration der Schläge am Rücken spürte.

»Wollen Sie, dass ich sie abwimmele?«, fragte Holliday.

»Mehr als alles andere«, flüsterte ich.

»Ms Valentine«, rief einer von den Beamten. »Hier ist Detective Kolchowski. Wir würden uns gerne mal mit Ihnen unterhalten.«

»Ein Detective?« Holliday sah aus dem Fenster. »Aus welcher Abteilung?«

»Aus Weymouth«, antwortete ich. Wieder spürte ich am Rücken das Klopfen.

»Was wollen die denn von dir?«, fragte Dovie.

»Das könnte eventuell etwas mit der Leiche zu tun haben, die ich gefunden habe.«

»Was?«, kreischte Em auf.

»Wir wissen, dass Sie da sind, Ms Valentine! Lassen Sie uns rein, oder wir kommen mit einer richterlichen Verfügung wieder.«

Widerwillig machte ich auf. Die beiden Männer standen draußen auf der Veranda, die einmal rund um mein Häuschen führte, und blickten ins Wohnzimmer. »Stören wir?«, fragte der mit der Brille.

»Wenn ich das bejahe, gehen Sie dann wieder?«

»Nein.«

»Dann kommen Sie doch herein.«

»Ich bin gleich wieder da«, rief Em, griff nach ihrer Handtasche und verschwand im Schlafzimmer. »Ich muss mal telefonieren.«

»Meine Herren, das ist meine Großmutter, Dovie Valentine, und das ist Detective Lieutenant Holliday von der State Police Massachusetts.«

»Plymouth County«, fügte der hinzu.

»Da sind Sie ja ein wenig außerhalb Ihres Zuständigkeitsbereiches«, meinte der Große.

»Ich bin nicht beruflich hier«, erwiderte Holliday steif. »Wie war das mit der Leiche? Arbeiten Sie mit der Polizei von Norfolk County zusammen?«

So wie Cohasset lag auch Weymouth in Norfolk County, während Hingham, in der Mitte dazwischen eingeklemmt, zu Plymouth County gehörte.

Massachusetts war dafür bekannt, dass Straßen und Grenzverläufe hier nur selten der Logik folgten – und das war auch bei den Verwaltungsbezirken so.

»Genau. Curt Kolchowski«, stellte sich der Kahlkopf mit dem kaputten Zahn vor.

»Patrick Chapman.« Der Korpulente mit Schnurrbart und Brille verlagerte das Gewicht.

»Ich bin sicher, dass Sie wegen des Artikels im *Herald* hier sind, meine Herren.«

»Den haben wir gesehen. Aber wir versuchen schon seit gestern, Sie zu erreichen. Haben Sie denn unsere Nachrichten nicht gehört?«

»Nein«, antwortete ich wahrheitsgemäß.

»Worum geht es hier eigentlich?«, erkundigte sich Holliday.

»Sie hat es Ihnen nicht gesagt?« Kolchowski zog die Augenbrauen in die Höhe.

»Mir was gesagt?«

»Dass ihr Freund und sie im Great Esker eine Leiche ausgebuddelt haben.«

»Das waren Sie?«, fragte Holliday.

Ich sank auf die Couch. Meine Füße brachten mich um, deshalb legte ich sie auf dem Tisch hoch.

»Ihr Freund?«, echote Dovie hoffnungsvoll.

O ja, dieser Tag konnte tatsächlich doch noch schlimmer werden.

»Das ist ja wirklich ein toller Zufall, dass Sie ausgerechnet jetzt Hellseherin werden, wo Sie in einen Mordfall verwickelt sind.«

»Verwickelt? Falls Sie das vergessen haben sollten: Ich habe die Leiche nur gefunden. Ich habe sie dort nicht begraben.«

»Und es ist reiner Zufall, dass Sie ausgerechnet die tote Exfreundin Ihres Kunden ausgebuddelt haben?«

»Kunde?«, quiekte Dovie.

»Michael Lafferty«, sagte ich zu ihr. »Und Rachel war *nicht* seine Freundin.«

»Was geht hier vor, Lucy?«

Ich schloss die Augen. »Also, das Ganze hat sich so abgespielt …« Ich erzählte ihnen die komplette Geschichte, wie Michael in mein Büro gekommen war und ich beim Händedruck die Vision vom Ring gehabt hatte. Und ich deshalb auf die Idee gekommen war, im Great Esker Park ein wenig zu graben.

»Wirklich äußerst praktisch für Sie«, meinte Chapman.

»Was wollen Sie damit andeuten?«, erkundigte sich Dovie.

»Ich will damit andeuten, dass Sie eine Hochstaplerin sind, Ms Valentine«, erklärte er in meine Richtung.

Ich biss die Zähne aufeinander und setzte mich auf. »Haben Sie beide schon mal etwas verloren?«

»Wie bitte?«

»Haben Sie schon einmal etwas verloren? Ihre Schlüssel, das Portemonnaie, irgendetwas?«

»Ja«, antwortete Chapman zögernd.

»Denken Sie an diesen Gegenstand. Sagen Sie mir nicht, worum es sich handelt. Denken Sie einfach nur daran. Fertig?«

»Ich verstehe nicht, was das mit …«

Ich griff nach seiner Hand. Sie war riesig wie ein Baseballhandschuh und auch genauso ledrig. Bilder purzelten durch meinen Kopf, ein Wirbelwind aus Informationen. Ich zog meine Hand zurück und sah ihn an. »Ihr Ehering.« Missbilligend schnalzte ich mit der Zunge. »Ich weiß zwar nicht genau, wo Sie ihn verloren haben, aber inzwischen befindet er sich in einem Pfandleihhaus in Southie.«

Er presste die Lippen aufeinander.

»Und Sie?«, sagte ich zu Kolchowski.

Er streckte die Hand aus. Nach einer benommenen Minute schüttelte ich den Kopf, um ihn wieder klar zu bekommen. »Der Gegenstand, den Sie verloren haben, ist ein altes

T-Shirt. Wohl ein Andenken an ein Aerosmith-Konzert, das auch schon bessere Tage gesehen hat. Offensichtlich ist ihm jemand mit einer Schere zu Leibe gerückt.«

»Ich wusste doch, dass sie etwas damit angestellt hat. Wo steckt es jetzt?«

»Zusammen mit Dutzenden von zerrissenen Baseballkarten in einem schwarzen Plastiksack auf der Mülldeponie von Holbrook.«

»Dieses Miststück!«, murmelte er. »Das mit den Baseballkarten war mir noch gar nicht aufgefallen. Mann, das tut weh.«

»Von wegen Hochstaplerin«, triumphierte Dovie.

Die beiden Polizisten starrten mich an, als könnten sie es nicht fassen, glaubten es gleichzeitig aber doch.

»Michael kann es gar nicht gewesen sein. Er wusste ja nicht, wo der Ring war.« Ich gab ihnen eine Sekunde, um das zu verarbeiten. »Er ist unschuldig. Das ist Ihnen doch klar, oder? Sie haben ihn nur meinetwegen aufs Korn genommen – weil er mein Kunde war. Aber jetzt wissen Sie ja, wie ich auf die Leiche gestoßen bin.«

Chapman schüttelte den Kopf, als versuchte er, durch das alles durchzusteigen. »Wenn es Ihnen nichts ausmacht«, sagte er zu Dovie und Holliday, »würden wir gerne unter vier Augen mit Ms Valentine sprechen, um ihr noch ein paar Fragen zu stellen.«

»Ausgeschlossen«, verkündete meine Großmutter.

»Es tut mir leid, Madam, aber das haben Sie nicht zu entscheiden.«

»Lucy«, rief Em, die gerade aus meinem Schlafzimmer kam. »Marshall rät dir, ab sofort kein Wort mehr zu sagen. O mein Gott, was ist denn mit deinen Füßen passiert?« Sie hockte sich hin und untersuchte meine Wunden. »Ach du meine Güte, die hast du ja ganz schön zugerichtet.«

»Detectives, ich glaube, Sie gehen jetzt besser«, sagte Dovie in bester Beschützerlaune.

»Wer ist Marshall?«, fragte Kolchowski, ohne sich von der Stelle zu rühren.

In diesem Augenblick fiel Marshall offensichtlich die Rolle meines Retters zu, abgesehen davon war er Josephs Vater, Ems zukünftiger Schwiegervater. Und einer der besten Anwälte der Stadt.

»Marshall Betancourt«, antwortete Em. »Lucys Anwalt. Wenn Sie mit Ms Valentine sprechen möchten, müssen Sie sich zunächst an ihn wenden. Hier ist seine Nummer.«

Es entging mir nicht, wie beeindruckt Holliday ihr dabei zusah.

»Sind Sie sicher, dass Sie diesen Weg einschlagen möchten?«, fragte mich Kolchowski.

»Ja«, bestätigte ich. Es war offensichtlich, dass sie Michael als Verdächtigen nur ungern ausschließen wollten. Vielleicht weil er der einzige Verdächtige war, den sie hatten. Hatten sie überhaupt schon versucht, Elena zu finden?

Dovie marschierte zur Tür und hielt sie ihnen auf: »Ihnen einen schönen Tag noch.«

Als die beiden hinausgingen, sah Chapman noch einmal zu Holliday, und das war kein freundlicher Blick.

Sobald sich die Tür hinter ihnen geschlossen hatte, murmelte dieser: »Ich fürchte, die werden mir keine Weihnachtskarte schicken.«

»Werden die Ihnen Ärger machen, Lieutenant?«, fragte ich.

»Nennen Sie mich doch bitte Aiden. Und da wird nichts kommen, mit dem ich nicht umgehen könnte.«

Em wühlte in ihrer Tasche, bis sie einen Rezeptblock fand. »Du brauchst Antibiotika, Lucy.« Sie sah auf ihre Armbanduhr. »Die besorge ich dir schnell.«

Ich warf einen Blick auf die Uhr an der Wand. »Aber dann kommst du zu spät zur Arbeit.«

»Ich kann das übernehmen«, bot sich Dovie an und griff nach dem Rezept.

»Könntest du bitte auch frisches Verbandszeug und eine Wundsalbe mitbringen? Lucy, heute ist strenge Bettruhe angesagt, ärztliche Anweisung.« Em packte ihre Sachen zusammen.

Ich kramte in meiner Tasche herum und warf ihr meine Autoschlüssel zu. »Danke für alles, Em. Wir sehen uns heute Abend.«

»Ich mache mich dann auch mal auf den Weg.« Aiden ging zur Tür. »Und sorge unten an der Straße dafür, dass niemand Sie belästigt«, versprach er meiner Freundin.

Die sah zu ihm hoch und lächelte. »Danke.«

»Heute lasse ich Sie noch ausruhen, Aschenputtel, aber ich brauche noch eine Aussage von Ihnen«, wandte er sich an mich. »Wenn Sie Ihren Anwalt mitbringen wollen, ist das in Ordnung, aber es geht vor allem darum, noch ein paar offene Fragen zu klären. Ich weiß nicht, was es mit diesem anderen Fall auf sich hat – und ehrlich gesagt, will ich das auch gar nicht wissen –, aber ich rate Ihnen wirklich, auf Ihren Anwalt zu hören. Und halten Sie sich von den beiden Kollegen fern. Die haben es auf Sie abgesehen.«

Als Em davonfuhr, winkte Dovie ihr hinterher und schloss dann die Tür. Sie sah mich erwartungsvoll an und lächelte. »Welcher Freund?«, fragte sie. »Details, bitte!«

19

Es war ein Tag der ersten Male.

Ich hatte mir zum ersten Mal einen Anwalt genommen.

Ich war zum ersten Mal als Hellseherin geoutet worden.

Und ich fuhr zum ersten Mal im Kofferraum eines Autos mit.

Zum Glück war ich nicht mehr in dem Alter, in dem man seine Jungfräulichkeit verliert – was wirklich gut war, denn Sean befand sich ganz in meiner Nähe. Er passte genau auf die Beschreibung der Kerle, vor denen Raphael mich immer gewarnt hatte.

Lichtfetzen fielen ins Innere des dunklen Kofferraums. Ich hatte die Knie an die Brust gezogen, mein Kopf ruhte auf einer alten Decke. Jedes Mal, wenn der Wagen auf ein Schlagloch traf, durchfuhr ein schmerzhaftes Gefühl meine Wirbelsäule und ich atmete keuchend schimmlig riechende Luft ein. Seit Sean den Kofferraumdeckel geschlossen hatte, waren wohl kaum fünf Minuten vergangen, dennoch raste mein Herz bereits, und meine Handflächen waren feucht.

Ich war nicht gerade glücklich über die Situation, und das war noch maßlos untertrieben.

»Drei mal drei gleich neun«, murmelte ich, um mich damit abzulenken.

Noch vor zehn Minuten hatte ich es für eine super Idee gehalten, mich in Seans Kofferraum heimlich davonzumachen.

Bis ich dann auf einmal gemerkt hatte, dass ich offensichtlich ein kleines bisschen an Klaustrophobie litt. Woher hätte ich das auch wissen sollen? Ich war schließlich zum ersten Mal in einem Kofferraum eingeschlossen.

»Die Quadratwurzel aus einhundertvierundvierzig ist zwölf.«

»Redest du mit dir selbst?«, rief Sean.

»Wie lange noch?«, rief ich zurück.

Das Auto wurde langsamer und hielt dann an. Eine Sekunde später ging der Kofferraum auf, und Sean streckte mir die Hand entgegen. »Du siehst gar nicht gut aus.«

Ich starrte auf seine Hand. Bloß nicht. Das Herz schlug mir ja jetzt schon bis zum Hals – es würde vermutlich stehen bleiben, wenn sich ihm noch mehr Bilder von Sean und mir zusammen im Bett darboten. »Ich will dir keinen elektrischen Schlag verpassen«, behauptete ich und krabbelte alleine aus dem Kofferraum.

Sean hatte auf einem leeren Parkplatz am Sandy Beach gehalten. Vor uns erstreckte sich der dunkle, graue Ozean mit weißen Schaumkronen, so weit das Auge reichte. Möwen kreischten hungrig über unseren Köpfen und drehten ihre Runden unter unheilvollen Gewitterwolken. Der scharfe, salzige Geruch der Ebbe stieg mir stechend in die Nase, während wütende Wellen gegen das felsige Ufer schlugen.

»Alles klar?«

»Ein wenig frische Luft, und dann ist gleich alles wieder in Ordnung.« Ich atmete tief durch. Die kühle Brise ließ mich langsam zur Ruhe kommen. Mein Herz schlug jetzt wieder in seinem normalen Rhythmus.

Der Wind fuhr Sean durchs dunkle Haar und ließ die kurzen Strähnen zu Berge stehen. »Du hättest mir sagen müssen, dass du Probleme mit engen Räumen hast. Dann hätten wir uns etwas anderes überlegt.«

»Das wusste ich bis eben ja selbst nicht.« Ich drückte die

Knie durch und vertrat mir ein wenig die Beine, während ich tief einatmete. Herbstregen lag in der Luft. Eine starke Böe erfasste meinen Pferdeschwanz und schlug ihn mir ins Gesicht. »Wir sollten los.«

»Bist du sicher, dass es dir besser geht?« Mit seinen Jeans, Turnschuhen und dem blau-weiß gestreiften Hemd, dessen Ärmel er bis zum Ellbogen hochgekrempelt hatte, sah Sean völlig entspannt und lässig aus. In diesem Licht hatten seine Augen die gleiche Farbe wie das Meer.

Muscheln zerbrachen unter den Sohlen meiner Turnschuhe, als ich vorsichtig die paar Schritte zur Autotür zurücklegte. »Alles in Ordnung.«

Solange ich nicht zu weit zu Fuß gehen musste, kam ich schon klar. Ich hatte eine Dosis Antibiotikum und zwei extrastarke Aspirin genommen. Hoffentlich stark genug, um mich durch den Tag zu bringen.

»Das mit Dovie vorhin tut mir leid«, entschuldigte ich mich, während ich mich anschnallte.

»Was denn?«

»Als die beiden Polizisten da waren, haben sie meinen Freund erwähnt. Deshalb hat sie dich so in die Mangel genommen. Sie hat mir nicht geglaubt, als ich ihr gesagt habe, dass wir zusammen sind.«

Sein Kopf schnellte zu mir herum. »Du hast was?«

»Die Straße! Sieh auf die Straße!«

Er riss das Steuer nach links herum und kam wieder auf die Spur. Wir hatten nur haarscharf einen Telefonmast verfehlt.

Und mein regelmäßiger Herzrhythmus war damit auch wieder dahin.

»Ist es so furchtbar für dich, als mein Freund zu gelten, dass du uns in den Abgrund stürzen willst?«, zog ich ihn auf.

»Ich, äh, ich meine ja nur …«

»Du solltest mal dein Gesicht sehen.« Panik umwölkte seine Stirn, Angst verfinsterte seine Augen. Ich spürte die Zurückweisung wie einen Stich in der Brust. Dabei war es wirklich albern, das so aufzunehmen. Ich wusste ja schließlich – wusste! –, dass wir nicht zusammen sein konnten. Er hatte Probleme. Ich hatte Probleme. Und dann war da noch dieser Fluch, mit dem ich mich herumschlagen musste. Aber dennoch tat mir seine Reaktion weh.

»Hast du ihr das wirklich erzählt?«, fragte er.

»Ja, habe ich.«

»Aber Lucy …«

Mein Herz klopfte noch wilder, als er meinen Namen aussprach. Ich versuchte, es auf den vielen Kaffee am Morgen zu schieben. »Ja, ich hab sie angelogen. Und ich würde es jederzeit wieder tun. Sie will unbedingt, dass ich Kinder bekomme, und würde mich mit jedem Single im ganzen South-Shore-Gebiet verkuppeln. Es reicht. Ich habe da eine Gelegenheit gewittert, mich geschickt aus der Affäre zu ziehen, und die Chance ergriffen.«

»Also hast du mich benutzt.«

»Im Wesentlichen ja.«

»Das geht schon in Ordnung.«

Sein spöttischer Tonfall brachte mich zum Lächeln. »Leider ist sie ziemlich misstrauisch. Mach dich also auf noch mehr Fragen gefasst.«

»Ich bin vorgewarnt.«

Dicke Regentropfen fielen auf die Windschutzscheibe. Als Erstes wollten wir heute zu Ruth Ann Yurio fahren, der Großmutter von Rachel. Sie lebte in South Weymouth, eine gute halbe Autostunde von meinem Häuschen entfernt.

»Haben die Polizisten versucht, sich mit dir in Verbindung zu setzen?«, fragte ich.

»Angerufen haben sie – ich bin nur nicht rangegangen.«

»Was meinst du, wie lange können wir uns ihren Fragen noch entziehen?«

»Ewig können wir das nicht machen. Aber du solltest so lange wie möglich mauern. Oder zumindest, bis sie glauben, dass wir nichts mit Rachels Tod zu tun haben und einfach nur die Leiche gefunden haben.«

Ich hatte mich fast eine Stunde lang mit Marshall Betancourt unterhalten. Er hatte kein Problem damit, jemanden mit übersinnlichen Fähigkeiten zu vertreten, hatte aber die ganze Zeit Witze darüber gerissen, dass ich doch ganz klar »sehen« würde, wie wenig die Polizei gegen mich in der Hand hatte. Ich musste klarstellen, dass meine Fähigkeiten leider nur sehr beschränkt waren.

»Wirklich schade«, hatte er geantwortet. »Eigentlich hatte ich gehofft, heute Abend im Lotto zu gewinnen.«

In meinen Augen war dieser Spruch überhaupt nicht witzig gewesen.

Am schwierigsten fand ich an meiner neuen Rolle als offiziell geoutete Hellseherin, den Leuten meine Gabe zu erklären. Niemand schien sich dessen bewusst zu sein, dass es viele verschiedene Arten von übernatürlichen Fähigkeiten gab. Manche von uns konnten einfach nur Auren lesen, so wie meine Vorfahren. Bei anderen waren es übersinnliche Wahrnehmungen, Telepathie, Hellseherei oder die Fähigkeit, Botschaften aus dem Jenseits zu übermitteln. Die Liste war eigentlich ziemlich lang. Mein Talent war eine besondere Form der übersinnlichen Wahrnehmung. Ich war davon überzeugt, dass es eine medizinische Erklärung für derartige Fähigkeiten gab – wie war es sonst möglich, dass ein elektrischer Schlag meine Begabung verändert hatte? Irgendetwas in meinem Gehirn war umgepolt worden.

»Konntest du meine Eltern inzwischen ausfindig machen?«

»Sie haben im Hotel ausgecheckt, weil dort unvorhergesehen Renovierungsarbeiten stattfanden.«

Das erklärte so einiges. Lärm hielt mein Vater nun so gar nicht aus.

»Sie haben eine exklusive Privatvilla in einem abgelegenen Teil der Insel gemietet. Ohne Strom oder Telefon.«

Das klang nach etwas, das mein Vater einfädeln würde – und meine Mutter, ein echtes Blumenkind, wäre mit Feuereifer dabei. »Wenn es dort keinen Strom gibt, sind ihre Handys inzwischen sicher auch aus.«

»Genau. Ich habe jemanden dafür bezahlt, sie aufzuspüren und ihnen eine Nachricht zu übermitteln. Sie sollen so schnell wie möglich ihre E-Mails checken und sich bei dir melden.«

»Ihre E-Mails?«

»Ich habe ihnen den Link vom *Herald* geschickt. Die haben die Story ganz groß auf ihrer Webseite.«

»Na toll.«

Im chaotischen Verlauf des Morgens hatte ich einen Moment Zeit gehabt, um Raphael anzurufen, der heute mal lange im Bett geblieben war und die Zeitung noch gar nicht gesehen hatte. Auszuschlafen sah ihm gar nicht ähnlich, daher hatte ich mich gefragt, ob er wohl alleine war.

Und diese Frage würde mich wohl auch weiterhin beschäftigen, denn so etwas konnte ich ihn nie fragen. Zuerst war er über den Artikel entsetzt gewesen, dann wütend, dann hatte er geflucht, wie ich es noch nie bei ihm erlebt hatte – sowohl auf Spanisch als auch auf Englisch. Er hatte bei mir vorbeischauen wollen, aber ich hatte ihm versichert, dass mit mir alles in Ordnung sei. Schließlich hatte er nachgegeben, aber nicht ohne Preston Bailey noch mit einigen weiteren Kraftausdrücken zu bedenken.

Und ich hatte nichts dagegen einzuwenden. Preston erntete heute vermutlich ihre Lorbeeren, während mein Leben aus den Fugen geriet.

Ich ballte die Hände zu Fäusten. In mir brodelte die Wut und rüttelte an meinen Rippen wie ein Gefangener, der seiner Zelle entkommen will. Ich schloss die Augen und versuchte, mich zu entspannen.

Acht mal sechs gleich achtundvierzig.

Die Quadratwurzel aus vier ist zwei.

Zehn hoch zwei gleich hundert.

Besser. Aber nur ein bisschen. Ich hätte eigentlich nicht gedacht, dass ich nachtragend sei, aber das galt wohl nicht bei neugierigen Reporterinnen.

»Willst du mir etwa eine reinhauen?«, fragte Sean.

Ich schlug die Augen auf. »Was?«

Mit einer Kopfbewegung deutete er auf meine geballten Fäuste. »Willst du mir eine reinhauen?«

Ich löste die Finger und streckte sie. »Dir doch nicht.«

»Vielleicht würde dich das aufmuntern.«

Ein bisschen Sex würde mich auch aufmuntern. Ich fragte mich, ob er dazu wohl bereit wäre.

Therapeutischer Sex. Vielleicht gar keine schlechte Idee.

»Tut mir leid«, sagte er, als hätte er meine Gedanken gelesen.

»Was denn?«, fragte ich. Vielleicht hatte er ja auch übersinnliche Fähigkeiten? Lehnte er damit das Angebot ab, das ich ihm noch gar nicht unterbreitet hatte?

»Dass du das alles durchmachen musst.«

Mein Herz überschlug sich geradezu. Warum machte er es mir so leicht, ihm Hals über Kopf zu verfallen? »Danke.«

Vor dem riesigen Wohnkomplex für Rentner nahe der Route 18, nicht weit entfernt vom South Shore Hospital, bog Sean in den Parkbereich ein. Wir fanden ein Plätzchen, und Sean stellte den Motor ab. Der Regen klopfte melodisch auf das Dach des Wagens, als er sich mir zuwandte.

Bevor ich etwas dagegen tun konnte, hatte er schon mein linkes Handgelenk umfasst.

»Was machst du da?«, fragte ich. Ich war eher neugierig als irgendetwas anderes.

»Was passiert, wenn du mich berührst?«

Mein Mund war plötzlich trocken wie ein Wattebausch. »P-passiert?«

»Siehst du dann irgendetwas, was ich verloren habe?« Mit leichtem Druck drehte er meine Hand um, mit der Handfläche nach oben. Die Wärme seiner Finger prickelte auf der Haut.

»Ich habe noch nie etwas gesehen, was du verloren hast.« Okay. Das war schließlich keine Lüge.

Mit der anderen Hand zeichnete er die Umrisse meiner Finger nach, wie ein kleines Kind, das einen Thanksgiving-Truthahn malt. Er berührte mich überall, nur nicht an der Handfläche, die unangenehm kitzelte.

»Bekommt bei dir jeder eine gewischt?«, fragte er.

»Nein, das mit dem elektrischen Schlag ist nicht normal.« Wasser! Ich brauchte Wasser! »Das passiert nur bei dir.«

»Dann muss ich ja jemand ganz Besonderes sein.«

Ich konzentrierte mich auf seine Lippen, auf mein Verlangen. »Das musst du wohl.«

»Aber du siehst doch etwas, wenn du mich berührst.«

»Nein.« Ich starrte immer noch auf seine Lippen. Wie sie sich bewegten, wenn er sprach. Wie seine Zunge gegen die Zähne stieß. Wie sehr ich mich zu diesem Mund hingezogen fühlte.

»Lügnerin«, sagte er sanft und lehnte sich zu mir vor. »Was siehst du, Lucy?«

Ich konnte kaum noch an mich halten, als seine Finger meine Handfläche entlangfuhren.

Die Bilder kamen langsam und träge. Lippen. Ein Bett.

»Nichts«, wiederholte ich und schloss angesichts dieser Lüge die Augen.

»Nichts?« Wieder berührte er meine Handfläche.

Lippen, die sich treffen. Hände, die unsere Körper erforschen. Eine nackte Brust. Ein heißer Blick.

Ich riss die Augen auf, befreite hastig meine Hand und schob sie mir schützend unter den Arm.

Der Regen war stärker geworden und schlug gegen die Windschutzscheibe. Ich war völlig durcheinander und versuchte, ihn nicht anzusehen, aber ich hatte nicht die Kraft, mich dagegen zu wehren, als er mein Kinn anhob. Sein Daumen berührte dabei meine Unterlippe. Ich glaube, ich muss wohl gestöhnt haben.

»Ich kann es nicht sehen, Lucy.« Er hielt die Hand hoch. »Aber ich kann es *spüren*.«

»Ich verstehe das einfach nicht«, schnaufte ich. Tränen schossen mir in die Augen, so sehr wollte ich ihn. »Ich kann es nicht erklären. Und es bringt auch gar nichts, darüber zu reden. Wir sollten gehen.«

Ich öffnete die Tür auf meiner Seite und gab ihm dadurch nicht die Gelegenheit, mir zu widersprechen. Dann rannte ich auf das Hauptgebäude zu, wich Pfützen aus und bemühte mich, nicht an die Schmerzen zu denken.

Unter dem Schutz des Vordachs rieb ich mir die Augen und schalt mich selbst für meine überbordenden Gefühle. Sean lief über den Parkplatz, sein Hemd wurde ganz nass. Er fuhr sich mit den Fingern durch das feuchte Haar, sodass es stachelig nach allen Seiten abstand. Mir fiel auf, dass er keuchend atmete.

»Geht es dir gut?«, fragte ich.

»Alles in Ordnung.«

Ich sah ihn lange prüfend an. Äußerlich war er perfekt in Form. Auf der Heiße-Typen-Skala würde er zehn Punkte erzielen. Was war mit ihm bloß passiert? Welche Verletzung hatte ihn dazu gezwungen, bei der Feuerwehr aufzuhören? Warum hatte er so gar keine Kondition?

Wir machten uns über einen Außenkorridor auf den Weg zu Ruth Anns Wohnung. Als wir schließlich bei ihr klingelten, waren wir klitschnass.

»Meinst du, sie wird überhaupt mit uns sprechen?«

Sean zuckte mit den Achseln. »Man kann nie wissen.«

Die Tür wurde langsam geöffnet. Sanfte Falten umrahmten ein herzförmiges Gesicht. »Ja?«

»Mrs Yurio?«

Die Frau schüttelte den Kopf. »Nein, Schätzchen.«

»Ist Mrs Yurio denn da?«, erkundigte ich mich.

»Darf ich fragen, worum es geht?«

Tropfnass erwiderte ich: »Ich bin Lucy Valentine und das ist Sean Donahue. Wir würden mit Mrs Yurio gerne über Rachel sprechen.«

»Valentine?«, fragte die Dame zögernd. Die Fältchen um ihre Augen verstärkten sich noch.

»Ja, Madam.«

»Sind Sie die Frau, die heute in der Zeitung stand?«

Ich atmete einmal tief durch und bestätigte dann.

Sie machte die Tür weiter auf. »Kommen Sie doch herein.«

Das Apartment bestand aus offenen Räumen, die ineinander übergingen und nur durch Säulen abgetrennt waren. Ein Vanillearoma lag in der Luft, als die alte Dame uns zu zwei brokatbezogenen Sofas führte, die einander gegenüberstanden. Der Duft konnte einen gewissen Krankenhausgeruch nicht völlig überdecken.

»Ich hole erst mal ein paar Handtücher«, sagte sie und verschwand in einem engen Korridor.

Als sie zurückkam, legte sie zwei Badetücher aufs Sofa. »Ich bin Marilyn Flynn. Ich kümmere mich um Ruth Ann.«

»Kümmern?«, fragte ich.

Sie deutete mit einer Kopfbewegung auf eine offene Tür im Flur. Man konnte das Gestell eines Krankenhausbettes erahnen. »Sie hatte vor vielen Jahren einen Schlaganfall und hat sich davon nie wieder richtig erholt. Sie ist nicht ganz da«, erklärte sie sanft.

»Wie lange ist das her?«, fragte Sean.

»So etwa acht Jahre.«

Acht Jahre? »War es denn nicht sie, die Rachel als vermisst gemeldet hat?«

Die Frau lächelte matt. »Im Prinzip schon. Als Rachel vor sechs Jahren an Weihnachten nicht bei uns vorbeischaute, wusste ich, dass etwas Schreckliches passiert sein musste. An den Feiertagen meldete sie sich sonst immer. Ich bin mit Ruth Ann zur Polizei gegangen, und wir haben eine Vermisstenmeldung aufgegeben. Damals war sie noch einigermaßen mobil, aber ich habe die meisten Informationen geliefert.«

»Sind Sie eine Verwandte?«, erkundigte sich Sean.

»Ich bin ihre Familie, auch wenn das Blut etwas anderes sagt«, erklärte sie. »Ruth Ann und ich sind zusammen aufgewachsen. Nach dem Schlaganfall haben es weder Rachel noch ich übers Herz gebracht, sie in ein Heim zu stecken, also habe ich mich angeboten, bei ihr einzuziehen und sie zu versorgen, auch wenn sie sich nicht mehr an mich erinnert.«

Die Liebe in der Stimme der Frau brach mir das Herz. »Das tut mir so leid.«

»Danke. Kaffee? Tee?«, fragte sie. »Damit Sie ein wenig warm werden?«

»Nein, danke«, lehnten Sean und ich gleichzeitig ab.

Sie ließ sich langsam auf der Couch gegenüber nieder und stützte sich grazil auf dem Rand eines Kissens ab. Ihre gebeugte Haltung und die fahle Haut deuteten auf gesundheitliche Probleme hin, ihr Blick war jedoch klar. Schulterlanges weißes Haar umrahmte wie der Flaum einer Pusteblume ihr Gesicht.

»Dann kannten Sie Rachel also gut?«, fragte Sean.

»Ich war wie eine Tante für sie. Wie gesagt, blutsverwandt waren wir nicht, aber der Liebe sind solche Unterschiede egal.«

Wohl wahr. »Unser Beileid.«

Sie nickte.

»Ich weiß gar nicht so recht, wo ich anfangen soll«, sagte ich und spielte nervös mit den Fingern herum. »Wir, Sean und ich, wir haben ihre Leiche gefunden.«

Sie schloss die papierdünnen Lider. »Ich kann immer noch nicht fassen, dass es wirklich sie ist. Sie ist schon so lange fort. Es ist ein Segen und ein Fluch zugleich. Wie haben Sie sie gefunden?«

Nach und nach berichtete ich ihr von Michael und von dem Ring, der uns zu dem Leichnam geführt hatte. Es war verrückt, so offen über meine Fähigkeiten sprechen zu können.

Marilyn fasste sich an den Kopf. Rund um ihren Mund verzogen sich die Falten zu glatter Haut. »Ich habe schon vor Jahren um sie getrauert. Ich wusste, dass sie nicht zurückkommen würde. Sie war immer schon sehr unabhängig, aber ihre Großmutter war ihr Ein und Alles. Als wir an Weihnachten nichts von ihr hörten, fuhr ich zu ihrer Wohnung und meldete sie dann als vermisst. Die Polizei wollte nie glauben, dass ihr etwas zugestoßen war, aber ich war mir sicher.«

»Weshalb?«

Sie blinzelte zweimal. »In ihrer Wohnung fand ich ihr Medaillon auf dem Fußboden – der Verschluss der Kette war kaputt, als ob sie ihr jemand vom Hals gerissen hätte. Rachel hat dieses Medaillon immer getragen. Es war ein Geschenk, das sie von ihren Eltern bekommen hatte, bevor diese ums Leben kamen. Das hätte sie niemals freiwillig zurückgelassen.«

»Hat die Polizei Anzeichen für einen Kampf gefunden?«, fragte Sean.

»Nein. Es gab keine. Mal abgesehen vom Medaillon. Es gab keinen Beweis dafür, dass ihr etwas zugestoßen war, nichts. Aber ich wusste es ...« Ihre Stimme war immer leiser geworden.

»Wie alt war Rachel, als ihre Eltern starben?«, fragte ich.

»Sechs. Ein Autounfall. Von dem Moment an war sie völlig verändert. Trotzig, traurig. Das war zu erwarten gewesen, meinten die Psychiater. Als sie älter wurde, zog sie sich völlig zurück.« Marilyn schüttelte den Kopf. »Ich bin nicht sicher, was aus ihr geworden wäre, wenn ihre Freundinnen nicht für sie da gewesen wären.«

»Elena?«, fragte ich.

»Und Jennifer«, ergänzte sie.

Zufall? »Jennifer Thompson?«

»Genau. Die ganze Junior High hindurch waren die drei unzertrennlich.«

Ich musste plötzlich an Marisol, Em und mich denken.

»Leider zerbrach die Freundschaft zu Jennifer in der Highschool.«

»Wegen Michael«, ergänzte Sean.

Sie lächelte. »Das war so albern. Jennifer hatte das, was Elena wollte. Über diesen angeblichen ›Verrat‹ ist Elena nie hinweggekommen. Und sie hat sich danach viel zu lange an diese Michael-Besessenheit geklammert. Es gibt nichts Schlimmeres, als auf die beste Freundin eifersüchtig zu sein oder zu glauben, dass man um die große Liebe betrogen wurde. Rachel hat zu Elena gehalten, vor allem, weil sie nicht wollte, dass die auf einmal niemanden mehr hatte.«

Marisol, Em und ich hatten nie zugelassen, dass sich ein Mann zwischen uns stellte. Denn das wäre mit Sicherheit übel ausgegangen.

»Wissen Sie, was mit Jennifer passiert ist?«, fragte ich.

Sie schüttelte den Kopf. »Sie hat sich wohl von Michael getrennt, das war das Letzte, was ich von ihr gehört habe. Es war Rachel ziemlich peinlich, welche Rolle sie dabei gespielt hat, und sie hat Michael irgendwann alles gestanden.«

»Wussten Sie von dem schlimmen Streit zwischen Elena und Rachel?«, fragte Sean.

Sie nickte. »Elena ist noch an jenem Abend aus ihrer gemeinsamen Wohnung ausgezogen.«

»Wie hat Rachel das aufgenommen?«

»Sie war am Boden zerstört.« Marilyn strich sich den eigentlich bereits faltenfreien Rock glatt. »Ich muss Ihnen ganz ehrlich sagen – ich wollte Elena ja mögen. Aber sie war … hart. Sie wurde von einem alleinerziehenden Vater großgezogen, einem Alkoholiker. Bettelarm. Ich konnte ihr nie richtig vertrauen. Diese Augen. Die waren wirklich unheimlich. In ihr war irgendetwas zerbrochen, wenn Sie verstehen. Rachel hatte ein gutes Herz und zeigte Verständnis für sie. Sie war sicher, dass Elena tief in ihrem Inneren ein guter Mensch war, auch wenn die offenbar ständig versuchte, das Gegenteil zu beweisen.«

»Wie das?«, erkundigte sich Sean.

»Suchen Sie sich etwas aus. Stehlen, betrügen, schlagen, andere schikanieren. Und die arme Jenny Thompson hat das meiste abbekommen. Elena hat einen furchtbaren Groll gegen sie gehegt.«

»Denken Sie, Elena hätte Rachel etwas antun können?«, wollte ich wissen.

»Ich möchte gerne glauben, dass sie Rachel dafür zu gern hatte. Aber ich hatte schon immer den Eindruck, dass Elena einfach auf jeden losgegangen wäre, der ihr in die Quere kam. Und das alles habe ich den Beamten von der State Police auch gesagt.«

Sean fragte: »Wurde sie offiziell verdächtigt?«

»Ich weiß es nicht. Der einzige Name, der erwähnt wurde, war der von Michael.«

Regentropfen rannen mir die Wirbelsäule hinunter. »Lebt Elenas Vater noch immer hier in der Gegend?«

»Er ist bei einem Brand ums Leben gekommen, als sie achtzehn war. Ansonsten hatte sie keine Familie mehr, soweit ich weiß.«

»Was haben Sie mit Rachels persönlichen Gegenständen gemacht?«, erkundigte sich Sean.

»Die habe ich eingelagert.«

»Hat die Polizei davon etwas mitgenommen?«

»Die haben nie nach ihren Sachen gefragt. Als wir damals die Vermisstenanzeige aufgegeben haben, sind sie alles durchgegangen, aber jetzt haben sie es sich nicht noch einmal angesehen.«

»Könnten wir einen Blick darauf werfen?«, bat Sean.

»Wozu?«, fragte sie.

Ich erklärte ihr meine Ring-Theorie. »Michael kann deshalb gar nicht der Täter sein. Und wenn er unschuldig ist …«

»Dann läuft Rachels Mörder noch immer frei herum.«

Ich nickte. »Genau. Vielleicht ist unter ihren Sachen irgendetwas, was uns in die richtige Richtung lenken kann. Wissen Sie zufällig, warum Rachel den Ring hatte?«

Sie schüttelte den Kopf. »Ich habe wirklich keine Ahnung. Sind Sie sicher, dass Sie nicht doch etwas trinken möchten?«

Wir lehnten ab.

»Ich hole eben den Schlüssel für den Lagerraum«, erklärte Marilyn. »Ich weiß gar nicht genau, warum ich ihre Sachen überhaupt noch aufbewahre. Vermutlich habe ich innerlich doch gehofft, dass ich falschliege. Dass Rachel eines Tages wieder nach Hause kommen wird.« Sie zog einen Schlüssel aus einer Küchenschublade und reichte ihn Sean.

Ich presste die Hände ineinander. »Ich kann Ihnen nicht genug dafür danken, dass Sie sich für uns Zeit genommen haben. Ich fühle mich … beinahe dafür verantwortlich, wie es jetzt weitergeht.«

Sie nahm mich in den Arm. »Danke für alles, was Sie bereits getan haben. Jetzt kann ich Rachel wenigstens angemessen bestatten.«

»Wenn wir irgendetwas finden sollten«, sagte Sean, während er die Tür öffnete und wir sahen, dass es nicht mehr regnete, »melden wir uns bei Ihnen.«

»Warten Sie«, bat sie und griff nach meiner Hand.

Bilder wirbelten durch meinen Kopf. Ich schwankte und hielt mich am Türpfosten fest.

»Wenn Sie Rachels Sachen durchgehen und dabei ein kleines, mit Steinen besetztes Schmuckkästchen finden, könnten Sie mir das dann mitbringen? Als ich alles verstaut habe, konnte ich es nicht finden. Das Kästchen habe ich ihr mal geschenkt, und ich würde es gerne behalten.«

Die Bilder führten mich an Straßen entlang, durch enge Gassen, über Bahnschienen und schließlich zu einem gelben Häuschen. Auf einem Nachttisch neben einem riesigen Doppelbett stand eine kleine, mit Steinen besetzte Schatulle.

»Das machen wir«, versprach Sean.

Ich löste meine Hand und presste sie mir an die Brust. Die Bilder lösten sich auf.

»Ruth Ann hat mir geholfen, das Kästchen als Geschenk zu Rachels Highschool-Abschluss auszusuchen. Ich hoffe, sie hat es aufbewahrt. Ich würde es Ruth Ann so gerne geben. Vielleicht werden dann ein paar Erinnerungen wach. Alles in Ordnung, Schätzchen?«, fragte mich Marilyn. »Sie sind auf einmal ganz blass.«

»Ja, es geht mir gut, danke. Wir bleiben in Kontakt.«

Sobald wir zur Tür hinaus waren, legte Sean den Arm um mich. »Was war denn da drin los?«

»Ich habe das Kästchen gesehen. Und es war nicht im Lagerhaus.«

20

»Wie konntest du denn das Kästchen sehen, wenn es Rachel gehört hat?«, fragte Sean.

»Es war ein Geschenk von Marilyn. Bei Geschenken kann ich über beide Beteiligten Informationen erhalten. Genauso war es ja auch bei dem Diamantring.«

»Aber war das denn nicht Michaels Ring?«, fragte Sean und startete den Wagen.

Ich lächelte. »Da sprichst du wie ein wahrer Mann. Ein Verlobungsring gehört der Frau, die ihn geschenkt bekommen hat. Der Ring gilt als Geschenk und muss nicht zurückgegeben werden, wenn aus der Beziehung nichts wird. Da hat der Mann eben Pech gehabt, außer die Frau erbarmt sich und gibt ihn trotzdem zurück.«

Seans Gesicht hatte sich verfinstert. Er fuhr in Richtung Highway.

Auf einmal wurde mir klar, was ich da gerade von mir gegeben hatte. Da war ich wohl ins Fettnäpfchen getreten. Er dachte jetzt sicher an seine eigene fehlgeschlagene Verlobung. »Es tut mir leid. Ich hab nicht daran gedacht.«

»Du hast nur auf eine Frage geantwortet.«

»Ich weiß, aber ...« Ich biss mir auf die Lippe. »Ich, ach Mist. Ich weiß nicht, was ich sagen soll.«

Auf einmal lachte er.

»Was ist denn so lustig?«

»Du. Du bist wirklich niedlich, wenn du fluchst.«

Sean nahm die Auffahrt auf die Route 3 in Richtung Norden. Jetzt wollten wir erst einmal zu Melissa Antonelli. Ich hoffte, ein wenig an ihre romantische Ader appellieren zu können.

»Es freut mich, dass du das so siehst.«

»Ich bin zu Hause ausgezogen«, verriet er mir plötzlich. »Ich wohne bei Sam, bis ich was Eigenes gefunden habe.«

»Geht's dir gut?«

»Ich komme darüber hinweg.«

Ich konnte nicht anders, plötzlich war ich unglaublich glücklich. Dabei hätte ich mich wirklich für einen besseren Menschen gehalten, immerhin ging ihm die Sache an die Nieren.

Aber er war frei. Nicht mehr vergeben. Und ich musste mich nicht mehr schuldig fühlen, wenn ich mit ihm flirtete.

Und als ob mir der Himmel seinen Segen dazu geben wollte, brachen die Wolken plötzlich auf. Dünne Sonnenstrahlen fielen vom düsteren Himmel und warfen helle Tupfen auf die Fahrbahn. Ich erwartete jeden Augenblick den »Halleluja«-Chor zur Untermalung.

Obwohl mich die Details eigentlich gar nicht interessierten, wollte ich mich doch als gute Freundin erweisen und fragte deshalb: »Möchtest du darüber reden?«

»Nein.«

Gott sei Dank. Aber … »Was ist mit Thoreau?«

Sean lächelte und fädelte sich auf die Route 93 in Richtung Stadt ein. »Der bleibt bei mir.«

»Gut.«

»Erzähl mir von dem Kästchen«, bat er. Offensichtlich wollte er gerne das Thema wechseln. »Wo ist es?«

»Ich glaube, Elena hat es.«

»Was?«

»Zumindest befindet es sich in Rhode Island. Wo hast du die Unterlagen über sie?«

»Auf dem Rücksitz.«

Ich lehnte mich nach hinten, griff nach dem Stapel Aktenmappen und sah sie durch, bis ich die mit Elenas Namen fand.

Dann schloss ich die Augen und spielte die Bilder noch einmal ab, dieses Mal aber langsamer. Ich blinzelte. »Eine Hausnummer konnte ich nicht erkennen, aber es ist dieselbe Straße. Pawtucket, Rhode Island.«

»Das kann kein Zufall sein.«

»Nein«, stimmte ich zu. »Was uns zu der Frage führt – warum hat Elena Rachels Kästchen?«

»Wenn es für Rachel so wichtig war, wie Marilyn glaubt, dann hätte sie es doch nie einfach so weggegeben.«

»Es fällt mir auch schwer, das zu glauben.«

»Vielleicht hat sie es gestohlen?«, überlegte Sean. »Als sie ausgezogen ist.«

»Vielleicht. Oder vielleicht hat sie es als Souvenir eingesteckt, nachdem sie Rachel umgebracht hat. Sie hat sich etwas genommen, von dem sie wusste, dass es Rachel viel bedeutete, weil Rachel etwas verraten hatte, was ihr viel bedeutete – nämlich ihr Vertrauen. Oder interpretiere ich da vielleicht zu viel rein, nur weil ich so verzweifelt herausfinden will, wer Rachel umgebracht hat?«

»Vielleicht gehst du wirklich etwas zu weit«, meinte Sean. »Aber es ist gut, die Möglichkeiten mal gemeinsam durchzusprechen.«

Die Stadt türmte sich vor uns auf, Wolkenkratzer ragten in den Himmel. Das raue Hafenwasser ließ die Boote gegen ihre Verankerung beim Dorchester-Jachtclub schlagen. »Wenn Elena so verrückt war, wie wir gehört haben, dann konnte sie auch ganz schön wütend werden.«

»Wütend genug, um jemanden zu töten?«

»Vielleicht. Es sind schon Menschen für weniger umgebracht worden.«

Der Verkehr kam für einen Moment beinahe zum Erliegen. Wir schoben uns Zentimeter für Zentimeter voran.

Er sah mich mit fragenden Augen an. »Könntest du das?«

»Was denn?«

»Aus Wut jemanden umbringen?«

»Bis gestern hätte ich das noch verneint, weil man doch geistig ein wenig daneben sein muss, um zu töten. Aber seit heute Morgen dieser Artikel erschienen ist, male ich mir in meiner Fantasie die ganze Zeit aus, dass diese Reporterin einen bedauernswerten Unfall erleidet. Ist das etwa falsch?«

»Ich denke, an deinen Fantasien sollten wir mal ein wenig arbeiten.«

Hitze schoss durch meinen Körper. Mein Mund wurde ganz trocken, mein Herz raste vor Verlangen. »Woran hattest du so gedacht?«

Als wir in den Tunnel fuhren, war der Verkehr langsam nicht mehr so dicht. »Ich denke, du hast bereits gesehen, woran ich so gedacht habe.«

Wenn wir nicht gerade im Auto gesessen hätten, hätte ich mich jetzt wahrscheinlich auf ihn geworfen. Aber unter den gegebenen Umständen war ich eigentlich dankbar, dass das im Moment nicht ging.

Sean fuhr auf die 1A in Richtung Lynn. »Dir hat es wohl die Sprache verschlagen? Offensichtlich ist es mir ja gelungen, dich auf andere Gedanken zu bringen.«

»Preston wer?«, ging ich auf sein Spielchen ein.

»Genau.«

Er war Single.

Offiziell.

Alles in allem war heute doch ein guter Tag.

Melissa Antonelli lebte nicht weit von ihren Eltern entfernt.

Wir hielten vor einem hübschen Haus im Cape-Cod-Stil am Straßenrand. Ein gepflasterter Weg führte bis zur Haustür.

Die wurde geöffnet, noch bevor wir anklopfen konnten. Zu meiner Überraschung begrüßte uns Melissa mit den Worten: »Sie müssen die Detektive sein. Kommen Sie doch herein.«

Ich korrigierte sie nicht. Sean war der Privatdetektiv. Ich war einfach nur … ja, was denn? Eine Heiratsvermittlerin mit einer Mission?

Ich sah mich zu Sean um, der mit den Achseln zuckte und mich in Richtung Tür schob.

Im Inneren des Hauses roch es nach Braten. Mein Magen knurrte. Zwei kleine Jungen jagten sich gegenseitig die Treppe hoch und rannten uns beinahe um.

»Am Geländer festhalten!«, rief Melissa. Dann seufzte sie. »Sie hören ja doch nicht auf mich. Kommen Sie, treten Sie ein.«

»Ich bin Lucy«, sagte ich und streckte ihr die Hand entgegen. Kein Wirbelsturm aus Bildern.

»Sean«, stellte er sich vor.

»Sie sind wegen Jenny hier.«

Ich nickte.

»Meine Eltern haben mich schon vor Ihnen gewarnt. Dass Sie nach ihr suchen und vielleicht hier vorbeikommen würden. Sie haben mir auch eingebläut, nicht mit Ihnen zu reden, aber ich möchte gerne hören, was Sie zu sagen haben. Setzen Sie sich, bitte!«

Sean und ich ließen uns in zwei aufeinander abgestimmte Clubsessel sinken. Sie nahm auf einer geblümten Couch Platz. Der Raum war winzig, und ein riesiger Fernseher nahm den meisten Platz ein. Auf dem Gerät reihten sich zahlreiche Fotos, über dem Sofa hing ein Druck von Monet.

Ich starrte die Fotos auf dem Fernseher an. Auf einem davon war Melissa im Hochzeitskleid zu sehen, neben ihr stand ihr Vater mit einer älteren Dame, und auf der anderen Seite eine junge Frau, die Melissa ziemlich ähnlich sah. Die gleichen langen, dunklen Haare, die dunklen Augen und die hochgewachsene, schlanke Figur.

»Ist das da Jenny?«, fragte ich. »Bei Ihrer Hochzeit?«

Melissa stand auf, ging zum Fernseher, griff nach dem eingerahmten Foto und reichte es mir. »Das war vor sieben Jahren.«

Von Nahem konnte man in Jennifers Augen einen gequälten Blick erkennen. »Sie ist wirklich hübsch.«

»Das ist sie immer noch. Mum hat auch gesagt, dass Sie für Michael arbeiten. Stimmt das?« Oben hörte man es krachen. Sie legte den Kopf schräg und lauschte. »Keiner heult. Ein gutes Zeichen.«

»Michael ist mein Kunde«, bestätigte ich und erklärte ihr, dass ich für die Valentine Inc. arbeitete. »Als ich mich mit ihm unterhalten habe, wurde eines schnell klar, nämlich dass er immer noch in ihre Schwester verliebt ist. Ich habe ihm versprochen, dass ich versuchen würde, sie ausfindig zu machen. Um zu sehen, ob sie sich mal mit ihm treffen würde.« Ich erklärte auch, was Michael mir über die Nacht mit Elena erzählt hatte – dass er da reingelegt worden war.

»Sie war so gemein«, bemerkte Melissa. Die beiden Jungen, etwa vier und sechs, rasten die Treppe wieder herunter.

»Lassen Sie uns ein paar Schritte gehen«, schlug ihre Mutter vor und rief in die Küche hinüber, was sie vorhatte. »Er guckt Football. Dann kriegt er nichts mit.«

Der Regen hatte die letzten Blätter von den Bäumen gewaschen, und ihre gedämpften Orange-, Rot-, Grün- und Gelbtöne vermischten sich unter unseren Füßen.

»Ihre Eltern beschützen Jennifer«, stellte Sean fest. »Vor Elena?«

»Und vor Rachel Yurio. Die beiden haben ihr das Leben zur Hölle gemacht. Und egal, wie oft wir zur Polizei gegangen sind, man konnte nie etwas beweisen.«

Ich ging in der Mitte, Melissa rechts von mir, Sean zu meiner Linken. »Wie müssen wir uns das vorstellen?«

»Fiese Telefonanrufe, zerstochene Reifen, die beiden haben sie auch verfolgt. Lehrern in ihrem Namen schweinische E-Mails geschickt. Eines Tages ist Jennys Katze verschwunden, und sie hat ihr blutiges Halsband auf der Hintertreppe gefunden.«

Ich erschauderte.

»Ja«, nickte sie. »Jenny hat Michael geliebt. Von ganzem Herzen. Aber sie konnte diese Schikanen nicht länger ertragen. Sie hatte das Gefühl, dass Elena vor nichts zurückschrecken würde, um sie aus dem Rennen zu werfen.«

»Sie hat sogar diese Fotos mit Michael arrangiert«, warf ich ein und zuckte derweil bei jedem Schritt zusammen.

»Die haben das Fass zum Überlaufen gebracht. Elena hat Jenny die Bilder nicht nur gezeigt, sie hat dazu auch noch eine Drohung ausgestoßen. Wenn sie nicht mit Michael Schluss machen würde, könnte sie eines Tages vielleicht genauso verschwinden wie ihre Katze.«

Sean musste gemerkt haben, welche Qualen ich litt, denn er ließ sich zurückfallen. Melissa war gezwungen, entweder den Schritt zu verlangsamen oder vor uns herzugehen. »Und hat sie sich nicht an die Polizei gewendet?«

Wir waren am Ende der Straße angelangt. Melissa machte kehrt, um wieder zurückzugehen. »Nein. Zu dem Zeitpunkt dachte sie ja, dass Michael sie betrogen hatte. Sie wollte einfach nach vorne sehen. Selbst nachdem sie mit Michael

Schluss gemacht hatte, tauchte Elena noch hin und wieder auf, um sie zu triezen. Die ist krank. Nach ihrem Abschluss hat Jenny beschlossen, in den Westen zu ziehen. Und meine Familie verteidigt ihre Anonymität mit Zähnen und Klauen.«

»Verständlich«, bemerkte Sean.

»Ich bin nicht sicher, ob Sie schon davon erfahren haben«, begann ich, »aber Rachel Yurio ist tot. Und zwar schon seit über fünf Jahren. Sie wurde ermordet.«

Melissa riss die Augen auf. »Das wusste ich nicht. Hat die Polizei den Täter geschnappt? War es Elena?«

Genau das war die Vermutung, die sich mir langsam aufdrängte. »Es sieht wirklich so aus, als ob Elena ihr Leben völlig umgekrempelt hat. Sie ist Sozialarbeiterin in Rhode Island, ist verheiratet und hat Kinder.«

Melissa schüttelte den Kopf. »Die armen Kinder.«

»Michael steht unter Verdacht, Rachel ermordet zu haben.«

»Michael? Warum das denn?«

Ich schluckte. »Die Sache ist ziemlich kompliziert. Darf ich Sie mal etwas fragen?«

»Sicher.«

»Wissen Sie, was Jennifer mit ihrem Verlobungsring gemacht hat?«

»Den hat sie Michael zurückgeschickt. Per FedEx, glaube ich. Wieso?«

Ein Windstoß wirbelte Blätter auf der Straße auf. »Rachel trug ihn am Finger, als sie starb.«

»Du hättest doch nicht mitkommen müssen«, sagte ich zu Sean, der mir die Haustür aufhielt.

Ich hatte Melissa Antonelli meine Handynummer dagelassen und sie gebeten, die Informationen, die ich ihr gegeben hatte, an Jennifer weiterzuleiten. Ob sie mich auch anrufen würde, stand allerdings in den Sternen. Und je mehr ich über Elena Hart hörte, desto stärker vermutete ich, dass sie Rachel getötet hatte. Ich war so fertig, dass Sean und ich beschlossen, den Besuch bei Elena auf den nächsten Tag zu verschieben.

»Willst du, dass ich mir deine Füße ansehe? Ich bin als Sanitäter ausgebildet.«

»Das geht schon. Em hat mich heute Morgen versorgt. Die Antibiotika tun bestimmt bald ihre Wirkung.«

»Sicher?«

»Bist du Fußfetischist?«

Er lachte.

»Kaffee?«, fragte ich. Ich wollte einfach noch nicht, dass er jetzt ging.

»Sicher.«

Grendel kam aus dem Schlafzimmer geschlichen und strich mir um die Beine, bis ich ihn hochhob. Er tapste mir mit der Pfote ins Gesicht, während ich ihm süße Worte zuflüsterte und versuchte, seine verletzten Katzengefühle zu beschwichtigen.

»Er hasst es, wenn ich nicht da bin«, erklärte ich.

Sean feixte.

»Was denn?«

»Ach, nichts.«

Ich reichte ihm Grendel, um mich um den Kaffee zu kümmern. Schwaches Sonnenlicht fiel durch das Wohnzimmerfenster.

»Was meinst du, wie lange drückt sich die Presse da wohl noch rum?«, fragte Sean.

»Die hauen hoffentlich bald ab.« Dieses Mal hatte ich mich nicht vor den Blitzlichtern versteckt und war immer noch geblendet. »Aber so langsam macht sich bei mir das Gefühl breit, dass sie nicht verschwinden werden, bevor ich nicht mit ihnen geredet habe.«

»Und, wirst du mit ihnen sprechen?«

»Ich weiß es nicht.«

Ich hätte gerne meine Eltern um ihre Meinung gebeten, aber die hatten sich immer noch nicht gemeldet.

Ich mahlte die Kaffeebohnen und sah dabei zu, wie Sean mit Grendel spielte, der angesichts der ganzen Aufmerksamkeit richtig aufblühte. Wir hatten für den nächsten Tag alles geplant – wir würden uns früh am Morgen auf den Weg zu Marilyns Lagerhaus machen und Rachels Sachen durchgehen. Mit etwas Glück würden wir vielleicht einen Hinweis darauf finden, wer sie umgebracht hatte. Danach würden wir nach Pawtucket zu Elena fahren. Ich war gespannt, was sie wohl zu der Sache mit dem Kästchen und zu Rachels Tod im Allgemeinen zu sagen hatte.

»Du hast es wirklich schön«, bemerkte Sean und sah sich um.

»Ich wohne hier unheimlich gerne. Mein Großvater hat das Anwesen damals für Dovie gekauft, als sie heirateten. Vor etwa zehn Jahren hat sie es renovieren und alles wieder in den Originalzustand zurückversetzen lassen. Beeindruckend, nicht?«

»Wie auf einer Postkarte.«

Ich sah zu Dovies riesigem Gebäude auf dem Felsvorsprung hinauf. In den oberen Fenstern brannte Licht. »Das Haupthaus ist eigentlich viel zu groß für einen Einzelnen, aber sie liebt es viel zu sehr, um sich zu verkleinern.« Meine Großmutter war in einer Mietwohnung in New York aufgewachsen, als eins von drei Geschwistern, die nichts außer ihrem Namen hatten. Sie hatte keine einfache Kindheit gehabt, und ich denke, dass dieses Haus für sie nicht so sehr einen sentimentalen Wert hatte, sondern ihr vielmehr Sicherheit vermittelte. Obgleich es ein Hochzeitsgeschenk von Grandpa Henry gewesen war, war ihre Ehe noch vor Ende der Flitterwochen in die Brüche gegangen.

»Und darum wohne ich auch hier, um ihr ein bisschen Gesellschaft zu leisten. Einer der Gründe dafür, dass die Miete so günstig ist.«

»Miete?«, wiederholte er überrascht.

Der Duft frischgemahlener Kaffeebohnen erfüllte die Küche. »Ich habe mich vor etwa zehn Jahren von meinem Treuhandfonds losgesagt, weil ich beweisen wollte, dass ich es auch alleine schaffe. Ich habe mir selbst das College finanziert, mir selbst ein Auto gekauft und zahle selbst meine Rechnungen.«

»Warum?«, fragte er und strich Grendel übers Fell.

Während die Sonne langsam tiefer sank, wurde der Raum dunkler. Intimer. Und da waren wir beide also, allein bei mir zu Hause. Ich versuchte, das lieber zu verdrängen, konnte mich aber von dem Gedanken nur schwer lösen. Ich holte zwei Becher aus dem Schrank. »Damals fühlte ich mich so schuldig, immerhin konnte ich ja keine …«

Beinahe hätte ich »keine Auren mehr lesen« gesagt. Es war für mich inzwischen so normal geworden, Sean alles zu erzählen, ich hätte fast vergessen, dass er ja nicht in das große Valentine-Geheimnis eingeweiht war. Ich musste wirklich besser aufpassen.

»Was konntest du nicht?«

Meine Gedanken rasten. »›Konnte‹ ist vielleicht nicht der richtige Ausdruck. Ich wollte nur einfach nicht ins Familienunternehmen einsteigen. Und deshalb hatte ich das Gefühl, dass ich all das Geld gar nicht verdiente und mich besser allein durchschlagen sollte.«

»Wirklich nobel. Aber auch verrückt.«

Ich lachte. »Glaub mir, ich habe mir selbst deshalb schon tausendmal in den Hintern getreten. Aber ich mag mein Leben – meistens jedenfalls. Ich sorge gerne für mich selbst. Und ich will ganz ehrlich sein – es hilft zu wissen, dass das Geld immer noch da ist und auf mich wartet.«

»Wirst du je davon Gebrauch machen?«

Ich zuckte mit den Achseln. »Wer weiß?«

Er ließ Grendel runter, als ich den Kaffee aufsetzte. Ich sah dabei zu, wie Sean durch mein Wohnzimmer schritt und sich die Fotos auf dem Kaminsims ansah – von mir, meinen Eltern, Raphael, Dovie, Em, Marisol und Grendel. Meiner Familie.

»Bist du das?«, fragte er und hielt ein Bild von mir hoch, auf dem ich vier war und mit fliegenden Rattenschwänzchen eine Sandburg baute.

»Ja.«

»Wie niedlich.«

»Danke.«

»Ist das Dovie?«

»Welches Bild meinst du?«, fragte ich und kam um den Küchentresen herum.

»Nein.« Er zeigte aus dem Fenster. »Ist das da Dovie, die zu uns rüberkommt?«

Die Dunkelheit umfing die Silhouette einer Person, die den Hang zum Häuschen herunterschritt.

»Ja. Die will vermutlich sichergehen, dass ich meine Medikamente genommen habe.«

»Muss ich mich auf ein Verhör einstellen?«, erkundigte er sich lächelnd.

»Das hab ich ja ganz vergessen! Sie wird dich in die Mangel nehmen, bis du schließlich schwach wirst. Vielleicht solltest du besser gehen.«

Seine grauen Augen funkelten. »Willst du, dass ich verschwinde?«

»Nein, aber Dovie …« Plötzlich kam mir eine Idee.

»Was denn?«, fragte er. »Was hat dieser teuflische Blick zu bedeuten?«

»Ich weiß, wie wir sie loswerden können!«

»Wie denn?«

Ich hakte die Daumen in den Hosentaschen ein und wiegte mich auf den wunden Fersen. »Indem wir ihr beweisen, dass wir zusammen sind.«

»Und wie machen wir das?«, fragte er, ein Grinsen um die Mundwinkel.

Ich drehte mich ganz langsam zu meinem Bett herum, das man durch die offene Schlafzimmertür gerade so erkennen konnte.

»Du schlägst doch nicht etwa vor …«

»Ich schlage vor, dass wir so tun – damit Dovie uns in Ruhe lässt. Bist du dabei?«, forderte ich ihn heraus.

Seine Augen verdunkelten sich, und so, wie er mich ansah, hatte er eigentlich mehr im Sinn gehabt, als »nur so zu tun«.

Mein Mund wurde ganz trocken, und es durchfuhr mich siedend heiß.

Es würde mir nicht schwerfallen, Leidenschaft vorzutäuschen.

»Komm schon, wir müssen uns beeilen. Sie wird jede Minute hier sein.« Ich zerrte ihn ins Schlafzimmer.

Mein Herz klopfte wild. Das war ein gefährliches Spielchen.

»Oberteile aus!«, kommandierte ich und fing mit meinem Pulli an.

Sean starrte mich nur an, als ich die Bettdecke zurückzog.

»Dein Hemd! Schnell!«

Er knöpfte es langsam auf. Ich zog mir das Unterhemd aus, zögerte aber beim BH. Ich konnte Seans brennenden Blick spüren.

Plötzlich war ich feige, ließ den BH an und schob nur die

Träger von der Schulter. Ich hüpfte ins Bett und zog mir die Decke bis zum Kinn hoch. Einladend klopfte ich auf den freien Platz an meiner Seite. Dovie würde jede Sekunde eintreffen.

Unter seinem Hemd trug Sean ein weißes Unterhemd. Kräftige, verführerische Muskeln zeichneten sich auf seinen Armen und dem Brustkorb ab. Langsam streifte er sich das Trägershirt über den Kopf.

Mir fiel die Kinnlade herunter. »Was ist denn mit dir passiert?«

Eine dünne, zwölf Zentimeter lange Operationsnarbe führte von seinem linken Schlüsselbein nach unten. Die Narbe musste relativ frisch sein – sie war noch nicht ganz verheilt.

An der Tür klopfte es.

Sean legte sich neben mich. Er zog sich die Decke bis zur Hüfte hoch, bedeckte so seine Jeans und stützte sich auf dem Ellbogen auf. Sein Blick fing den meinen ein und hielt ihn fest. Ich konnte der Traurigkeit in den Tiefen des Graus nicht entkommen. Instinktiv lehnte ich mich zu ihm vor.

Er umfasste mit den Händen mein Gesicht und zeichnete mit dem Finger meine Wangenknochen, meinen Mund nach.

Ich atmete keuchend ein, wollte etwas sagen, so viel fragen, sein Blick bat mich aber, noch zu warten. Und außerdem wollte ich in diesem Augenblick auch nichts lieber, als ihn zu küssen.

Wie in Zeitlupe beugte er seinen Kopf zu mir, sein Mund war nur ein Flüstern von meinem entfernt. »Soll ich dich küssen?«, fragte er.

Seine heisere Stimme zog mich nur noch näher zu ihm hin, und auf einmal wünschte ich mir, das wäre überhaupt kein Spiel.

»Muss ich etwa darum betteln?«, fragte ich.

Dovie klopfte immer wieder und rief: »LucyD?« Der Türknauf bewegte sich, die Haustür öffnete sich mit einem Knarren.

Auf seinen Lippen zitterte ein Lächeln, bevor sein Mund auf den meinen traf.

Der Kuss war langsam und sinnlich, er umfing mich mit wirbelndem Verlangen, ich wollte nur noch mehr, mehr, mehr. Sean schob sich auf mich und stützte das Gewicht mit den Ellbogen ab. Die Wärme seines Körpers auf meinem war beinahe zu viel für mich.

Ich versuchte, mir innerlich noch einmal ins Gedächtnis zu rufen, warum dieses Szenario keine gute Idee war.

In diesem Moment konnte ich mich aber keines einzigen Grundes entsinnen, obwohl es mit Sicherheit jede Menge davon gab.

Im Hinterkopf konnte ich die Warnsignale nicht länger ignorieren, dort schrillten alle Alarmglocken, aber im Moment stellte ich sie erst einmal ab.

Ich empfand nichts als schiere Lust, hörte jedoch, wie Schritte erst näher kamen und sich dann wieder entfernten. Eine Sekunde später schloss sich die Haustür.

Seans Kuss wanderte von meinen Lippen zum Ohr, zum Nacken und dann wieder zurück.

»Sie ist weg«, flüsterte er.

»Ich weiß.«

Keiner von uns rührte sich. Seine Brust berührte meine, unsere Herzen schlugen im Einklang.

Mit geschlossenen Augen lehnte er die Stirn an meine, unsere Nasen berührten sich. Der Rest von uns war auf intimste Weise ineinander verschlungen, und ich wollte ihn mehr als je zuvor.

»Das ist kein Spiel mehr«, flüsterte Sean.

»Nein«, stimmte ich zu.

Er schlug die Augen auf. »Sollen wir aufhören?«

So vieles sprach dafür. Aber daran wollte ich jetzt nicht denken. Ich wollte, dass dieser Augenblick nie zu Ende ging. Aber ich musste realistisch bleiben und mein Herz schützen.

Dieser blöde Fluch.

Langsam nickte ich.

Er küsste mich sanft auf die Stirn und schob sich von mir herunter.

Ich schloss die Augen und wünschte mir Dinge, die niemals wahr werden konnten.

21

Ich wechselte gerade Grendels Katzenstreu, als mir auf einmal klar wurde, dass die Vision von Sean und mir ja Wirklichkeit geworden war. Mir stockte der Atem.

Ganz langsam atmete ich wieder aus.

Wie? Warum?

Es frustrierte mich, keine Antwort darauf zu finden.

Während ich den Rest meines Häuschens aufräumte, versuchte ich, nicht daran zu denken, dass ich Sean einen Korb gegeben hatte. Das tat mir in der Seele weh. Es gab so viele Gründe dafür, dass wir beide nicht zusammen sein konnten. Zunächst einmal Amors Fluch. Und dann Cara. Wir arbeiteten zusammen. Und wir kannten uns ja auch kaum.

Na ja, es stimmte zwar, dass ich Sean erst vor ein paar Tagen kennen gelernt hatte, aber ich kannte ihn trotzdem. Und er kannte mich. Es war etwas, das ich nicht so recht erklären konnte – ich spürte es einfach.

Was das Ganze zu einer ziemlich vertrackten Situation machte.

Denn mir war klar, dass ich drauf und dran war, mich in Sean Donahue zu verlieben.

Und das war das Allerletzte, was ich jetzt wollte. Ihn dann wieder zu verlieren würde mir nämlich das Herz zerreißen. Und ich hatte gar keinen Zweifel daran, dass ich ihn irgendwann verlieren würde. Wir Valentines waren nicht für dauerhafte Beziehungen geschaffen.

Ich bemühte mich, es positiv zu sehen. Ich konnte es genießen, solange es andauerte. So lange tanzen, wie die Musik eben spielte, und die dunklen Wolken ignorieren.

Ich atmete geräuschvoll aus und dachte an die Narbe auf Seans Brust. Ich wünschte, er wäre nicht gegangen, bevor wir darüber reden konnten, was eigentlich mit ihm geschehen war. Offensichtlich hatte er eine sehr schwere Operation hinter sich. Hatte er deshalb bei der Feuerwehr aufgehört?

Sobald Sean verschwunden war, hatte ich bemerkt, dass auf meinem Handy mehrere Anrufe eingegangen waren. Einer von Em (sie traf sich mit Joseph und würde später kommen), einer von Raphael (der sich nur mal melden wollte), einer von Marisol (die auf dem Friedhof der Tierklinik zu tun hatte, aber so schnell wie möglich Details hören wollte und übrigens am nächsten Tag mit Butch für das Spiel der Patriots verabredet war) und einer von Dovie (»Yeah, yeah, yeah! Eine gute Wahl, LucyD. Ihr werdet wunderschöne Kinder bekommen!«). Kinder. Es schnürte mir die Kehle zu. Der letzte Anruf war von Aiden Holliday (er würde heute Abend um acht bei mir vorbeischauen, um meine Aussage zu Protokoll zu nehmen). Immer noch keine Nachricht von meinen Eltern.

Und ich fragte mich, wie es inzwischen bei Raphael und Maggie aussah. Ob die beiden wohl zusammen waren?

Eines wusste ich mit Sicherheit – wenn Raphael mit Maggie anbandelte, dann war zwischen meinem Vater und ihr nie etwas gelaufen. Sein Chauffeur war viel zu loyal, um solche Grenzen zu überschreiten.

Ich schlüpfte in einen dunkelblauen Trainingsanzug, band mir die Haare zum Pferdeschwanz zusammen und kümmerte mich mit dem Material, das Dovie besorgt hatte, um meine Füße. Zu meiner Erleichterung nahmen die Schmerzen langsam ab.

Ich tat mein Bestes, um nicht länger an Rachel zu denken, oder daran, wer sie umgebracht hatte, obwohl Elena eigentlich meine einzige Verdächtige war.

Bevor ich es mir womöglich noch einmal anders überlegte, rief ich Michael Lafferty an, um zu hören, wie es bei ihm aussah. Er ging nicht ran.

Dann machte ich den Fernseher an und zappte durch die Sender, um zu sehen, ob irgendwelche reichen Amerikaner in St. Lucia verschwunden waren (was nicht der Fall war). Ich schaltete den Apparat gerade aus, als ich auf der Einfahrt ein Auto heranfahren hörte.

Ich öffnete die Haustür. Draußen stand Aiden Holliday neben seinem Sedan, und es näherte sich noch ein weiterer Wagen.

»Da ist jemand, der Sie gerne sehen möchte«, erklärte Aiden. »Und ich habe einfach mal angenommen, dass es Ihnen nichts ausmacht.«

Die hintere Tür des zweiten Wagens flog auf. Max O'Brien hopste heraus, warf einen Blick in meine Richtung und rannte auf mich zu.

Tränen schossen mir in die Augen, als ich mich bückte, um ihn in die Arme zu schließen. Er stieß mit einem Ruck gegen meine Brust und drückte mich ganz fest. Ich hob ihn hoch und ließ ihn nicht wieder los.

Schließlich lehnte er sich zurück und sah mich an. Er grinste von einem Ohr zum anderen. Mir fiel auf, dass ihm unten ein Zahn fehlte, und für mich war er der niedlichste kleine Junge, den ich je gesehen hatte.

»Danke, dass Sie mich gefunden haben«, sagte er.

»Keine Ursache«, antwortete ich.

Zu unserer Rechten leuchtete ein Blitzlicht auf. Aiden jagte dem Fotografen hinterher, der unbefugt das Grundstück betreten hatte.

»Sind Sie berühmt?«, fragte Max.

»Nicht so berühmt wie du.«

Er kicherte.

Mir wurde schnell klar, dass Vierjährige schwerer sind, als sie aussehen, also setzte ich ihn vorsichtig ab. Als Nächstes waren Katherine und John an der Reihe, auch sie umarmten mich und dankten mir.

Das Meer schlug im Takt gegen die Felsen, und mit dem Sonnenuntergang war es langsam frisch geworden. Ich bat alle herein und war erstaunt, als sie ablehnten.

»Wir sind auf dem Weg nach Disneyland. Zur Erholung«, scherzte Katherine. »Unser Flug geht um Mitternacht. Aber wir konnten einfach nicht aufbrechen, ohne vorher bei Ihnen vorbeizuschauen.« Mir fiel auf, wie lebendig und glücklich ihre Augen strahlten. Ganz anders als bei den Aufnahmen im Fernsehen.

»Danke«, sagte ich, und es kam wirklich von Herzen. Erst bei seinem Anblick war mir klar geworden, wie sehr ich mich nach einem Wiedersehen mit Max gesehnt hatte.

»Ich denke, wir könnten gut und gerne die ganze Nacht hier stehen und Ihnen immer wieder danken«, bemerkte John. »Aber wir sollten wohl besser fahren.«

Ich nahm Max noch einmal in den Arm.

»Und dann ist da noch das hier«, fügte Katherine hinzu, zog einen Umschlag aus der Tasche und reichte ihn mir.

»Was ist das?«

»Die Belohnung.«

Trotz ihrer Proteste gab ich das Kuvert umgehend zurück. »Nein, nein. Das will ich nicht. Ich habe Max doch nicht wegen des Geldes gefunden.«

»Das wissen wir, Lucy. Aber es ist nun mal da. Die Leute, die es gespendet haben, wollen mit Sicherheit, dass Sie es bekommen. Ich bin überzeugt, dass Sie dafür eine gute Verwendung finden werden.« Sie drückte es mir in die Hand.

Ich winkte ihnen nach, als sie davonfuhren, so lange, bis ich sie schließlich nicht mehr sehen konnte.

»Danke, dass Sie sie vorbeigebracht haben«, lächelte ich, als Aiden von seiner Reporterjagd wieder zurückkehrte.

»Ich hab mir schon gedacht, dass Ihnen das gefallen würde.« Er ging zu seinem Wagen und holte eine lederne Aktentasche heraus.

»Sie hätten doch nicht hierherzufahren brauchen. Ich wäre auch zu Ihnen gekommen.«

»Das macht mir nichts aus.« Er folgte mir ins Haus. »Sind Sie allein?«

»Em ist heute noch länger unterwegs«, erklärte ich.

Er sah enttäuscht aus. Deshalb war er also wirklich hergekommen – nicht um mich zu sehen, sondern wegen Em. Armer Kerl. Er hatte nicht die geringste Chance – nicht, solange Joseph mit von der Partie war.

Wir arbeiteten bis neun Uhr und gingen in allen Einzelheiten die Geschehnisse durch, die dazu geführt hatten, dass ich Max finden konnte.

»Sie müssen noch bei uns vorbeischauen und die offizielle Aussage unterschreiben, aber das dauert nur eine Minute oder so.«

»Das mache ich dann am Montag.«

Er suchte seine Sachen zusammen und stand auf. Dann setzte er sich abrupt wieder hin. »Ich …«

»Was denn?«

Grendel schleppte sich aus dem Bett und reckte sich in den Raum hinein, Pfote für Pfote, bevor er einen Zwischenhalt an seinem Schälchen einlegte, um zu sehen, ob sich darin irgendetwas Interessantes befand.

Aiden zog eine weitere Mappe aus der Tasche und legte sie auf den Tisch. »Es gibt da noch einen anderen ungelösten Fall …«

Ich starrte auf das Dossier, als würde es gleich aufspringen und mich beißen.

»Und ich habe mit ein paar Kollegen gesprochen. Wir überlegen, Sie als Beraterin der State Police zu engagieren.«

»Sie wissen doch, dass ich keine Hellseherin im herkömmlichen Sinne bin. Ich habe Ihnen nur wenig zu bieten.«

»Das stimmt nicht, Lucy. Ihre Fähigkeit, verlorene Gegenstände aufzuspüren, könnte uns eine riesige Hilfe sein. Vielleicht nicht in jedem, aber doch in den meisten Vermisstenfällen.«

»Wie das?«

»So, wie Sie auch Max gefunden haben. Indem Sie sich auf etwas konzentrieren, was die verschwundene Person bei sich hatte. Einen iPod, ein Handy, Ohrringe, ein Sweatshirt. Irgendetwas, das sie von jemand anderem geschenkt bekommen hat.«

Langsam wurden mir die Ausmaße dessen klar, was er mir da vorgeschlagen hatte, und ich ließ mich in die Couchkissen zurücksinken. Es juckte mir in den Fingern, nach der Mappe auf dem Tisch zu greifen.

Aiden tippte mit dem Nagel darauf. »Hier haben wir zum Beispiel den Fall von Jamie Gallagher, die auch als vermisst gilt. Sie war sechzehn, als sie letzten Winter auf dem Weg zur Schule verschwand.«

Auf einmal hatte ich einen Kloß im Hals. »Sie wissen aber schon, dass nicht alle Fälle wie der von Max ausgehen werden?«

»Dessen bin ich mir bewusst. Aber jeder Hinweis hilft uns weiter. Und selbst wenn wir nur noch eine Leiche ausfindig machen – Sie können sich nicht vorstellen, welche Erleichterung es für die Familien bedeutet, endlich Gewissheit zu haben. Mit der Sache abzuschließen. Ich lasse Ihnen mal die Mappe hier. Sie können sie mitbringen, wenn Sie bei uns auf der Dienststelle vorbeischauen. Denken Sie einfach mal darüber nach, Lucy.«

»Mache ich.«

Er streckte mir die Hand entgegen. Ich schüttelte sie. Bilder wirbelten herum und flogen in Schwindel erregendem Tempo an mir vorbei. Ich verlor das Gleichgewicht, zog meine Hand zurück und blickte ihn aus zusammengekniffenen Augen an. »War das etwa ein Test?«

Er blinzelte mich unschuldig an.

»Ihre Kamera liegt auf dem Meeresgrund, irgendwo bei Nantasket Beach.«

Er grinste. »Bestanden.«

Die Haustür ging auf, und Em kam herein. Sie errötete, als sie Aiden entdeckte.

Ach, wie interessant!

»Störe ich?«, erkundigte sie sich.

»Ich wollte gerade wieder los«, erklärte Aiden.

»Ich, ehrlich gesagt, auch.« Sie reichte mir die Autoschlüssel. »Ich bin nur zurückgekommen, um dir den Wagen wiederzubringen, Lucy.«

»Du gehst schon?«, fragte ich.

»Nach Hause.«

»Sicher?«

»Ja. Ich habe heute meine Kündigung eingereicht. Jetzt ist es an der Zeit, sich den Dingen zu stellen. Morgen werde ich mit meiner Mutter reden. Könntest du mich vielleicht noch zum Bahnhof bringen?«, bat sie.

»Ich nehme Sie mit«, schlug Aiden rasch vor.

»Das kann ich jetzt wirklich nicht von Ihnen …«

»Ich muss sowieso in die Richtung«, sagte er mit Nachdruck.

»Na gut.«

Ich sah, wie die beiden sich anschauten. Joseph sollte wohl lieber auf der Hut sein.

Auf einmal runzelte Em die Stirn. »Aber wie egoistisch von mir! Ist es für dich überhaupt in Ordnung, wenn du hier draußen ganz alleine bleibst, Lucy? Ich kann auch noch ein bisschen bleiben, dann quatschen wir ganz in Ruhe.«

Ehrlich gesagt hatte ich für heute bereits genug geredet. »Das geht schon. Und außerdem ist Dovie ja nicht weit.«

»Okay«, nickte Em und drückte mich. »Erhol dich ein bisschen, in Ordnung?«

Als ich gerade hinter den beiden abschloss, klingelte mein Handy, und ich ging hastig ran. Es war Sean.

»Hi«, sagte ich. »Wie geht es Thoreau? Der war heute ja ziemlich lange alleine.«

»Es geht ihm gut, und ich hoffe nur, dass Sam die Flecken aus seinem Wohnzimmerteppich wieder rauskriegt. Was läuft bei dir so?«

Ich lachte, was mir mit dem Kloß im Hals nicht leichtfiel. Die Jamie-Gallagher-Mappe auf dem Tisch erinnerte mich daran, dass ich eine wichtige Entscheidung treffen musste. »Dies und das. Em ist gerade weg, sie kehrt nach Hause zurück. Holliday hat mit den Papieren vorbeigeschaut. Oh, und ich habe Max wiedergetroffen!« Ich erzählte ihm alles ausführlich.

»Ich wäre gerne dabei gewesen, um das zu sehen«, entgegnete er sanft.

»Das hätte ich auch schön gefunden.«

Und ich wünschte auch jetzt noch, er wäre da.

22

Wenn man für Engelsgeduld heiliggesprochen würde, dann hätte ich diesen Status inzwischen längst erreicht.

Sean und ich waren mit seinem Wagen unterwegs und fuhren auf der I-95 in Richtung Süden.

Wir hatten jetzt bereits fünf Stunden zusammen verbracht, und er hatte seine Narbe nicht ein einziges Mal erwähnt.

Sean hatte mich ganz früh abgeholt, und wir hatten Thoreau in meiner Küche zurückgelassen, sodass Grendel ihn vom Kühlschrank herab ärgern konnte. Dann waren wir zum Lagerhaus gefahren, um Rachels Sachen durchzugehen. Und jetzt waren wir auf dem Weg nach Rhode Island, um Elena zu besuchen … und immer noch kein Wort.

Vielleicht sollte ich einfach fragen.

Aber ich wollte, dass er es mir von sich aus sagte, mich an seinem Leben teilhaben ließ.

»Du bist so ruhig«, bemerkte er.

»Ich denke nur nach.«

»Über Rachel?«

»Ja«, log ich.

»Sie hatte nicht viele Sachen, oder?«

Der Lagerraum war kleiner gewesen, als ich angenommen hatte. Rachels Besitztümer waren alle ordentlich in beschriftete Kartons gepackt worden. Es war nicht viel gewesen – eine kleine Sitzecke aus zwei Sesseln und einer Couch, das Gestell eines Doppelbetts, ein paar kleinere Beistelltischchen, ein kleiner Fernseher und ein wuchtiger Wohnzimmertisch. Ihre Kleider passten in drei Kartons. In einem vierten stapelten sich verschiedene Küchenutensilien. Ihre persönlichen Gegenstände befanden sich in einer kleinen Schachtel.

Wir fanden auch ein paar billige Ohrringe, ein goldenes Armband und ein herzförmiges Medaillon mit den Fotos eines Mannes und einer Frau, von denen ich – nach dem Gespräch mit Marilyn gestern – annahm, dass es sich um Rachels Eltern handelte.

Der Verkehr auf dem Highway wurde langsamer. Diese Route hatte ich oft mit Raphael zurückgelegt, wenn wir zu einem Spiel der Pawntucket Red Sox im McCoy Stadium gefahren waren. Elena lebte nicht weit vom Stadion entfernt, in einer malerischen, ein wenig abseits gelegenen Allee, die von hohen Ahornbäumen eingerahmt war und an der jede halbe Meile ein Farmhaus im Stil der 1950er-Jahre stand. Das Einzige, was an der Gegend ein wenig störte, waren die Schienen des Pendlerzugs hinter den Häusern.

Elena wohnte ganz am Ende einer Sackgasse. Eine gestutzte Hecke bildete einen L-förmigen Zaun, der die Grenze zum Nachbarhaus markierte und hinten zu den Schienen hin Sichtschutz bot. Auf der anderen Seite endete das Grundstück an einem fast zwei Meter hohen Holzzaun. Dahinter erstreckte sich ein dichter Wald, und die Abzäunung sollte vermutlich dazu dienen, den sorgfältig gestalteten Gartenbereich vor hungrigem Wild zu schützen.

In der gepflasterten Einfahrt parkte ein Honda Civic. Als wir den Weg zum Haus entlanggingen, kreischte der Pendlerzug vorbei, auf dem Weg zur South Station in Boston. Der Boden erzitterte.

Meine Knie waren auch ein wenig zittrig. Vor allem deshalb, weil ich nicht wusste, was ich von Elena Hart zu erwarten hatte. Mir war auch aufgefallen, dass Sean heute seine Waffe mitgenommen hatte. Offensichtlich war ich hier nicht die Einzige, die nervös war.

Sean klingelte.

Das Haus war erst vor Kurzem in einem kühlen Gelbton gestrichen worden. Grüne Fensterläden umrahmten das Fenster an der Vorderseite. Eine gefegte Treppe und zwei Blumentöpfe mit Chrysanthemen hießen uns willkommen. Alles war ordentlich und sauber. Einfach perfekt.

Die Tür wurde geöffnet. Eine Frau sah heraus. Glänzendes blondes Haar fiel in leichten Wellen herab und umrahmte ihr ovales Gesicht. Sie blinzelte uns aus dunkelblauen Augen an. »Ja?«

»Elena Hart?«, fragte Sean.

»Inzwischen heiße ich eigentlich Delancey«, entgegnete sie mit skeptischem Lächeln.

»Ich bin Sean Donahue, Privatdetektiv, und das ist Lucy Valentine.« Er reichte ihr eine Visitenkarte. »Wir würden Ihnen gerne ein paar Fragen über Rachel Yurio stellen.«

Elena riss die Augen auf. »Rachel? Die habe ich ungefähr seit«, sie verstummte kurz, »seit fünf oder sechs Jahren nicht mehr gesehen.«

Sean fragte: »Würde es Ihnen etwas ausmachen, wenn wir kurz hereinkommen?«

Sie trat beiseite und hielt uns einladend die Tür auf. Sie trug dunkle Jeans und einen rosafarbenen Pullover mit Zopfmuster. Ihre bloßen Füße schritten auf dem Eichenfußboden lautlos voran. Die Zehennägel hatte sie in blassem Pink lackiert.

Sie war überhaupt nicht so, wie ich sie mir vorgestellt hatte – rau und hart. Ein übles Miststück. Ich nehme mal an, irgendwann wird jeder erwachsen.

»Kommen Sie ruhig herein, aber ich kann mir nicht vorstellen, dass ich Informationen habe, die Ihnen nützlich sind. Wie gesagt, das ist schon lange her. Was genau untersuchen Sie denn?«

Sean und ich sahen uns an. Sie wusste es also nicht. Oder tat zumindest so.

Der Platz im kleinen Wohnzimmer war bestmöglich ausgenutzt worden. Zwei kleine, plüschige Sofas standen einander gegenüber, dazwischen hatte man ein Tischchen mit Glasplatte gezwängt. Es gab einen gemauerten Kamin mit einem schmiedeeisernen Gitter davor. Die Wände waren in einem cremigen Goldton gestrichen. Auf dem Kaminsims standen Fotos von Elena mit einem dunkelhaarigen Mann und zwei Babys, einem Jungen und einem Mädchen. Dutzende von eingerahmten Bildern der Kinder hingen an den Wänden. Es war ein gemütlicher, freundlicher Raum, in dem man sich sofort willkommen fühlte. Die Möbel, die Bilder, die Fotos – das alles war so ganz anders als die paar Habseligkeiten von Rachel. Der Vergleich war deprimierend.

»Wie niedlich«, bemerkte ich mit einem Blick auf die Babyfotos. »Wie alt?«

»Zwei und drei. Sie sind gerade mit ihrem Vater auf dem Spielplatz«, fügte sie hinzu. Sie drehte an ihrem Ehering und sah auf die Couch. »Setzen Sie sich doch.«

Ich war noch immer auf der Hut, ließ mich aber ebenso wie Sean auf dem Sofa nieder, das dem Fenster gegenüberstand. »Rachel gilt schon seit Jahren als vermisst. Und jetzt wurde vor ein paar Tagen ihre Leiche gefunden. Sie wurde ermordet und im Great Esker Park verscharrt.«

Elenas Hand fuhr zum Mund, um ein Keuchen zu überdecken. Sie sank auf das andere Sofa und starrte uns an. In ihren Augenwinkeln glitzerten Tränen. »Und warum sind Sie dann hier? Sie glauben wahrscheinlich, ich hätte das getan.«

»Interessant, dass Sie direkt zu diesem Schluss kommen«, bemerkte Sean.

»Das war nicht schwer zu erraten, Mr Donahue. In meiner Jugend war ich ja nicht gerade eine Stütze der Gesellschaft. Und als ich Rachel zum letzten Mal gesehen habe, hatten wir einen furchtbaren Streit – seit dem Tag sind fast sechs Jahre vergangen. Es ist eine logische Schlussfolgerung. Wenn Sie mich hier aufgespürt haben, muss irgendjemand Ihnen von mir erzählt haben. Vielleicht sogar von unserer Auseinandersetzung. Es gab ja jede Menge Zeugen.«

»Haben Sie sie umgebracht?«, schleuderte Sean ihr entgegen.

Sie riss die Augen auf und schüttelte den Kopf.

Ich versuchte es auf anderem Wege. »Inzwischen sind Sie Sozialarbeiterin?«

Sie lächelte traurig. »Das wirkt hingegen überhaupt nicht logisch, was?«

Ich nickte.

»Als ich an jenem Tag bei Rachel auszog, war mir klar, dass ich mich ändern musste, weil sie wirklich Recht hatte.«

»Womit?«, fragte ich.

»Damit, dass ich nichts taugte.«

Harte Worte, dachte ich.

»Und das stimmte ja auch. Ich beschloss in genau diesem Moment, dass es an der Zeit war, mich zu ändern. Ich bin nach Providence gezogen und habe wieder studiert. Kurz danach habe ich Mark kennen gelernt, meinen Mann. Ich habe seitdem nie wieder zurückgeblickt.«

»Wollten Sie Rachel denn nie zeigen, was Sie aus sich gemacht haben?«, fragte ich und entspannte mich ein wenig. An Elena Hart war überhaupt nichts Bedrohliches. Hatte sie sich wirklich so verändert? »Sie haben nie versucht, zu ihr Kontakt aufzunehmen? Sie war seit der Kindheit Ihre beste Freundin, Sie sind durch dick und dünn gegangen. Haben Sie nicht geglaubt, dass sie sich für Sie freuen würde?«

Sie lehnte sich vor und stützte die Ellbogen auf den Knien ab. »Es ist mir ein- oder zweimal in den Sinn gekommen, aber ich habe mich dagegen entschieden. Durch die Veränderungen in meinem Leben habe ich es weit gebracht. Ich arbeite halbtags in einer wohltätigen Adoptionsagentur; ich habe die Kinder und meinen Mann. Ich nutze jede Gelegenheit, mich hier in der Gemeinde nützlich zu machen. Ich habe mir gedacht, wenn ich jetzt zurückgehe, und Rachel steht besser da als ich, dann würde ich mich vielleicht unterlegen fühlen, das Gefühl haben, dass ich ihren Ansprüchen nie gerecht werden kann, und mich womöglich wieder wie der wertlose Mensch fühlen, der ich früher mal war.«

»Rachel war doch auch nicht perfekt, sie hatte sogar ein Vorstrafenregister. Immerhin war sie bei Ihren kriminellen Aktivitäten Ihre Komplizin.«

Sie verzog das Gesicht zu einer Grimasse. »Na, das habe ich wohl verdient. Rachel war eine Mitläuferin, Mr Donahue. Sie war so darauf erpicht, mich zu ändern, dass sie mitmachte, was auch immer ich anleierte, nur um sicherzugehen, dass ich nicht in allzu große Schwierigkeiten geraten würde. Und das ging eben manchmal nach hinten los.«

Mein Knie berührte das von Sean, und ein Kribbeln überkam mich siedend heiß, ein Gefühl, das meine Wirbelsäule entlangkroch.

»Wir versuchen, so viele Informationen wie möglich zusammenzutragen, um sie der Polizei zur Verfügung zu stellen«, erklärte ich. »Michael Lafferty ist in diesem Fall der Hauptverdächtige.«

»Michael? Wieso das denn?«

»Das Motiv erscheint noch ein wenig unklar«, antwortete ich, ohne mein Bein von der Stelle zu rühren. Ich mochte das Gefühl.

Ich erwähnte nicht, dass *ich* die Leiche gefunden hatte, was eben dazu geführt hatte, dass man Michael verdächtigte. Daran wollte ich lieber nicht mehr denken.

Sie runzelte die Stirn. »Ich bin sicher, dass Sie bereits wissen, wie besessen ich von Michael war. Darauf bin ich nicht stolz. Eins weiß ich aber sicher: Michael würde nie jemandem wehtun. Dafür ist er nicht der Typ.«

»Hatte Rachel noch andere Feinde?«

Sie schüttelte den Kopf.

»Keine früheren Liebschaften?«

»Sie war immer viel zu sehr damit beschäftigt, zu arbeiten und mich im Zaum zu halten.«

»Als man Rachel gefunden hat, trug sie den Verlobungsring am Finger, den Michael Jennifer Thompson geschenkt hatte. Haben Sie irgendeine Idee, warum?«

Elena ließ den Kopf hängen. »Meinetwegen.«

»Wie das?«, fragte ich.

»Das ist mir so peinlich. Ich habe mehrmals versucht, mich mit Jennifer in Verbindung zu setzen, mich bei ihr zu entschuldigen und ihr die Wahrheit zu erzählen, aber ich kann sie nicht finden. Ihre Familie will mir nicht verraten, wo sie sich aufhält.«

Was ich ihnen auch nicht verübeln konnte.

»Die Wahrheit?«, fragte Sean. »Worüber?«

Sie atmete tief durch und erklärte: »Zwischen Michael und mir ist nie etwas gelaufen. Eines Abends hatte er zu viel getrunken und war nicht mehr ganz da. Also machten Rachel und ich ein paar Bilder, die es so aussehen ließen, als ob er und ich gemeinsam die Nacht verbracht hätten. Ich habe sie

Jennifer gezeigt, und das war der Grund für ihre Trennung.« Sie presste die Fingerspitzen auf die Nasenwurzel. »Das war übel. Wirklich übel.«

Ich teilte ihre Meinung. Und es war gut, dass somit die Geschichte bestätigt war, die Michael mir erzählt hatte – er war Jennifer treu gewesen.

»Sagen wir einfach, dass ich eines Tages etwas aus Michaels Briefkasten mitgenommen habe.«

»Sie haben seine Post gestohlen?«, fragte ich.

»Ja, habe ich. Als ich bemerkt hatte, dass die Sendung von Jennifer kam, konnte ich einfach nicht anders. In dem Päckchen war der Ring. Ich habe ihn an mich genommen, ohne groß nachzudenken.«

»Und wie ist er dann bei Rachel gelandet?«, wollte Sean wissen.

»Ich habe ihn in der Wohnung zurückgelassen, als ich ausgezogen bin. Ich hatte gedacht, dass sie ihn Michael zukommen lassen würde. Offensichtlich hatte sie nie die Gelegenheit dazu.«

Die Erklärung war schlüssig, ich verstand aber immer noch nicht, warum Rachel den Ring am Finger getragen hatte.

»Was ist mit Jennifers Katze passiert?«, fragte ich. Mir war nicht ganz klar, warum, aber aus irgendeinem Grund musste ich das unbedingt wissen.

Sie schloss langsam die Augen, dann öffnete sie sie wieder, leuchtend und hell. Sie erhob einen Finger und verließ kurz den Raum.

Eine Minute später kehrte sie zurück, eine fette Tigerkatze im Arm. »Er heißt Mikey«, erklärte sie und rollte mit den Augen. »Michael zu Ehren. Ihn wollte ich Jennifer auch zurückgeben, aber wie gesagt …«

Sean unterbrach sie: »Sie konnten sie nicht finden.«

Sie nickte.

Ich war erleichtert, dass dem Tier nichts zugestoßen war. Aber inzwischen fragte ich mich wirklich, ob Elena tatsächlich so gefährlich gewesen war, wie sie auf andere gewirkt hatte. Waren das alles nur leere Drohungen gewesen? Oder verbarg sich hinter ihrer Fassade ein Soziopath?

Ich lehnte mich vor. »Darf ich Sie mal was fragen?«

»Ich denke schon.«

»Sie haben da so ein Schmuckkästchen, das Rachel gehört hat.«

Ihre Augen verfinsterten sich misstrauisch. »Woher wissen Sie von dem Kästchen?«

Ich ignorierte sie. »Woher haben Sie das? Eine Freundin der Familie hat es Rachel geschenkt – es hatte für sie emotionalen Wert. Rachel hätte es nie hergegeben.«

»Was das betrifft, täuschen Sie sich«, behauptete sie mit vorgestrecktem Kinn. Der Kater hopste von ihrem Arm herunter und trottete davon. »Sie hat es mir selbst gegeben. Das war, als ich einundzwanzig wurde und sie sich kein Geschenk leisten konnte. Sie wollte, dass ich es habe.«

Sonst fielen mir keine Fragen mehr ein. Ich sah zu Sean hinüber, und er stand auf. »Es würde mich nicht wundern, wenn Sie bald von der State Police Massachusetts hören«, erklärte er und zog die Schiebetür auf. »Sie haben ja meine Karte, falls Sie sich noch an irgendetwas anderes erinnern.«

Ich fügte hinzu: »Wenn Ihnen zum Beispiel jemand einfallen sollte, der Rachel Böses wünschen könnte.«

Sie stand in der Tür, und ein finsterer Gesichtsausdruck zog ihre Mundwinkel nach unten. »Ich habe schon darüber nachgedacht. Mir kommt niemand in den Sinn, außer …«

Ich blieb auf der obersten Stufe stehen und drehte mich zu ihr um.

»Außer wem?«

»Der einzige Mensch, der Rachel wirklich gehasst hat, war …«

Auf einmal dämmerte es mir. »Jennifer Thompson.«

Elena nickte langsam. »Sie hat uns beide gehasst. Aus gutem Grund.«

Marilyn Flynn wartete bereits auf Sean und mich.

Als ich klopfte, zog sie rasch die Tür auf. »Kommen Sie herein, kommen Sie bitte«, bat sie.

»Wir können leider nicht bleiben«, winkte ich ab und reichte ihr den Schlüssel des Lagerraumes. Es war ein langer Tag gewesen, und ich wollte nach Hause.

Ich musste die ganze Zeit an Jennifer Thompson denken. Vielleicht war sie deshalb von der Bildfläche verschwunden, weil sie Angst hatte. Nicht vor Elena, sondern davor, dass man sie schnappen würde. Was, wenn sie an Rachels Tod schuld war?

Was, wenn ihre Eltern sie davor beschützten? Vor einer Mordanklage?

»Konnten Sie unter Rachels Sachen etwas finden, das Ihnen bei Ihren Ermittlungen weiterhilft?«

Ich schüttelte den Kopf. »Eigentlich nicht.«

»Und, haben Sie das Schmuckkästchen?«, erkundigte Marilyn sich mit hoffnungsvollem Blick.

»Ja und nein«, antwortete ich.

Sie neigte verwirrt den Kopf.

»Das Kästchen war nicht im Lagerraum. Elena hat es.«

»Elena?«

»Sie behauptet, Rachel hätte es ihr zu ihrem einundzwanzigsten Geburtstag geschenkt. Wissen Sie, ob das stimmt?«

Die alte Dame verzog enttäuscht das Gesicht. »Ich weiß es

nicht. Ich kann einfach nicht glauben, dass Rachel das Kästchen weggegeben hat.« Tränen schossen ihr in die Augen. »Wie konnte sie nur?«

»Ich weiß es nicht«, sagte ich sanft und fragte mich, ob Elena es in Wirklichkeit vielleicht doch gestohlen hatte. »Es tut mir leid.«

»Es wäre schön gewesen, die Schatulle zurückzubekommen, aber wenn sie jetzt Elena gehört, dann gehört sie eben Elena.«

»Vielleicht könnten Sie sie darum bitten?«, schlug ich vor. »Sie würde es bestimmt verstehen.«

»Das könnte ich nie!« Marilyn schüttelte den Kopf.

»Es tut mir leid. Wir müssen los.« Ich stupste Sean an. »Vielen Dank für Ihre Hilfe, Ms Flynn. Ich wünschte nur, wir könnten mehr für Sie tun. Ich hoffe, dass die Situation bald geklärt ist.«

Sie lächelte bitter, als ob sie wüsste, dass auch eine Klärung ihr und Ruth Ann Yurio keinen Seelenfrieden bringen würde.

Als Sean und ich zum Auto gingen, griff er nach meiner Hand.

Vor meinen Augen rollten träge Bilder vorbei, und ich schloss angesichts des Schwindelgefühls die Augen, während mein Körper schwankte.

Er zog die Hand zurück und hielt mich fest. »Entschuldige, daran hatte ich gar nicht gedacht. Was hast du gesehen?«

Mein Herz schlug wie verrückt in der Brust, als ob es sich erschrocken hätte. Und dazu hatte es bei dem, was die Bilder mir gezeigt hatten, auch allen Grund.

»Lucy?« Er schob mir die Hand unters Kinn. »Was war das für eine Vision?«

Ich musste schlucken. »Du und ich zusammen im Bett.«

»Das klingt doch gut. Warum machst du dann so ein Gesicht?«

»Es war ein Krankenhausbett.«

23

Seit ich ihm von meiner Vision erzählt hatte, war Sean erstaunlich still. Wir waren beinahe bei meinem Häuschen angekommen, und ich musste zugeben, dass diese Bilder auch mir Angst machten.

»Alles klar bei dir?«, fragte ich schließlich.

»Mir geht's gut.«

Ich atmete tief durch. Es passte mir gar nicht, dass ich nicht wusste, wie es zwischen uns stand. Es gefiel mir nicht, dass ich nur vage Antworten bekam, wenn ich ansprach, was mir durch den Kopf ging.

Vielleicht hatte sich Amors Fluch schon längst an die Arbeit gemacht.

Dieser Gedanke stimmte mich noch missmutiger.

Ganz bewusst atmete ich tief durch und versuchte, an etwas anderes zu denken. Langsam wurde es dunkel, und die Straßenlaternen gingen an. Ich zog mein Handy hervor und schaute auf das Display, um zu sehen, ob meine Eltern angerufen hatten. Wenn dem so war, dann würde ich es nicht erfahren – die Batterien waren leer.

Ich schob das Handy zurück in die Tasche, schimpfte insgeheim mit mir selbst dafür, es nicht aufgeladen zu haben, und zwang mich dazu, mich auf die Aussicht zu konzentrieren.

Sieben mal sechs gleich zweiundvierzig.

Hundertvierundvierzig minus vierundzwanzig gleich hundertzwanzig.

Neunundneunzig plus neunundneunzig gleich hundertachtundneunzig.

Zweihundertsiebenundneunzig mal drei gleich …

Ich runzelte die Stirn und versuchte, die Aufgabe im Kopf zu lösen, blieb aber aus irgendeinem unerklärlichen Grund bei der Frage hängen, wie viel neun mal drei ist. Ich seufzte.

»Hast du Hunger?«, fragte Sean.

»Ja.«

Er lachte.

»Was ist daran so lustig?«

»Du. Die meisten Frauen hätten auf so eine Frage unterschwellig aggressiv reagiert.«

»Ich bin aber nicht wie die meisten Frauen.«

»Das wird mir langsam auch klar. Bist du böse auf mich?«

»Ja.«

Er zuckte zusammen.

»Und auf meine Eltern und Preston Bailey und Michael Lafferty und auf die Zahlen neun und drei.«

Er wandte den Blick von der Straße ab und sah mich an. »Neun und drei?«

»Frag lieber nicht.«

»Und warum bist du auf mich sauer?«

Ich sah ihn an. »Du bist eine Miesmuschel.«

»Eine Miesmuschel?«

»So nennen Marisol, Em und ich Männer, die nichts preisgeben. Sie machen komplett dicht und überlassen es uns, zu raten und uns auszumalen, was sie unter ihrer harten Schale wohl empfinden oder eben nicht.«

»Kann ich dann wenigstens eine gebratene Muschel sein? Dampfgegart mag ich die nämlich gar nicht.«

Ich knuffte ihn am Arm.

»Hey!«

»Abzulenken ist nur eine weitere Muscheltaktik. Du erzählst mir nichts von deiner Narbe und warum dich meine Vision so mitnimmt. Sind meine hellseherischen Fähigkeiten für dich ein Problem?«

Er presste die Lippen aufeinander. Der Scheinwerfer eines Wagens, der uns entgegenkam, warf Licht auf den inneren Kampf, den man in seinen Augen lesen konnte.

Schließlich erklärte er: »Es hat nichts mit dir zu tun, Lucy. Ich finde deine Fähigkeit toll.«

»Was ist es denn dann?«

»Ich hasse Krankenhäuser.« Er trommelte mit dem Daumen aufs Lenkrad, als er auf die Route 3A abbog. »Als du gesagt hast, dass du uns in einem Krankenhausbett gesehen hast …« Er erschauderte. »Ich hasse Kliniken, also muss es wohl etwas Ernstes sein, was mich dahin gebracht hat.«

»Und deine Narbe?«, fragte ich.

»Vor etwa einem Jahr, als ich noch bei der Feuerwehr war, gab es einen Einsatz wegen eines Autobrands. In einem Moment ziehe ich noch am Wasserschlauch, im nächsten Moment bin ich schon auf dem Weg ins Krankenhaus. Mein Herz ist einfach stehen geblieben. Ich bin umgekippt. Die anderen mussten mich wiederbeleben.« Er überholte einen langsamen Kombi. »Die Ärzte haben Tausende Untersuchungen mit mir angestellt. Die Ergebnisse waren alle nicht sonderlich erfreulich. Die Diagnose lautete Kardiomyopathie, genauer gesagt, *ventrikuläre Tachykardie* – eine schwer wiegende Herzrhythmusstörung. Die einzige Möglichkeit, mich zu retten, bestand darin, mir einen Defibrillator direkt unter dem Schlüsselbein einzusetzen. Jetzt führen Kabel zu meinem Herzen und halten die Pumpe am Laufen.«

Ich streckte die Hand aus und hätte fast nach seiner gegriffen, um ihn zu trösten, allerdings war das Letzte, was ich jetzt sehen wollte, noch eine Vision von uns im Krankenhausbett.

»Dieser Tag hat mein Leben verändert. Ich habe mich verändert. Ich bin Feuerwehrmann, und auf einmal kann ich meinen Beruf nicht mehr ausüben. Ich war immer sportlich, und jetzt kann körperliche Anstrengung mich umbringen. Das hat mich als Menschen total verändert. Cara konnte mit meiner Verletzlichkeit noch viel weniger umgehen als ich, und daher ging die Sache zwischen uns so langsam in die Brüche. Sam ist der Einzige, der mich zu verstehen scheint, aber selbst er fasst mich mit Samthandschuhen an. Und jetzt, da du das alles weißt, wirst du es vermutlich genauso machen.«

»Geht es dir denn inzwischen gut?«

»Es gibt gewisse Einschränkungen, dieses Ungetüm von Narbe, und ich muss regelmäßig zum Kardiologen, das war's aber auch schon.«

Ach, das war's schon? »Ich werde dich deshalb nicht anders behandeln.«

»Doch, das wirst du.«

»Nein«, protestierte ich.

»Ich will nicht noch eins von diesen herrenlosen Tierchen sein, die du bei dir aufnimmst, um sie wieder in die Gesellschaft einzugliedern.«

»Wäre es dir lieber, wenn man dich einschläfert?«, witzelte ich.

»Du weißt schon, was ich meine.«

Ich wurde wieder ernst. »Ja, das weiß ich. Und ich werde mein Bestes geben, um dich nicht anders zu behandeln als vorher. Ich verspreche hiermit, dass ich überhaupt keine Bedenken haben werde, dich um Hilfe zu bitten, wenn es mal wieder eine Leiche auszugraben gilt.«

Er lachte. »Ich werde dich daran erinnern, Lucy.«

Dann verstummte er einen Augenblick. »Ich habe nachgedacht. Was ich wissen will, ist, warum wir in demselben Krankenhausbett liegen und wessen Bett das ist – deins oder meins.«

»Das kann ich nicht sagen. Du hast die Hand weggezogen, bevor ich den Rest sehen konnte. Ich habe das Gefühl, dass man manche Sachen besser auch nicht weiß.«

»Machen diese Visionen dir Angst?«, fragte er.

»Das Unbekannte macht mir Angst. Ich weiß nicht, warum ich plötzlich die Zukunft vor mir sehe. Das ist so anders als das, was ich fast mein ganzes bisheriges Leben lang kannte.«

Als wir in die Einfahrt von Aerie einbogen, ging ein Blitzlichtgewitter los.

Reporter umringten den Wagen. Sean fuhr ruhig weiter, während ich versuchte, in keine bestimmte Richtung zu schauen.

Ich hatte eigentlich gedacht, dass die Presse ihren Posten längst aufgegeben hatte. Es gab auf der Welt doch mit Sicherheit Dinge, die aufregender waren als mein Leben. Die Rufe der Journalisten drangen durch das Fenster. Fragen über Max, ob die Patriots den Superbowl gewinnen würden, ob mein Vater von meinen Fähigkeiten wusste.

Die Menschenmenge schob sich immer näher heran. Auf meiner Seite entdeckte ich plötzlich ein bekanntes Gesicht. Mein Herz machte einen Satz und schlug wie verrückt. Ich verrenkte mir fast den Hals, aber da war die Frau bereits verschwunden. Sie war groß gewesen und hatte ihre langen dunklen Haare zu einem Pferdeschwanz zusammengebunden, der unter einer Baseballkappe hervorschaute. Sie sah aus wie Melissa Antonelli. Hatte es sich wirklich um sie gehandelt oder vielmehr um ihre Schwester Jennifer, die ihr so sehr ähnelte?

Welche der beiden es auch immer gewesen war, was wollte sie hier?

»Was ist los?«, fragte Sean.

Ich atmete tief durch. »Nichts.« Bildete ich mir jetzt schon Dinge ein? Es war ja *wirklich* ein langer Tag gewesen. Ein langer, sehr aufschlussreicher Tag.

Als Sean vor meinem Häuschen hielt, sagte ich: »Das ist doch wirklich pure Ironie.«

»Was denn?«

»Wir. Hier hast du mich, eine Heiratsvermittlerin mit Beziehungsangst, die …« Beinahe hätte ich gesagt, »sich Hals über Kopf verliebt hat«. Man sollte Amors Fluch nicht so herausfordern. Oder die Schicksalsgötter.

»Die was?«

»Die hier mit einem Mann sitzt, der ein gebrochenes Herz hat. Und zwar im wahrsten Sinne des Wortes.«

Er legte den Kopf in den Nacken und lachte. »Danke, Lucy.«

»Wofür denn?«

»Dafür, dass du nicht jede Erwähnung des Wortes ›Herz‹ vermeidest. Niemand spricht mit mir darüber. Nie.«

»Ich wüsste gar nicht, wie ich das machen soll«, überlegte ich und zuckte mit den Achseln. »Wenn ich dir damit also irgendwann zu nahe trete, dann sag Bescheid.«

Meine Haustür ging auf und das Licht aus dem Inneren des Häuschens umrahmte Dovies Gestalt.

»Wahrscheinlich hat sie Blütenblätter auf dem Bett verteilt und Champagner kalt gestellt«, grinste ich und öffnete die Autotür. »Und sie hat bestimmt auch schon ein paar Babyschühchen bestellt.«

»Strickt sie die denn nicht selbst?«

Die Vorstellung einer strickenden Dovie ließ mich lachen, bis mir die Tränen kamen.

»Was ist denn so lustig?«, fragte meine Großmutter, als wir den gepflasterten Gehweg entlanggingen.

»Du. Mit Strickzeug.«

Thoreau rannte aus dem Haus und japste und hopste um die Füße seines Herrchens herum. Sean beugte sich hinunter und hob ihn hoch.

Dovie lachte. »Der war gut.«

Sie begrüßte uns mit angedeuteten Wangenküsschen. »Ich bin vorbeigekommen, um mit dem Hündchen Gassi zu gehen. Mir war aufgefallen, dass ihr den ganzen Tag unterwegs wart. Ich hätte euch auch was zu essen gemacht, aber ich wusste nicht, wann ihr zurückkommen würdet. Du gehst ja nicht ans Telefon.«

»Der Akku ist leer«, sagte ich und zog das Handy aus der Tasche, um es endlich aufzuladen. Grendel stelzte um die Couch herum, den Schwanz steil aufgerichtet. Er ignorierte mich völlig und hielt direkt auf Sean zu, der sich mit Thoreau auf dem Schoß hingesetzt hatte.

Das war ja ganz was Neues. Normalerweise klebte er doch die ganze Zeit an mir.

»Dein Kater ist verliebt«, erklärte Dovie. »Um das zu erkennen, braucht man keinen Heiratsvermittler.«

»Was?«

»Sieh doch.«

Grendel kroch an der Rückenlehne des Stuhls entlang, dann an der Armlehne und schob sich in die Rundung von Seans Ellbogen, von wo aus er mit einem Schnurren liebevoll Thoreaus Ohr berührte.

»Er hat sich sowohl im Geschlecht als auch in der Tierart geirrt«, meinte Dovie. Sie umarmte mich und ging auf die Tür zu. »Dann lasse ich euch zwei Turteltäubchen mal allein. Im Kühlschrank steht Champagner. Viel Spaß damit!«

»Keine Rosenblüten?«, murmelte Sean.

»Wie bitte?«, fragte Dovie.

Er grinste. »Ach, nichts.«

Dovie öffnete die Haustür. »Oh, LucyD, deine Eltern haben angerufen. Dich konnten sie ja nicht erreichen.«

»Sie haben sich endlich gemeldet? Wann?«

Sie machte eine vage Handbewegung. »Vorhin. Sie sind bereits auf dem Heimweg. Sie müssten morgen irgendwann eintreffen.«

Mir fiel ein Stein vom Herzen.

Dovie warf uns eine Kusshand zu. »Ciao!«

»Ich muss zurück zu Sam«, sagte Sean. »Der kommt heute auch zurück und fragt sich mit Sicherheit, was meine ganzen Sachen bei ihm in der Wohnung machen.«

»Ganz zu schweigen von den geheimnisvollen Flecken auf dem Wohnzimmerteppich.«

»Eben.«

Unbehagliche Stille breitete sich zwischen uns aus. Er stand auf und zog mich zu sich heran.

Mein Herz schlug wild, als er mir in die Augen sah, den Kopf senkte und mich küsste.

Es fühlte sich so richtig an, mit ihm zusammen zu sein. Warum kämpfte ich dagegen an? Warum gab ich nicht einfach nach und genoss es? Tanzte diesen Tanz? Zumindest für eine gewisse Zeit. Was konnte das schon schaden?

Wir fielen nach hinten aufs Sofa, küssten uns, berührten uns, erkundeten uns gegenseitig. Ich kostete jede einzelne Minute aus.

Als wir uns voneinander lösten, um nach Atem zu ringen, keuchte Sean: »Ich sollte jetzt besser gehen.«

Ich wollte nicht, dass er aufbrach. Und dennoch ... Wenn er blieb, war das für uns beide vermutlich der Anfang vom Ende.

»Lucy? Soll ich gehen?«

Ich nickte widerwillig.

Ein letzter Kuss, der die Erde zum Beben brachte, verhieß, dass es noch viel mehr geben konnte, wenn ich nur Ja sagen würde. Tränen verschleierten meinen Blick.

Ich legte den Kopf auf seine Schulter. »Was ist das nur zwischen uns? Brauchen wir dafür überhaupt eine Bezeichnung?«

»Ich weiß es nicht«, erwiderte er und fuhr mir mit der Hand durchs Haar. »Irgendetwas ist da wohl.«

»Ich habe mit festen Bindungen Probleme«, brachte ich hastig vor.

Seine Augen leuchteten amüsiert. »Ist notiert.«

»Ich dachte nur, ich sollte dich besser vorwarnen.«

»Ich bin gewarnt.« Er verzog den Mundwinkel zu einem kleinen Lächeln. »Ich denke, damit bin ich von der ›Ich kann aber nichts versprechen‹-Rede befreit.«

Darüber sollte ich eigentlich erleichtert sein. War ich aber nicht.

Er schob den Kopf vor, zog mit den Zähnen sanft an meiner Unterlippe und ließ sie dann wieder los. »Wie wäre es, wenn wir es einfach langsam angehen?«

Ich hob das Kinn und presste meine hungrigen Lippen auf seinen Mund. »So, wie man sich manche Dinge eben auf der Zunge zergehen lassen muss?«

»Genau.«

»Ich finde, das klingt gut.«

»Ich auch, Lucy.«

Unsere Körper verschmolzen miteinander. Es langsam angehen zu lassen war für mich einfach perfekt. Manches durfte man nicht übers Knie brechen.

Ich zog die Zehen an und versuchte, jetzt nicht weiter nachzudenken, stattdessen einfach nur diesen wundervollen Kuss und die Tatsache zu genießen, dass ich mich bei ihm so geborgen fühlte.

Insgeheim war ich jedoch besorgt. Nicht nur wegen Amors Fluch, sondern auch wegen Seans Herzen.

Tanz diesen Tanz, ermahnte ich mich selbst und schlang die Arme um seinen Nacken.

Lautes Schnurren störte uns. Grendel leckte Thoreau übers Gesicht.

»Ich fürchte, mein Kater vergreift sich gerade an deinem Hund.«

Sean lachte. »Das scheint Thoreau aber nicht zu stören.«

»Das wird gar nicht schön, wenn ihr beide gleich geht.«

»Wirst du mich so sehr vermissen?«, neckte mich Sean.

Ehrlich gesagt ja.

Aber ich würde mich morgen Abend nach der Arbeit mit ihm treffen. Nachdem ich bei Aiden vorbeigeschaut und mich mit Marshall Betancourt getroffen hatte. Ich wollte nicht an Elena oder Michael oder Rachel oder Jennifer denken. Am liebsten wollte ich einfach nur vergessen, dass ich überhaupt in diesen Fall verwickelt war.

Wenn da nicht Marilyn wäre. Ich musste immer wieder an das Kästchen denken. Sie brachte es nicht über sich, um die Schatulle zu bitten, ich hingegen schon.

Während Sean Thoreaus Leine holte, wühlte ich in meiner Tasche herum und suchte nach Elenas Adresse und Telefonnummer. Ich lieh mir Seans Handy, da sich meines ja noch auflud und mein Festnetzanschluss immer noch ausgestöpselt war.

»Du rufst Elena an?«, fragte er, die Leine in der Hand.

Ich erklärte ihm die Sache mit dem Kästchen.

Sein Blick wurde sanfter.

»Sieh mich nicht so an«, warnte ich, während ich bereits ihre Nummer wählte.

»Wie denn?«

»Als wäre ich eine rührselige Romantikerin.«

Elena ging beim dritten Klingeln ran. Im Hintergrund waren fröhlich quietschende Kinder zu hören. Ich erklärte ihr mein Anliegen.

»Also möchten Sie, dass ich Marilyn das Kästchen zurückgebe?«, vergewisserte sie sich.

»Es würde ihr viel bedeuten.« Ich sah dabei zu, wie Sean versuchte, Thoreau von Grendel wegzulocken.

Am anderen Ende der Leitung herrschte lange Schweigen. »Das ist doch das Mindeste, was ich für Marilyn tun kann. Es bedeutet ihr viel mehr als mir.«

»Das ist toll! Sie wird begeistert sein. Hätten Sie etwas dagegen, wenn ich es bei Ihnen abholen würde? Ich möchte nicht riskieren, dass es beim Postversand womöglich kaputtgeht.«

»Kein Problem. Morgen Früh?«, schlug sie vor.

Grendel fauchte Sean an. Ich legte die Hand über das Telefon und schnalzte lockend, er ignorierte mich jedoch. »Morgens geht es bei mir nicht.«

»Montagnachmittags arbeite ich, wie wäre es um die Mittagszeit?«

»Wunderbar. Noch einmal vielen Dank«, sagte ich.

Sobald ich das Gespräch beendet hatte, schob ich das Handy wieder in Seans Tasche und ließ meine Hand ein wenig länger darin ruhen als nötig.

»Mach nur so weiter, und ich gehe nirgendwo hin«, grinste er.

»Woran hattest du so gedacht?«

»Das weißt du ganz genau.« Falls es mir nicht klar sein sollte, flüsterte er es mir ins Ohr, und meine Knie wurden ganz weich.

»Das, Mr Donahue, ist ganz bestimmt nicht gut für Ihr Herz.«

»Vielleicht nicht, aber so würde ich gerne den Löffel abgeben.«

24

Als ich mich schließlich auf den Weg zu Elena machte, war ich froh, dass er uns eine Verschnaufpause eingeräumt hatte.

Ein wenig Ruhe hatte mir gutgetan, heute würde ich nämlich den ganzen Tag unterwegs sein.

Mein Treffen mit Aiden hatte nur wenige Minuten in Anspruch genommen. Dann hatte Marshall Betancourt bei mir im Büro von Valentine Inc. vorbeigeschaut, um mit mir meine Rolle im Rachel-Yurio-Fall durchzugehen. Er hatte für später am gleichen Tag ein Treffen mit den Polizisten der State Police von Norfolk County und den beiden Beamten aus Weymouth für eine Befragung arrangiert, damit ich meine Aussage machen konnte. Danach würde ich auf der Dienststelle eine Pressekonferenz abhalten.

Suzannah hatte mich an diesem Morgen mit einer langen Umarmung und den vorwurfsvollen Worten »Das hättest du mir doch erzählen können!« begrüßt.

Ich hatte im Büro herumgetrödelt, die Anrufe der lokalen Pressevertreter nicht entgegengenommen und schließlich beschlossen, mich auf den Weg zu Elena zu machen. Sean wäre ja mitgekommen, musste aber in einem Scheidungsprozess vor Gericht aussagen.

Jingle Bells erklang und erinnerte mich daran, dass es fast schon an der Zeit war, Lichterketten und Weihnachtsdekoration herauszuholen. Ich sah auf das Display. Er war meine Mutter. Es hatte mich in meinem ganzen Leben noch nie so glücklich gemacht, das Wort »Mum« auf meinem Handy aufleuchten zu sehen.

»Lucy?«, sagte sie. Die Verbindung war schlecht.

»Bist du dran?«

»… Anschluss …«

»Hallo?«, rief ich. »Wo seid ihr?«

»Flug …«

Dann wurden wir unterbrochen. Ich rief sofort zurück, es ging aber nur ihre Mailbox ran.

Als mein Telefon eine Minute später abermals klingelte, dachte ich eigentlich, es wäre sie, zu meiner Überraschung war jedoch Jennifer Thompson dran.

»Ich würde mich gerne mit Ihnen treffen, wenn das möglich ist«, begann sie.

»Wann? Wo?« War es gestern vor meinem Haus doch sie gewesen? Offensichtlich war sie ja in der Stadt.

»An einem ruhigen Plätzchen«, bat sie.

Mich überkam ein verstörender Gedanke. Was, wenn sie dachte, dass ich die Einzige war, die sie als schuldig überführen konnte? Wenn sie versuchen würde, mich aus dem Weg zu schaffen? Wenn sie diejenige war, die Rachel umgebracht hatte?

Ich war mir einfach nicht sicher.

Und deshalb stand sie für mich auf der Liste der Verdächtigen. Meine Haut prickelte. »Warum das ruhige Plätzchen?«

»Es wäre mir lieber, wenn niemand wüsste, dass ich in der Stadt bin.«

Es war nicht schwer, zwischen den Zeilen zu lesen. »Sie meinen Elena?«

»Ja. Ich bin sicher, dass Sie das verstehen können.«

Wenn ich an das dachte, was Elena in der Vergangenheit getan hatte, dann konnte ich es verstehen. Wenn ich an die

Elena von gestern dachte, jedoch so gar nicht. Die Mutter, die Sozialarbeiterin …

Bevor ich zustimmte, wollte ich aber noch wissen, ob Jennifer gestern bei mir zu Hause gewesen war.

Sie wirkte wirklich überrascht. »Bei Ihnen? Nein.« Sie lachte. »Wäre ich mal da gewesen! Meine Schwester hat mich nämlich überredet, auf die kleinen Monster aufzupassen. Meine Neffen. Und heute muss ich ebenfalls babysitten. Die Dame hat schon wieder eine geheimnisvolle Verabredung.«

»Geheimnisvoll?«

»Seit ich in der Stadt bin, ist sie ständig unterwegs. Das passt gar nicht zu ihr. Ich habe das Gefühl, sie führt irgendwas im Schilde. Vielleicht organisiert sie für mich eine Überraschungsparty.«

Ich bog in Elenas Straße ein.

Wir hatten offensichtlich nicht an das Gleiche gedacht. Denn mir wurde auf einmal klar, dass Jennifers Motive für einen Mord an Rachel ebenso bei ihrer Familie gegeben waren. Von ihrem Vater bis hin zu ihrer Schwester – bei allen, die ihre »Jenny« beschützen wollten.

»Ihre Schwester ist eine tolle Frau«, sagte ich und folgte dem Netz, das ich in Gedanken spann.

»Das ist sie.«

»Und Ihre ganze Familie – die haben Sie ja wirklich gut beschützt.«

Ihre Stimme wurde sanfter, als sie erklärte: »Die würden alles für mich tun.«

Etwa auch einen Mord begehen? Es war eine Überlegung, die ich nicht völlig ausschließen konnte.

Ich bog in Elenas Einfahrt ein und stellte den Motor ab. Mit Jennifer verabredete ich mich für diesen Abend zu einem Treffen in einem kleinen thailändischen Restaurant im South

End. Ich würde alleine hingehen und nur so lange bleiben, bis ich gehört hatte, was sie mir sagen wollte – das war ich Michael schuldig.

Nach dem Telefonat mit ihr rief ich umgehend Sean an, dessen Handy war jedoch abgeschaltet. Ich hinterließ ihm eine kurze Nachricht, in der ich meinen Verdacht erläuterte.

Einundfünfzig mal drei gleich hundertdreiundfünfzig.

Tausendneunundachtzig geteilt durch elf gleich neunundneunzig.

Ich wusste, dass ich wirklich durch den Wind war, als ich mit dem Dividieren anfing. Eigentlich hasste ich Divisionen.

Eines war mir aber immer noch nicht ganz klar … Wenn Jennifer oder ihre Familie hinter Rachels Tod steckte, warum war Elena dann noch am Leben?

Ich öffnete die Wagentür und blinzelte in den grellen Sonnenschein hinein. Lag es daran, dass Elena weggezogen war? Ihr Leben geändert hatte? Warum sollte man sie, die Hauptschuldige an all den Schikanen, verschonen, nicht aber Rachel?

Das war wirklich ein Knackpunkt. Ich wünschte, Sean wäre da, damit ich mit ihm darüber reden konnte.

Ich ging gerade den Weg zur Haustür entlang, als ich eine Stimme hörte: »Hier hinten!«

Elena stand neben dem Haus und winkte mit einer Pflanzkelle herüber.

Ich folgte einem schmalen Pfad hinter das Gebäude. Meine Füße protestierten verhalten. Die Antibiotika hatten zwar Wunder gewirkt, und es zwickte und zwackte nur noch gelegentlich. Allerdings war es dem Heilungsprozess nicht gerade zuträglich, dass ich beschlossen hatte, heute Stöckelschuhe zur Hose zu tragen. Ein Paar flache Stiefel wären besser gewesen.

Warum war ich bloß so eitel?

»Ich werkele ein bisschen im Garten herum«, erklärte Elena und führte mich zu einem kleinen Pflanztisch.

Sie trug eine Hose aus Tweed, eine Bluse in dunklem Lila, ein zauberhaftes Seidentuch mit Blumenmuster um den Hals und Gartenhandschuhe. Auf der Arbeitsplatte lagen Gartengeräte, Plastiktöpfchen und Erdbröckchen herum.

Sie fuhr über den Rand eines Blumentopfes mit Chrysanthemen. Das Schmuckkästchen stand auf dem Pflanztisch. Sie griff danach und reichte es mir. »Stimmt es, dass Sie Hellseherin sind?«

»Gute Neuigkeiten sprechen sich ja schnell herum«, antwortete ich.

»Gestern Abend habe ich im Internet nach Informationen zu Rachel gesucht. Da gab es auch einen Artikel über Sie und darüber, dass Sie diesen kleinen Jungen gefunden haben.«

»Das stimmt, aber ich kann ausschließlich verlorene Gegenstände aufspüren.«

Sie machte große Augen. »Wirklich?«

»Ja.«

Sie starrte meine Hände an. »Wussten Sie deshalb, dass ich das Kästchen habe?«

»Stimmt.«

»Das ist ja unglaublich.«

»Ich muss mich auch immer noch daran gewöhnen«, erklärte ich. »Obwohl ich diese Fähigkeit schon seit vierzehn Jahren besitze.«

Der Bereich hinter dem Haus stieg zu den Bahnschienen hin an. Neben der Hintertür gab es einen kleinen eingezäunten Bereich mit Schaukeln und einem Sandkasten. Überall lag buntes Plastikspielzeug verstreut.

Elena folgte meinem Blick. »Egal, wie oft ich auch hinter ihnen herräume …«

»So sind Kinder eben.«

»Oh, haben Sie auch welche?«

Aus irgendeinem Grund gingen mir auf einmal die Bilder von Sean und mir im Bett durch den Kopf. »Nein, aber ich habe mal in einer Kindertagesstätte gearbeitet.«

»Und ich dachte, ich hätte schon viel zu tun, um das Chaos im Zaum zu halten!« Sie deutete mit einer Kopfbewegung auf den Blumentopf. »Die habe ich für Marilyn und Ruth Ann zusammengestellt. Wenn ich mich recht erinnere, waren Chrysanthemen Ruth Anns Lieblingsblumen.«

Ich hielt die Schatulle hoch und sagte: »Vielen Dank, dass Sie sie Marilyn zurückgeben. Ich weiß nicht, ob Sie schon einmal etwas verloren haben, das Ihnen so wichtig war. Ich bin sicher, dass sie sich unglaublich darüber freuen wird, sie zurückzubekommen.«

»Das kann ich mir vorstellen.« Sie streckte die Hand aus. »Es hat mich gefreut, Sie kennen zu lernen, Ms Valentine.«

Als sich unsere Handflächen berührten, begannen die Bilder zu wirbeln. Ich schloss die Augen und kämpfte gegen das Schwindelgefühl an. Ein Lagerraum mit Kisten, einem schäbigen Sofa und einer kleinen Sitzecke mit zwei Tischen blitzte vor mir auf, und dann ein goldenes Medaillon an einer zerrissenen Kette, darin zwei Fotos.

Bilder von Rachels Eltern.

Ich öffnete taumelnd die Augen und zog meine Hand zurück. Mein Herz klopfte wie verrückt.

»Ist alles in Ordnung?«, fragte sie und stellte den Blumentopf zurück auf die Bank. Dafür, dass ich bei der Berührung mit ihr das Medaillon sah, konnte es nur eine Erklärung geben. Nämlich, dass ich gerade der Person die Hand geschüttelt hatte, der es gehörte …

Rachel.

Ich sah ihr prüfend ins Gesicht und suchte nach Gemeinsamkeiten mit der jungen Frau, deren grobkörniges Foto Sean gefunden hatte.

Als sie langsam die Augen zusammenkniff, konnte ich sie in ihrem Blick erkennen. Die tiefe Traurigkeit.

»Rachel?«, sagte ich ungläubig.

Sie erbleichte. »W-woher wissen Sie das?«

Ich klammerte mich so fest an das Kästchen, dass mir die Steine an der Außenseite in die Handflächen stachen. »Ich habe gerade das Medaillon vor mir gesehen. Das kann ich nur, wenn es Ihnen gehört hat.«

Sie unterdrückte ein Schluchzen und lehnte sich gegen den Pflanztisch. »Ich wusste nicht, dass ich es während unseres Streits verloren hatte. Ich hätte es nie dort liegen gelassen, aber ich wusste, dass ich nicht zurückgehen konnte, um es zu holen.«

»Der Streit mit Elena?«, warf ich ein. Ich zwang mich selbst, ruhig zu bleiben.

Tränen rollten ihr über die Wangen. »Nach dem Theater im IHOP ging es zuhause weiter. Sie war so wütend, weil ich mit Michael geredet hatte. Wütend, weil ich ihm die Wahrheit über die Fotos erzählt hatte. Dann hat sie mir den Verlobungsring gezeigt, den sie aus seiner Post gestohlen hatte. Sie hat vor mir damit herumgewedelt und sich damit gebrüstet, dass sie eines Tages Mrs Michael Lafferty sein würde. Der Ring stammte aus dem Besitz seiner Familie, er war ein Erbstück. Ich hab ihr gesagt, dass sie den nicht behalten kann. Ich habe versucht, ihn ihr abzustreifen.«

Schatten erfüllten den Garten, als eine Wolke einen Teil der Sonne verdeckte. Ich schluckte und fragte: »Was ist dann passiert?«

»Sie … sie ist auf mich losgegangen. Und dann weiß ich

nichts mehr. Irgendetwas hat bei mir ausgesetzt. Ich habe ihr mit einer Vase eins über den Kopf gezogen. Sie ist nach hinten gefallen und mit dem Nacken auf dem Beistelltischchen aufgeschlagen.« Sie hob den Blick und fügte hinzu: »Sie ist nicht wieder zu sich gekommen.«

Jetzt, da die Sonne verdeckt war, wurde mir auf einmal kalt. »Warum haben Sie nicht die Polizei gerufen?«

»Ich hatte Angst«, erklärte sie. »Völlige Panik. Ich befürchtete, man würde mir nicht glauben. Rasch traf ich eine Entscheidung. Ich kannte mich im Great Esker Park gut aus. Elena und ich waren dort oft, um zu trinken. Und Elena hatte immer gesagt, dass man dort im Wald wunderbar eine Leiche verstecken könnte. Sie hatte Recht. Aber ich hatte nicht damit gerechnet, dass sie so schwer war. Ich konnte sie nicht weit schleppen, also musste ich sie in der Nähe des Eingangs verstecken. Das war im Spätherbst, überall lagen jede Menge Blätter. Ich hoffte, deshalb würde niemandem auffallen, dass dort in der Erde gewühlt worden war.«

So war es ja auch gewesen. Niemand hatte von dem Grab gewusst, bis ich auf einmal daherkam.

Ich versuchte, die Nerven zu behalten. Das hier war Rachel – die gutherzige Rachel, wie Tess, Marilyn und Michael versichert hatten. Es war Notwehr gewesen. Warum war mir dann so mulmig zu Mute?

»Als sie weg war, konnte ich nicht anders, ich verspürte auf einmal große Erleichterung«, fuhr Rachel fort. »Jetzt konnte Elena niemandem mehr wehtun. Und dennoch …«

»Was?«, drängte ich sie. Das wollte ich jetzt unbedingt wissen.

»Ich hatte doch immer gewusst, wie unterschiedlich wir waren. Sie war ein schlechter Mensch, doch auf mich traf das nicht zu. Ich war nicht wirklich böse. Was ich Ihnen gestern erzählt habe, stimmte tatsächlich. Ich habe die meiste Zeit versucht, Elena dazu zu bewegen, dass sie ihre Fehler erkennt.«

»Sie haben versucht, sie zu bekehren.«

»Ich habe immer daran geglaubt, dass Menschen sich ändern können. Wenn sie nur hart daran arbeiten.«

Das war bestenfalls eine naive Sicht der Dinge.

»Aber als ich Elena in das Grab hievte, das ich ausgehoben hatte, da wurde mir auf einmal klar, dass ich selbst auch nicht der Mensch war, für den ich mich gehalten hatte. Dass ich mich innerhalb eines Sekundenbruchteils in Elena verwandelt hatte. Und ich hatte nicht einfach nur jemandem wehgetan. Ich hatte jemanden umgebracht. Sie können sich nicht vorstellen, wie das ist.«

Nein, das konnte ich wirklich nicht.

»Ich beschloss, in diesem Loch auch mich selbst zu begraben. Ich wusste, dass mich niemand groß vermissen würde. Meine Großmutter war nicht mehr klar im Kopf, und Marilyn … Na ja, für sie tat es mir leid. Aber ich wusste, dass ich es tun musste.«

»Sie haben Elenas Identität angenommen, um endlich einen anständigen Menschen aus ihr zu machen? Den Menschen, der sie Ihrer Meinung nach immer hätte sein sollen?« Ich war nun wirklich keine Psychologin, aber das war wohl für jeden eine verdrehte Denkweise.

»Es war erstaunlich einfach. Elena hatte keine Familie, also musste ich niemandem gegenüber Rechenschaft ablegen. Ich musste mir nur die Haare färben, wegziehen und noch einmal ganz von vorne anfangen. Als Elena. Ich habe alles erreicht, was ich mir vorgenommen hatte. Und sogar noch mehr. Unterwegs habe ich gefunden, was ich immer wollte. Eine echte Familie. Ich lebe meinen Traum, Ms Valentine.«

»Aber auf Michaels Kosten, Rachel. Sie müssen mit der Polizei sprechen.«

Sie berührte ein Blütenblatt der Chrysantheme und schüttelte den Kopf. »Das kann ich nicht. Niemand darf das wissen. Es würde alles zerstören«, flehte sie und deutete auf die Schaukel und das Spielzeug.

In ihren Augen stand Angst. Und noch etwas anderes, vor dem ich mich auf einmal fürchtete.

»Na ja, das kann ich wirklich gut verstehen«, erwiderte ich fröhlich und machte ein paar Schritte rückwärts. Ich musste hier verschwinden. Und zwar sofort. »Aber ich hoffe wirklich, dass Sie Ihre Meinung ändern und doch noch mit der Polizei sprechen. Ich muss dann mal los.«

Ich schoss herum, doch bevor ich auch nur ans Rennen denken konnte, wurde ich nach hinten gerissen. Rachel hatte mir ihr Seidentuch um den Hals geschlungen. Sie war erstaunlich kräftig und schnürte mir ohne Probleme die Luftröhre zu. Das Schmuckkästchen fiel krachend zu Boden.

»Niemand darf es erfahren!«, jammerte sie.

Ich rang nach Luft und jagte ihr den Ellbogen in die Rippen. Das Tuch lockerte sich für einen Moment, sodass ich einmal tief einatmen konnte.

Sie schrie auf, als ich ihr meinen spitzen Absatz in den Fuß bohrte. Ich stieß noch einmal mit dem Ellbogen zu, griff nach hinten und erwischte mit den Fingern ihre Haare. Ich riss daran, so fest ich konnte. Das Tuch glitt zu Boden, als ich sie kreischen hörte.

Ich fuhr herum und stand Rachel Auge in Auge gegenüber. In ihrem Gesicht stand nur noch reines Entsetzen. Sie würde alles tun, um ihr jetziges Leben zu schützen. Und wenn sie dafür noch einmal töten musste.

Ich ging mit den Fingernägeln auf sie los und schob sie rückwärts gegen den Pflanztisch. Der Keramiktopf schwankte und fiel zu Boden, wo er splitternd zerbrach. Erde quoll heraus.

Irgendwo krächzte eine Krähe, als Rachel nach einer kurzen Baumschere griff, die auf der Arbeitsplatte lag.

Ich atmete keuchend, drehte mich um und rannte los.

Ich hatte die Ecke des Hauses schon fast erreicht, als ich plötzlich nach vorne fiel, weil mein Absatz im Gras hängen blieb.

Rachel bewegte sich ganz ruhig und umrundete mich, die messerscharfe Schere an ihrer Seite. Sie schnitt mir den Weg zum Auto ab. Den Weg zur Freiheit.

Ich kam schnell wieder auf die Beine. »Sie machen alles nur noch schlimmer, Rachel. Das mit Elena war Notwehr. Das müssen Sie der Polizei doch nur erklären.«

»Als ob das so einfach wäre.«

Ich zitterte so sehr, dass ich mich kaum aufrecht halten konnte. Dann wurde mir auf einmal klar, dass das gar nicht ich war. Der Boden erzitterte. Der Pendlerzug aus Providence rollte heran. Ich richtete mich langsam auf und streifte mir die Schuhe von den Füßen.

Sie sprang vor und wieder zurück und schnitt mir mit der Schere links und rechts den Weg ab, als sei sie eine Fechterin mit ihrem Degen. Mein Arm brannte an den Stellen, wo sie mit der Spitze die Jacke durchstoßen und mich verletzt hatte.

Ich wich vor ihr zurück und suchte nach einem anderen Ausweg.

Sie warf sich nach vorne, ich machte einen Satz von ihr weg und begann zu laufen. Am Ende des Gartens kämpfte ich mich durch die Hecke und kroch die Anhöhe zu den Schienen hinauf.

Rachel folgte mir. Sie keuchte, als würde sie hyperventilieren. »Ich lasse mir von Ihnen nicht mein Leben zerstören!«

Sie gab kehlige Laute von sich, die zwischen Schreien und Weinen lagen. Ich war schon fast oben angelangt, als sie mir ins Bein stach.

Ich schrie auf vor Schmerzen, konnte aber auf den Scheitelpunkt der Böschung robben und mich aufrichten. Ich versuchte, mein linkes Bein nicht zu belasten. Aus der Wunde sickerte Blut, meine Wade brannte.

Ich atmete tief durch und begann, über die Schienen zu stolpern. Ich schaffte es nur so gerade eben und sank auf der anderen Seite zu Boden. Auf den Beinen konnte ich mich nicht mehr halten.

Auch Rachel erreichte schließlich die Anhöhe. Ihre Hose war zerrissen, die zerkratzten Hände waren blutig. Ihre blutunterlaufenen Augen suchten mit angsterfülltem, wirrem Blick nach mir.

Die Erde bebte, das Warnsignal des Zuges schrillte, Bremsen quietschten.

Rachels tränenerfüllte Augen waren auf mich gerichtet. Sie machte einen Schritt vorwärts.

»Sie sind nicht Elena!«, rief ich. »Sie wollen das hier doch gar nicht! Das sind doch nicht Sie, Rachel!«

Das Schluchzen schüttelte ihren Körper. Der Zug war noch etwa sechzig Meter von uns entfernt, dann fünfundvierzig Meter, dreißig.

Auf den Schienen sprühten Funken, das Warnsignal zerriss die Luft. Ich hielt mir die Ohren zu.

Meine Gedanken verschwammen, in meinem Kopf schien Nebel aufzusteigen. Mir war schwindelig, alles um mich herum wurde unscharf. Um mein Bein herum bildete sich eine Blutlache. Ich kämpfte gegen die Dunkelheit an, die langsam mein Blickfeld einnahm, wehrte mich gegen die Bewusstlosigkeit.

Fünfzehn Meter, zwölf, acht.

Die Welt um mich herum war ein einziger wirbelnder Strudel. »Rachel!«

Ihr Körper krümmte sich, ein primitiver Schrei durchfuhr den donnernden Lärm, sie wandte den Blick nicht von mir ab.

Sechs, drei.

»Sie sind nicht Elena!«, schrie ich.

»Nein! Ich bin noch schlimmer!«, kreischte sie, als sie sich nach vorne warf.

Der dichte Nebel nahm meine Gedanken ein, und ich gab mich endlich der Dunkelheit hin.

25

Eine laute Diskussion weckte mich.

Die Stimme meines Vaters, jene Stimme, die er sich für meine schlimmsten Verfehlungen aufsparte, richtete sich gerade gegen jemand anderen.

Ich öffnete erst ein Auge und dann auch das andere.

Eine Krankenschwester wich vor dem König der Liebe höchstpersönlich zurück und murrte: »Dieses eine Mal will ich eine Ausnahme machen. Sie haben eine halbe Stunde, dann müssen aber alle gehen.«

Sie verließ eilig den Raum.

Alle?

Wie Footballspieler scharten sich meine Mutter, mein Vater, Dovie, Raphael, Marisol und Em um mein Bett.

»Hallöchen«, begrüßte mich jemand direkt an meinem Ohr. Und diese Stimme ließ mein Herz schneller schlagen.

Ich drehte den Kopf zu Sean hin, der sich über mein Kissen beugte, und lächelte ihn an. »Hi«, brachte ich heiser hervor.

Meine Mutter schob ihn beiseite. Ihre sonst bereits so rosigen Wangen und Nasenflügel zeigten deutliche Spuren eines Sonnenbrandes. »LucyD! Mein Gott, du hast uns vielleicht einen Schrecken eingejagt!« Sie bedeckte mein Gesicht mit Küssen, schob mir das Haar liebevoll hinters Ohr und presste mein Gesicht an ihren ausladenden Busen.

Dann war mein Vater an der Reihe. Er gab mir einen Kuss auf die Stirn und deutete dann auf seine Brust. »Mir wäre beinahe noch einmal das Herz stehen geblieben. Dass so etwas nie wieder vorkommt, haben wir uns da verstanden?«

Ich lächelte. »Ja.«

Raphael griff nach meiner Hand. Tränen standen ihm in den dunklen Augen. »Uva.«

»Alles in Ordnung, Pasa«, flüsterte ich. »Wirklich.«

Es war merkwürdig, aber ich fühlte mich tatsächlich ein wenig wie Dorothy nach ihrer Rückkehr aus Oz, obwohl der Gedanke »Zu Hause ist es doch am schönsten« nicht so ganz auf dieses Krankenzimmer passte.

Ich hob den Arm und spürte, wie er schmerzte, ebenso wie mein Bein. Mein ganzer Körper fühlte sich bleischwer an, als wäre ich ans Bett gefesselt. Den Kopf zu drehen war schon anstrengend.

»Kriegsverletzungen«, bemerkte Em. »Du hast ziemlich viel Blut verloren, und die Ärzte mussten operieren, um dein Bein wieder hinzukriegen. Ein bisschen Krankengymnastik, dann dürften eigentlich keine Schäden zurückbleiben. Wahrscheinlich kannst du sogar morgen schon nach Hause.«

»Wo bin ich eigentlich?«, fragte ich.

»Im Tufts Medical Center«, erklärte Marisol. »Dein Vater hat darauf bestanden, dass sie dich vom Rhode Island Hospital im Hubschrauber herbringen.«

»Wie lange habe ich geschlafen?«

»Du bist zwar immer mal wieder kurz aufgewacht, aber abgesehen davon, warst du etwa acht Stunden lang ohne Bewusstsein.«

Mir zog sich das Herz in der Brust zusammen. »Und Rachel?«, fragte ich.

»Rachel?«, echote Sean. Ich erntete besorgte Blicke.

Offensichtlich glaubten nach wie vor alle, dass es sich um Elena gehandelt hatte. Obwohl ich im Kopf immer noch nicht ganz klar war, erklärte ich, so gut es eben ging, meine Entdeckung. »Was ist mit ihr passiert?«

Schließlich rückte Sean mit der Sprache heraus: »Der Zug … sie hat sich direkt davorgeworfen.«

Ich schloss die Augen. Raphael drückte mir die Hand und tröstete mich, so wie er es immer getan hatte.

»Ich bin müde«, murmelte ich und kämpfte gegen die schweren Lider an.

»Das ist vermutlich unser Stichwort, von hier zu verschwinden. Aber wir wollten so gerne dabei sein, wenn du aufwachst«, sagte Em. Sie und Marisol umarmten mich lange und gaben mir einen Kuss. »Wir kommen morgen Früh als Allererstes bei dir vorbei.«

Auch von Dovie bekam ich einen Kuss. »Ich kümmere mich um den Kleintierzoo, während du hier bist.«

»Danke, Dovie. Ich hab dich lieb, das weißt du, oder?«

»Schluss jetzt mit dem sentimentalen Geplapper«, wehrte sie mit feuchten Augen ab. »Wir sehen uns morgen. Ruh dich aus.«

»Ich werde sie fahren«, versprach Raphael, der mit noch immer tränenerfülltem Blick auf mich herabsah. Er beugte sich zu mir herunter, nahm mich in den Arm und flüsterte: »Ich wüsste nicht, was ich ohne dich machen sollte.«

»Und das wirst du auch nie herausfinden müssen.«

Er küsste mich auf die Stirn.

Es gab da aber noch etwas, das ich unbedingt wissen wollte, bevor er ging: »Du und Maggie also?«

Zuerst wirkte er schockiert, weil ich davon wusste, aber er hatte sich schnell wieder gefangen: »Wir … wir sind nur Freunde, Uva.«

»Hm-hm.«

Er lachte und schüttelte den Kopf. »Offensichtlich bist du ja schon wieder auf dem Wege der Besserung.«

Sean und meine Mutter standen an der Tür und unterhielten sich leise. Mein Vater hockte an einer Seite auf meinem Bett. Er strich mir liebevoll über den Arm. »Ich hoffe, du kommst bald wieder zur Arbeit.«

»Arbeit?«

»Natürlich. Du hast Kunden zu betreuen. Und außerdem habe ich nachgedacht.«

»Aber ich kann doch keine …«

»Keine Widerrede, Lucy Juliet. Du kannst vielleicht keine Auren lesen, aber du bist auf jeden Fall eine gute Partnervermittlerin.« Er streckte die Hand aus und zog eine Karte aus einem Blumenstrauß. Der Tisch neben meinem Bett quoll vor Blumen über. Zum Glück nur Rosen und keine Chrysanthemen.

»Lola Fellows und Adam Atkinson wünschen dir gute Besserung und danken dir dafür, dass du sie zusammengebracht hast. Und das hast du ganz allein hingekriegt.«

»Das stimmt doch gar nicht. Ich hab mich nach deinen Stoffmustern gerichtet.«

»Ich hatte furchtbare Angst davor, jemanden für Lola auszusuchen. Niemand war ihr gut genug. Ich habe schon früher versucht, solche Leute zu vermitteln, ohne Erfolg. Wie gesagt, das hast du hinbekommen, und zwar hundertprozentig. Ich weiß nicht, was du zu ihr gesagt hast, damit sie sich mal am Riemen reißt, aber diese Vermittlung geht allein auf dein Konto.«

Auf einmal war ich furchtbar stolz auf mich. »Und Raphael und Maggie gehen dann wohl auch auf meine Kappe.«

»O nein!«, widersprach mein Vater. »Das war ganz allein mein Werk.«

»Wie kannst du das denn sagen? Die sind doch erst diese Woche zusammengekommen. Gewissermaßen dank mir.«

Er lachte. »Du hast dabei vielleicht eine Rolle gespielt, aber was glaubst du denn, warum ich Maggie die Räumlichkeiten überhaupt für einen Bruchteil des wahren Wertes vermietet habe? Es war nur eine Frage der Zeit, bis Raphael und sie merken würden, dass sie füreinander bestimmt sind.«

Mir klappte die Kinnlade herunter. Oh.

»Lucy, es ist doch offensichtlich, dass wir beide ein gutes Team sind. Hattest du denn Spaß an der Sache?«

»Mehr, als ich vorher gedacht hätte.«

»Gut. Ich hab über deine Idee nachgedacht, sie mir in aller Ruhe durch den Kopf gehen lassen.«

»Meine Idee?«

»Diese Geschichte mit der Wiederzusammenführung von Paaren. Sean hat mir davon erzählt.«

Ich schüttelte den Kopf. »Das war doch nur speziell für Michael Lafferty und Jennifer Thompson. Und es ist auch nicht ganz so ausgegangen, wie ich es mir vorgestellt hatte.«

»Lass der Sache Zeit. Die Idee ist gut. Du könntest für unsere Kunden die erste Liebe, die lang verlorene Liebe wiederfinden. Frühere Partner aller Art.«

War ich dazu wirklich in der Lage? Und dann wurde es mir auf einmal klar – natürlich konnte ich das. »Aber … die Auren. Die passen vielleicht gar nicht zusammen.«

»Das macht doch nichts. Wir werden mit dem arbeiten, was wir haben. Ich habe in meiner langen Karriere häufig gesehen, dass die erste Liebe wirklich stark ist und oft funktioniert, obwohl die Auren nicht ähnlich sind. Wenn es nötig ist, können wir deine Fähigkeit nutzen, um die Zusammenführung zu ermöglichen. Du hättest deine eigene Abteilung in der Firma, Lost Loves«, erklärte er.

Lost Loves. Das gefiel mir.

Und ich fand die Idee toll, mit meinem Vater zusammenzuarbeiten. Auf einmal fühlte ich mich nicht mehr wie das schwarze Schaf in der Heiratsvermittlersippe.

»Es gibt natürlich noch ein paar Punkte zu klären«, räumte er ein, »und du wirst sicher Hilfe brauchen. Bei so einer Aufgabe steht viel Detektivarbeit an.« Er sah zu Sean hinüber, der noch immer mit meiner Mutter sprach. »Ich würde mal vermuten, dass dir der junge Mr Donahue da gerne zur Hand geht. Wenn es dir recht ist.«

Ich sah meinem Vater in die dunkelbraunen Augen.

»Wie sieht seine Aura aus?«, fragte ich neugierig.

»Ganz merkwürdig. Dunkelgrau mit einem Hauch Stahlblau. Genau so habe ich diese Schattierung noch nie gesehen.«

»Glaubst du, das ist meine Farbe?«

»Leider habe ich keine Ahnung, Liebes.«

Ich kaute an meiner Lippe. »Er weiß das von dir nicht.«

»Wenn er mit uns zusammenarbeiten soll, kannst du es ihm genauso gut erzählen. Das heißt, wenn du ihm vertraust.«

Ich sah zu Sean. Er musste gespürt haben, dass ich ihn anstarrte. Er lächelte mit den Augen, ohne die Lippen zu bewegen. »Das tue ich«, verkündete ich. »Ich vertraue ihm.«

»Dann berufe ich für Ende der Woche ein Treffen ein. Wir schlagen daraus Kapital, dass dir die Presse im Moment so auf den Fersen ist, und stellen die neue Abteilung der Valentine Inc. vor.«

»Eine neue Abteilung?«, fragte meine Mutter, die sich meinem Vater von hinten genähert hatte.

»Ich erkläre es dir nachher, Judie. Ich denke, jetzt sollten wir uns erst einmal zurückziehen und Lucy ein wenig ausruhen lassen.«

»Uns zurückziehen? Ich könnte sie in diesem Zustand niemals allein lassen!«

Mein Vater sah ihr in die Augen. »Ich glaube nicht, dass sie allein sein wird.«

Meine Mutter blickte zwischen Sean und mir hin und her,

und unter dem Sonnenbrand wurden ihre Wangen noch röter. »Wir reden dann morgen, LucyD. Ich hab dich lieb.«

»Ich dich auch.«

»Komm schon«, drängte mein Vater.

»Wie der mich herumkommandiert«, murrte meine Mutter und schlang sich den Schal um den Hals. Sie warf mir eine Kusshand zu, bevor sie durch die Tür verschwand. »Es ist wirklich ein Wunder, dass ich dich nicht schon längst verlassen habe, Oscar.« Sie lachte. »Oh, Moment mal. Das habe ich ja bereits!«

Sean stand neben dem Bett und fuhr mit dem Finger die Innenseite meines Armes entlang. »Was meint deine Mutter damit?«

»Das ist eine lange Geschichte. Und die solltest du wirklich hören, allerdings nicht jetzt.«

»Da hast du wohl Recht.«

Die Krankenschwester kam herein und lächelte, als sie sah, dass ich wach war. Sie untersuchte mich kurz, machte ein paar Bemerkungen über meine Familie und ging dann wieder.

Sean saß auf der Bettkante. Er atmete tief durch.

»Danke, dass du hergekommen bist. Ich weiß, was du von Krankenhäusern hältst.«

»Es gibt keinen Ort, an dem ich jetzt lieber wäre. Ich wünschte nur, ich hätte dich zu dem Treffen begleitet.«

»Ich auch. Aber wir konnten ja nicht wissen, dass es so gefährlich werden würde.« Ich lachte sanft. »Und ich dachte wirklich, Elena, also Rachel«, ich schüttelte den Kopf, das war alles so verwirrend, »wäre diejenige, die in Gefahr schwebt.«

»Ich habe vor einer Stunde mit Melissa gesprochen, weil ich deinem Verdacht nachgehen wollte.«

»Und?«

»Das große Geheimnis ist gelüftet: Sie ist wieder schwanger. Bei ihren rätselhaften Ausflügen war sie jedes Mal beim Arzt. Sie wollte es noch nicht verraten, bevor sie sicher war.«

»Also war keine von beiden auf Aerie?«

Sean lächelte. »Doch, Melissa war da.«

»Was?«

»Sie hat versucht, den Mut aufzubringen, dich zu fragen, ob es ein Junge oder ein Mädchen wird. Sie will unbedingt eine Tochter.«

»Aber ich kann doch nicht …«

»Ich weiß. Und offensichtlich hat ihr jemand in der Menschenmenge das Gleiche erzählt, also ist sie wieder nach Hause gefahren.«

Ich schüttelte den Kopf. Es war wirklich eine verrückte Woche gewesen.

Die Schwester kam zurück, um noch einmal nach mir zu sehen. Bevor sie ging, warf sie Sean einen Blick zu. »Bleiben Sie etwa hier?«

»Ja.«

»Hätten Sie gerne ein Klappbett?«

»Das wird wohl nicht nötig sein«, lehnte ich ab. Ich rückte beiseite und klopfte einladend auf den Platz neben mir.

Die Krankenschwester lächelte, zog den Vorhang zu und schloss auf dem Weg nach draußen die Tür.

Sean streifte sich die Schuhe von den Füßen und stieg zu mir ins Bett. Als er mich in die Arme schloss und an seine Brust zog, konnte ich seinen Herzschlag hören und lächelte.

»Ich hatte solche Angst, aber ich wusste trotzdem, dass alles gut ausgehen würde«, erklärte ich und gähnte. Meine Lider wurden immer schwerer.

»Wie das?«

»Wegen dieses Augenblicks. Du und ich in diesem Bett. Das habe ich gesehen. Ich wusste, dass es passieren würde. Vielleicht bist du ja der eine«, sagte ich nuschelnd. Endlich fielen mir die Augen zu.

»Der eine was?«

»Der, der Amors Fluch in die Flucht schlägt.« Ich kicherte. »Fluch, Flucht, wie witzig.«

»Ein Fluch?«

»Dieser blöde Fluch«, murmelte ich im Halbschlaf. »Dunkelblau und stahlblau, du und ich, warum nicht ...«

Das Lachen grummelte in seiner Brust, und ich fühlte mich sicherer als je zuvor in meinem Leben.

Als ich endlich einschlief, hatte ich keine Lust mehr, noch an Amors Fluch und seine Folgen zu denken. Ich füllte meine Tanzkarte aus und genoss den Tanz, drehte mich und wirbelte nach Herzenslust herum. Und dieses Mal machte mir das Schwindelgefühl gar nichts aus.

Drei Tage später war ich wieder zu Hause und lag in eine Decke gewickelt auf der Couch. Grendel hatte sich mit seinem ganzen Katergewicht auf meinem Schoß ausgestreckt. Es war vielleicht keine schlechte Idee, ihn mal auf Diät zu setzen.

Ich hatte viel Zeit gehabt, über all das nachzudenken, was in der letzten Woche passiert war. Und ich hatte mit den unterschiedlichsten Vertretern des Gesetzes lang und breit darüber geredet. Eigentlich wünschte ich mir nur noch, nie wieder eine Dienstmarke sehen zu müssen.

Die Polizei war immer noch damit beschäftigt, herauszufinden, wer denn nun wer war und was was. Der Versuch, die beiden Frauen über das Gebiss zu identifizieren, verlief im Sande, weil sowohl Rachels als auch Elenas Unterlagen auf geheimnisvolle Weise aus dem Archiv ihres Zahnarztes verschwunden waren. Daher wartete man nun auf das Resultat eines DNA-Abgleichs zwischen Rachel und Ruth Ann.

Mein Blick wanderte zu dem Stapel Briefe auf meinem Wohnzimmertischchen. Massenhaft Anfragen von Menschen, die mich um Hilfe baten, Verlorenes wieder aufzuspüren, angefangen bei geliebten Menschen (diese Briefe brachen mir das Herz) bis hin zu versunkenen Schätzen.

»Sie ist spät dran«, bemerkte Michael Lafferty und ging vor dem Kamin auf und ab. »Sind Sie sicher, dass sie kommen wird?«

Mir wurde ganz schwindelig davon, ihm zuzusehen. »Denken Sie daran, garantieren kann ich nichts!«

In meinem Krankenhauszimmer hatte ich einen Überraschungsbesuch empfangen, Jennifer Thompson. Sobald sie erfahren hatte, dass Elena tot war, hatte sie es für sicher gehalten, aus ihrer selbst auferlegten Versenkung wieder aufzutauchen. Und zu meiner großen Freude hatte sie sich zu einem Gespräch mit Michael bereiterklärt.

»Ich weiß«, sagte der jetzt und wischte sich die Hände an den Jeans ab. Er hatte mir seine Verstrickung in die polizeiliche Ermittlung augenblicklich verziehen, als er erfahren hatte, dass Jennifer sich mit ihm treffen wollte. »Wir werden uns nur unterhalten. Klar.« Er hielt inne und sah mich an. »Ich habe sie so vermisst.«

Ich strich Grendel übers Fell. »Ich weiß.«

Draußen klopfte es.

»Na los«, ermunterte ich ihn.

Er öffnete langsam. Auf meiner Veranda stand Jennifer Thompson. Sie hatte sich die Haare zu einem Pferdeschwanz zusammengebunden und sah ihren Exverlobten mit großen, neugierigen Augen an.

Ich schaute dabei zu, wie die beiden sich lange anstarrten. Schließlich schloss Jennifer Michael in die Arme.

Ich wischte mir eine Träne aus dem Augenwinkel. Vielleicht war ich ja doch eine hoffnungslose Romantikerin.

Eine Stunde später hatten die beiden beschlossen, in Cohasset Village einen Kaffee trinken zu gehen. Es sah so aus, als gebe es gute Chancen, dass sie dort weitermachen würden, wo sie damals aufgehört hatten. Vielleicht hatte die Lost-Loves-Abteilung der Valentine Inc. schon ihre erste Erfolgsgeschichte.

Mein Telefon klingelte. Vor Kurzem hatte ich mir eine neue Nummer zugelegt, die nur wenige kannten. Ich sah auf das Display und ging widerwillig ran.

»Es tut mir leid, dass ich Sie noch einmal belästigen muss, Ms Valentine.«

»Detective Chapman, ich habe doch all Ihre Fragen beantwortet. Ist der Fall immer noch nicht abgeschlossen?«

Er zögerte.

»Detective?«

»Ehrlich gesagt rufe ich wegen etwas anderem an ...«

»Worum geht es denn?«

»Um meinen Ring. Der ist eines Tages in meinem Schließfach im Fitnessstudio verloren gegangen. Meine Frau hat mir deshalb immer noch nicht verziehen. Können Sie mir vielleicht den Namen des Pfandleihhauses sagen?«

Sieh an, sieh an.

Zum Glück war ich heute gnädig gestimmt. Ich verriet ihm den Namen des Ladens, den ich gesehen hatte.

»Danke und, äh, na ja, danke.«

Kopfschüttelnd legte ich auf und dachte wieder an diese verrückte Woche, die ich da erlebt hatte. Die hatte mein Leben wirklich auf den Kopf gestellt.

Mein Vater war am Vortag mit einem Businessplan für die neue Abteilung der Valentine Inc. vorbeigekommen, und es war schön gewesen, ihn so glücklich zu sehen.

Er war nicht perfekt, so gar nicht. Aber das war das Leben schließlich auch nicht.

Das hatte ich auf die harte Tour lernen müssen.

Das Telefon klingelte schon wieder. So langsam zweifelte ich an meinem Entschluss, es wieder einzustöpseln.

»Hallo?«, sagte ich.

»Manchmal passieren wirklich komische Dinge«, begann Marisol.

»Was denn?«

»Unser Direktor hat gerade verkündet, dass wir anonym eine Spende von fünfzigtausend erhalten haben. Die Tierklinik muss nicht dichtmachen.«

»Stell dir bloß mal vor!«

Ich warf einen Blick auf Odysseus, der unter seiner Wasserflasche schlief, ein paar Fusseln im flauschigen Fell. Grendel schenkte ihm überhaupt keine Beachtung. Er war jetzt sowieso meistens abgelenkt, vor allem, wenn Thoreau da war, was zum Glück häufig vorkam.

»Ja, stell dir das mal vor«, fuhr Marisol mit belegter Stimme fort. »Sag schnell, was hast du noch mal mit deiner Belohnung gemacht?«

Es klopfte an der Tür. »Ich muss Schluss machen, Marisol, da klopft jemand.«

Ich hörte sie schniefen, dann herrschte am anderen Ende der Leitung lange Stille. »Danke, Lucy.«

»Nichts zu danken.«

Lächelnd schob ich einen entrüsteten Grendel beiseite und griff nach meinen Krücken. Ich atmete tief durch und betrachtete kurz die Mappe auf meinem Tisch, die von Jamie Gallagher. Das junge Mädchen wurde jetzt bereits seit acht Monaten vermisst. Jamies Mutter wollte vorbeikommen, und ich sollte versuchen, Informationen zum Verbleib ihrer Tochter über die Ohrringe zu bekommen, die sie ihr zum Geburtstag geschenkt hatte.

Gestern hatte ich mich mit Aiden getroffen, der nun offiziell mein Kontakt bei der State Police von Massachusetts war. Ich hatte mich bereiterklärt, mit ihnen bei der Aufklärung aktueller und alter Vermisstenfälle zusammenzuarbeiten.

Endlich. Endlich konnte ich meine Gabe nutzen, um Menschen zu helfen. Das war gut für meine Seele und gab mir das Gefühl, dass mein Leben einen Zweck, einen Sinn hatte. Jetzt war Schluss damit, einen Job nach dem anderen auszuprobieren.

Langsam humpelte ich zur Tür und öffnete sie.

Zu meiner Überraschung stand draußen jedoch die stets eifrige Preston Bailey. Sie trug einen langen Trenchcoat mit Gürtel, Jeans und Lederstiefeln. Und sie kam mit leeren Händen – sie hatte kein Gastgeschenk mitgebracht, um mich um Verzeihung zu bitten.

Mein erster Impuls war, ihr die Tür vor der Nase zuzuschlagen.

Der zweite auch.

Also knallte ich sie zu.

Preston hatte einen Fuß zwischen Tür und Rahmen geschoben. Es freute mich, sie vor Schmerz aufjaulen zu hören.

»Lucy, bitte!«

Widerwillig öffnete ich die Tür wieder. »Ich habe Ihnen nichts zu sagen.«

Ernste Augen starrten mich unter Ponyfransen an. »Ich weiß, dass Sie wütend sind.«

»Wütend? Wütend ist gar kein Ausdruck!«

»In Ordnung. Sie sind wirklich sauer. Das verstehe ich. Im Ernst.« Ihr blondes Haar stand in alle Richtungen ab.

»Nein, das verstehen Sie mit Sicherheit nicht.«

»Na ja, gut. Aber genau deshalb bin ich ja hier.«

»Wovon reden Sie?«

»Ihr Vater hat sich mit mir in Verbindung gesetzt, wegen der neuen Abteilung der Valentine Inc.«

»Hat er?« Dieser miese Verräter!

»Das ist eine tolle Idee. Und ich wäre gerne Ihre erste Kundin.«

»Wie bitte?«

»Wir würden das Ganze dokumentieren. Und damit all den Zweiflern dort draußen beweisen, dass Sie wirklich hellsehen können. Ich schreibe einen Artikel, der von unserer gemeinsamen Reise Zeugnis ablegt. Einen Text, der von Ihnen genehmigt und abgesegnet wird. Was meinen Sie?«

»Ich weiß nicht recht.«

»Was kann es denn schaden? Und wäre es nicht schön, mit den ganzen Spekulationen Schluss zu machen? Außerdem würden Sie damit neue Kunden werben, und das sollte doch Ihren Geschäftssinn ansprechen.«

Ein Auto erschien oben auf dem Zufahrtsweg und hielt vor Dovies Haus.

Ich wollte Preston Bailey loswerden, bevor Jamies Mutter hier auftauchte. Also tat ich das Letzte, was ich je von mir erwartet hätte.

Ich willigte ein.

Als die Journalistin triumphierend zu ihrem Auto zurückkehrte, konnte ich nicht anders, ich hatte das ungute Gefühl, dass ich gerade einen Pakt mit dem Teufel geschlossen hatte.